KB139431

들병이 '꽃님이'

들병이 '꽃녑이'

– 하급 기생 들병이의 애절한 사랑

초판 1쇄 인쇄일 2020년 5월 19일
초판 1쇄 발행일 2020년 5월 25일

지은이 정혁종
펴낸이 양옥매
교　정 조준경

펴낸곳 도서출판 책과나무
출판등록 제2012-000376
주소 서울특별시 마포구 방울내로 79 이노빌딩 302호
대표전화 02.372.1537　**팩스** 02.372.1538
이메일 booknamu2007@naver.com
홈페이지 www.booknamu.com
ⓒ 2020. 정혁종 all rights reserved.
ⓒ 2020. HyeokJong Jeong all rights reserved.
ISBN 979-11-5776-889-9(03800)

이 도서의 국립중앙도서관 출판시도서목록(CIP)은 서지정보유통지원 시스템
홈페이지(http://seoji.nl.go.kr)와 국가자료공동목록시스템
(http://www.nl.go.kr/kolisnet)에서 이용하실 수 있습니다.
(CIP제어번호 : CIP2020020138)

*저작권법에 의해 보호를 받는 저작물이므로 저자와 출판사의 동의 없이 내용의 일부를 인용하거나
　발췌하는 것을 금합니다.
*파손된 책은 구입처에서 교환해 드립니다.

들병이 '꽃님이'

정혁동 지음

책낙무

목차

▶ 본서에 나온 모든 날짜는 음력이다.

양력으로 환산하려면 편의상 한 달만 추가해서 이해하면 되겠다.

예) 1월(음력) → 2월(양력)

▶ 조선시대 화폐 단위는 현재보다 다소 복잡하여 1문을 1푼이라고 했으며, 10푼이면 1전, 10전이면 1냥, 10냥이면 1관이라고 했다. 구매력으로 본 화폐가치는 현재와 일대일로 비교하기가 매우 어렵다.

그리하여 본서에서는 단위를 모두 냥으로 통일하였고, 화폐 가치는 독자들이 대략 어림짐작으로 계산하면 되겠다. 걸인들이 하는 '한 푼 줍쇼'라는 말은 여기에서부터 유래하였다.

▶ 조선 시대의 시간

① 자시(子時) : 23~1시

② 축시(丑時) : 1~3시

③ 인시(寅時) : 3~5시

④ 묘시(卯時) : 5~7시

⑤ 진시(辰時) : 7~9시

⑥ 사시(巳時) : 9~11시

⑦ 오시(午時) : 11~13시

⑧ 미시(未時) : 13~15시

⑨ 신시(申時) : 15~17시

⑩ 유시(酉時) : 17~19시

⑪ 술시(戌時) : 19~21시

⑫ 해시(亥時) : 21~23시

▶ 조선 시대의 시간 단위

오늘날처럼 시, 분, 초가 없었고, 문헌을 보면 아래와 같이 대략 표기하였기에 본서에서도 이를 따랐다.

* 일다경(一茶頃): 5~20분 사이
  (뜨거운 차 한 잔을 마실 정도의 시간)

* 일각(一刻): 약 15분

* 한 식경(食頃): 약 30분
  (한 끼를 먹을 정도의 시간)

* 반 시진(時辰): 한 시간

* 한 시진(時辰): 두 시간

들병이 '꽃님이'

　조선시대 기생은 세 종류로 일패, 이패, 삼패 기생으로 나뉘어져 있었다.

　일패기생(一牌妓生)은 어려서부터 기생학교에서 교육을 받은 기생으로, 시를 짓고 악기를 연주하고 춤과 노래를 하는 최상급의 기생으로 관에 소속된 관기이다.
　이패기생(二牌妓生)은 일패 출신의 기생으로, 첩(妾)이 된 후에 관아나 재상집에 출입하면서 암암리에 몸을 팔기도 하는 기생으로 '은근짜(慇懃者)'로 불리기도 했다.
　삼패기생(三牌妓生)은 하류 기생으로 잡가를 부르며 웃음과 몸을 파는 기생을 뜻한다.

이보다 격이 떨어지는 기생이 들병이(들병장수)로 돗자리를 들고 다니면서 술과 몸을 팔았다고 한다.

이상의 내용이 문헌에서 볼 수 있는 기생의 종류이다.

이중 들병이는 일제 강점기시대에도 일부 남아있었다는데, 위 내용과는 다소 다르다.

필자가 채증한 바로는, 들병이라고 모두 돗자리 들고 나다니는 것은 아니고 마을 어귀에서 몇 달간(주로 농한기) 셋방을 얻어서 술도 팔고 몸도 팔았다고 한다. 뿐만 아니라 주막집에서 술시중을 들고 잡가도 부르고 몸을 팔던 여자들도 들병이라고 부른 듯한데, 기생이란 용어는 품격이 높기 때문에 쓰지 않은 모양이다.

본서는 이것을 기준으로 집필하였다.

필자가 집필한 들병이 '꽃님이'는 독창적인 구성과 내용으로 독자들의 심금을 울릴 것이다. 때로는 안타깝기도 하고, 때로는 배꼽을 잡을 만큼 우습기도 하고, 때로는 눈물을 훔치면서 읽어야할 내용이 알차게 담겨 있다.

01. 왜구(倭寇)에게 부모님을 잃고

"왜구(倭寇)다! 왜구다!"

이제 막 아침 해가 떠오를 무렵에 천둥벼락 같은 비명소리와 아우성 소리가 바닷가를 가득 채웠다.

황해(서해)안 월명리(月明理) 포구(浦口).

말로만 들었던 왜구가 이곳까지 쳐들어온 것이다.

칠팔십 여 호밖에 되지 않은 작은 어촌에 무슨 재물이 있다고 강탈하러 왔는지 모르지만 왜구들은 육지에 올라오자마자 마구 긴 칼을 휘둘렀다. 작은 어촌이라 병사들도 없고 어민들도 싸워야 할 창이나 칼도 없었다. 그저 부엌칼이나 어구로 쓰는 칼을 들고 나서는 수밖에 없었다.

"아악!"

"죽여라~"

"으아아~"

여기저기서 비명 소리가 들리고 칼을 휘두르면서 부딪치는

"챙! 챙!"하는 소리가 나고 있었다. 마을에 있던 남자들은 무엇이라도 들고 나와서 왜구들을 물리쳐야 했고, 여자들과 아이들은 외지로 피신시켜야 했다.

아홉 살 먹은 여자애 '이상순'의 아버지 '이웅백'도 되는 대로 양손에 칼을 들었다.

"여보, 어서 피신해, 지금 일순간이 급해!"

그러면서 상순의 아버지는 왜구와 싸우러 나갔고, 상순이 어머니는 급한 대로 맏딸 상순이, 둘째 아들 중달이, 셋째 딸 미순이를 먼저 내보냈다

"어서 빨리 뒷산으로 올라가서 무조건 도망쳐라. 왜놈들이 물러가면 찾으러 간다. 어서 빨리 가, 어른들 따라 나서."

이러니 세 명은 무조건 피신하는 사람들 틈에 섞여서 뒷산으로 마구 뛰기 시작했다.

막내아들인 가남이는 어머니가 등에 업고 그 뒤를 따라 도망치는데, 어떤 왜놈이 휘두른 칼에 맞고야 말았다.

"아악~"

목과 어깨를 기다란 칼에 맞아 순식간에 피를 흘리면서 쓰러지고 등 뒤에 업은 가남이도 머리에 칼을 맞아서 피를 흘리면서 눈을 감고야 말았다.

월명리 포구의 남자들은 모두 용감하게 싸웠지만 대부분이 죽고 말았다. 적어도 백여 명의 남자들이 불과 세시진 반 만에

세상을 하직해야 했다.

왜구들은 집안에 마구 들어가서 닥치는 대로 헤집으면서 돈이 될 만한 것들이 있으면 모두 강탈하고 불을 지르기 시작하였다. 그날 저녁때쯤 마을의 집들은 거지반 불타고 있었고, 왜구들은 배를 정박한 채 돌아가지 않고 있었다.

멀리서 이런 광경을 보던 마을 사람들은 속수무책으로 당하기만 한 것이 억울해 한숨과 눈물로 범벅이 되어서 마을로 내려오려고 하였다. 그러나 어떤 사람들이 나서서 왜구들의 배가 그대로 있으니 아직도 위험하다, 오늘은 여기서 밤을 지새우고 내일 왜구들이 돌아가면 내려가자고 주장했다. 듣고 보니 그 말이 합당하여, 그러면 내일 아침에 확인하자고 하였다. 과연 다음날 아침결에 왜구들은 배를 타고 돌아갔다.

그들은 먹지도 못한 채 산속에서 하룻밤을 간신히 보내고 다음날 아침에 내려왔으나 이미 초토화된 그곳에는 먹을 양식도 제대로 없었다. 불에 타다 만 어느 집에서 먹을 거라도 뭘 찾았다하면 그게 쌀이든 보리쌀이든 날로 씹어 먹어야 했다. 집에만 불 지른 것이 아니라 배에도 모두 불 질러서 온전한 배는 한 척도 없었다.

상순이와, 중달이, 미순이 세 남매도 울면서 어머니와 아버지를 찾아 나섰다. 그러다가 쓰러진 가남이와 어머니는 찾았으나 아버지의 시신은 찾지 못하고 그저 한 곁에 꾸부리고 앉아서 쉴 틈 없이 눈물만을 흘리고 있었다.

"애들아, 그만 울어라. 엄니 아버지 다 돌아가셨니?"

"예에. 흐흐흑, 다 돌아가셨어요."

삼 남매 앞에 대여섯 명의 할머니 할아버지 같으신 분과 아줌마들이 안타깝다는 듯이 모여서서 물었다.

"애들아, 그만 울어. 여기선 더 이상 살 수 없다. 너희들 누가 먹이고 재워줄 사람도 없지 않으냐. 집도 다 불타서 없다. 그래서 우리도 이 동네를 떠나는데 너희들 길러줄 만 한 집으로 데려다 주려고 한다. 어떠냐?"

"예에,"

맏이인 상순이가 먼저 대답했다.

"언니, 우리 셋 모두 같이 가나?"

"아니다. 한 집에서 세 명을 다 거둘 수가 없어, 일단 뿔뿔이 흩어져야지. 나중에 다시 만나게 될 게다."

"아이, 싫어요, 싫어. 언니 없이 어떻게 살아요."

미순이가 울면서 대답했으나 중달이는 가타부타 대꾸도 하지 못하고 울기만 하였다.

그때 근처에 있던 젊은 여자가 다가왔다. 그 여자 얼굴에는 눈물자국이 남아있었다.

"할아버지, 여기 얘는 제가 데려가면 안 될까요?"

젊은 새댁이 제일 어린 미숙이를 데려가겠다는 것이다.

"어엉? 이게 누구야? 수철이 각시 아닌가? 수철이는 어떻게 되었어?"

"죽었어요."

"아이고, 젊은 수철이도 왜놈들에게 죽었구먼. 아이고 딱해 라. 갓난아기도 있잖아."

"그 애도 죽었어요."

"아니 어쩌다가 그렇게 되었어, 업고 다니지 않았어?"

"예, 왜놈들이 와서 남자들이 싸워야 한다고 하여 신랑이 나 갔는데, 얼마 후 누가 수철이가 죽었다고 하더라고요. 그래서 황급히 신랑을 찾아 나서는데, 방안에 누워있던 아기는 미처 생각치 않고 뛰쳐나갔지요, 그런데 왜놈들이 마구 날뛰는 바 람에 신랑도 찾지 못하고 다시 집에 들어오려는데 집이 불타고 있더라고요. 흐흐흐흑."

"오호라. 저런 저런, 그 사이에 집을 불 질러서 애가 죽었구 먼. 아이구, 딱해라."

"예, 흐흐흑, 엉엉엉."

젊은 새댁은 이제 소리 내어 울기 시작했다. 그러니 옆에 있 던 모든 사람들도 훌쩍이기 시작하였다.

"그런데 여기 아이는 어떻게 하려고 데려가려고 그래?"

"갑자기 이렇게 되고 보니 너무 적적해서 서로 의지나 하려고요."

"그래도 조금 참아야 할 텐데, 어디로 가려구?"

"멀어요. 웅진현(공주) 근처 시골 마을이예요."

"뭣이? 그 먼데서 어떻게 여기까지 시집오게 되었나?"

"마을에 드나들던 새우젓 장사의 사탕발림에 어머니 아버지가 속으셨어요."

"저런 저런, 새우젓 장사가 이 어촌이 살기 좋다고 한 모양이구먼."

"예."

"새댁, 일단 참고 정신차려 보자고. 지금 몇 살인가?"

"스무 살이요."

"그럼 재가해, 일단 혼자서 친정집에 가서 마음을 가라앉히고 재가하라고, 예전에는 재가를 못하게 했지만 지금 세상은 달라. 스무 살이면 얼마든지 새 생활할 수 있으니 그냥 혼자 몸으로 집으로 가."

"흐흐흑, 그럴까요. 멀리 예까지 시집와서 온갖 못 볼 꼴만 겪고 갑니다. 흐흐흑."

"어쩔 수 없지 않은가. 곰곰이 생각해 보게. 여기 아이들 세 명은 우리들이 데려갈 테니까."

"그럼, 그렇게 하세요."

할아버지와 새댁과의 이야기는 이렇게 해서 일단락되었다.

"어떡할래? 지금 우린 떠난다. 아주 멀리 갈 거야. 그래서 빨리 가야 된다."

할아버지가 다시 상순이에게 물었다.

"할아버지, 우리도 데려가 줘요. 여기 있다가는 굶어 죽어요. 그리고 무서워요. 왜놈들이 또 나타나면 우리도 다 죽일 거예요."

"글쎄, 그렇다니까. 지금 헤어져도 살아있다면 후에 만나게 되니까 걱정 말아라."

이렇게 해서 삼 남매는 할아버지, 할머니들의 손에 이끌려서 길을 떠나게 되었다.

상순이는 어떤 할아버지에게 이끌려서 떠나고, 중달이와 미순이도 어떤 할아버지, 할머니에게 이끌려서 떠나게 되었다.

상순이는 걷고 또 걷고 어디에선 밥도 사먹고 잠도 자면서 아주 여러 날을 걸려서 저녁때쯤 어느 대궐집에 가게 되었다. 월명리에서 볼 수 없는, 대문도 크고 기와집도 큰 아주 좋은 집이었다. 사람들이 말하는 양반집 대궐이었다.

02. 대감 집에서의 여종 같은 생활

"애야, 네 이름이 무엇이고 몇 살이냐?"

"이상순입니다. 아홉 살이에요."

"오호, 그렇구나. 아홉 살이면 우리 막내 정태와 같은 나이구나."

"……."

"네가 살던 곳에 왜구들이 쳐들어 와서 마을 사람들이 거지반다 죽고 살아남은 사람들은 여기저기로 뿔뿔이 흩어졌다고 대강 이야기는 들었다."

"예."

인기현(仁畿縣)의 어느 대궐집에 도착한 상순이는 이름을 '꽃님이'라고 바꾸어서 불리게 되었다. 그리고 문간방에서 할머니와 할아버지와 함께 살아가게 되는데, 여종 비슷한 생활을 하기 시작하였다. 늘 주인 대감(大監)*님과 마님의 눈치를 살피면서 잔심부름도 해야 하고 종신분인 할머니와 할아버지처럼 처신해야 했다. 하지만 먹고 자는 데는 별문제 없이 하루하루를 살아갔다. 이때의 꽃님이 나이가 아홉 살이다.

꽃님이가 열두 살이 되었다. 그해 봄에 할아버지가 돌아가셨다. 그리고 얼마 후 초여름이 되어서 여기저기에서 매미소리가 들려오던 때인데. 꽃님이가 무슨 일인가로 뒷산에 올라갔을 때였다. 아마 산에 피는 꽃을 꺾으러 갔던 것으로 기억된다.

꽃님이가 혼자서 돌아다니는데 앞에서 불쑥 어떤 아저씨가 나타났다. 꽃님이는 그 아저씨가 누군지 잘 모르고 있었다.

"야, 너 내 말 잘 들어, 안 들으면 알지?"

이러면서 커다란 낫을 공중에서 흔들어 보였다.

"아이구, 무서워요. 무슨 말인데요. 잘 들을게요."

"엉, 그래 어렵지 않아, 아저씨가 시키는 대로만 하면 아무 탈 없어, 만약 무슨 일 있다면 쥐도 새도 모르게 이 낫으로 그냥 확 한다. 알지?"

---

* 대감(大監): 원뜻은 조선 시대, 정이품 이상의 벼슬아치를 높여 부르던 말이나 오늘날 고위 관직자나 사회적인 명사의 존칭으로 쓰이기에 본서에서는 이를 기준으로 대감, 진사를 혼용하였다.

이렇게 어린 꽃님이를 공갈 협박하여 후미진 곳으로 데려가서 겁탈을 했다. 그때만 해도 어린 꽃님이는 그게 무슨 짓인지도 잘 모르고 있었다.

"너 오늘 있었던 일이나 나를 만났다고 아무에게나 말하면 내가 주인집에 가서 너 도둑년이라고 일러바친다. 너 그러면 거기서 쫓겨난다. 부모도 없고 집도 없이 쫓겨나서 이런 산속으로 들어오면 늑대가 너 잡아먹어, 알았지?"

"예, 아무 말도 안 할게요."

어린 꽃님이는 그게 큰 잘못이라는 것을 알지 못하였다. 주변에서 누가 일언반구 교육시킨 적도 없었다.

이후로 간간히 꽃님이는 또 다른 아저씨들에게 이끌려서 헛간으로도 가고, 집으로 가면서 겁탈을 당하기 시작하였는데 그들은 한결같이 "아무에게도 말하지 마라, 말했다가는 쥐도 새도 모르게 죽는다, 대감집에서 쫓겨난다."고 을러대었다.

갈 데 없었던 꽃님이는 대감 집에서 살게만 해준다면 무슨 짓이든 할 셈이었다.

꽃님이가 열네 살 되던 해 초여름,

부엌에서 아침을 먹고 막 나오는데 주인집 막내 도련님이 불렀다. 막내 도련님은 열네 살로 꽃님이와 동갑인데 이제 막 사내 흉내를 내려고 하였다.

"꽃님아, 너 이따가 잠깐만 보자."

"예에? 뭐 시키실 일이 있나요?"

"아니, 그냥 뭘 물어보려구 그런다."

"지금 물어보세요. 이따가는 빨래하러 개울에 가봐야 해요."

"어어, 잠깐이면 된다니까 그러네."

눈빛이 음흉한 것이 물어보나마나 뻔하였기에 꽃님이는 이리 저리 핑계를 대면서 빠져나가려고 하였다.

"으음, 그러면 좋다. 빨래는 해야 하니까 빨래한 다음에 뒷 동산 큰 소나무 있지. 그 큰 소나무 위로 커다란 바위가 있는데 거기로 잠깐만 나와."

"안 가면 안 돼요? 지금 여기서 물어봐도 대답할 수 있어요."

"아이참, 자꾸 말 돌리네. 이따 나오라면 나와. 내 말 안 들 으면 큰 곤경을 치를 줄 알아."

참으로 뻔한 수작이었으나 지금 종살이와 매한가지인데 말을 안 들 수도 없었다. 막내 도련님은 이름이 이정태인데 이놈 도 어디서 꽃님이의 이야기를 다 듣고는 이번 기회에 일찌감치 총각 딱지를 떼어보려고 벼르던 중이었다.

꽃님이가 개울에 가서 허둥지둥 빨래를 끝내고 집에 와서 널 고, 황급히 뒷동산으로 올라갔다.

"꽃님아, 여기야 여기. 이리로 올라와."

정태가 벌써부터 와서 기다리고 있었다. 큰 소나무 위로 커다란 바위가 있는데 그 바위를 돌아서 뒤쪽으로 가니 대여섯 명이 둘러앉을 만한 평지가 있는데 그동안 누렇게 낙엽이 된 솔잎이 쌓여서 푹신거리는 것이 꼭 요를 깔아놓은 것 같았다.

"애, 꽃님아, 네 얘기 다 듣고 왔으니 나에게도 기회를 줘라. 총각 딱지 좀 떼어보자."

어린놈이 다짜고짜 주인 아들이랍시고 허세를 부리었다.

"무슨 얘기를 다 들어요?"

"네가 더 잘 알 텐데. 네가 헤프다고 이 동네에 소문 다 났어."

"뭐라구요? 누가 그런 헛소문을 내나요."

"더 따질 것도 없다. 그만하고 내 말이나 들어줘. 나도 더 이상 암말 안 할게."

"아이참, 너무 억울한 소리입니다. 도련님."

"아이구 말다툼하자고 온 게 아닌데, 시간만 자꾸 간다. 잔말 말고 누워봐."

"아이참, 이러다가 마님이 알면 난 맞아죽어요."

"아, 걱정 마. 그러니까 어서 빨리 방사를 하자구. 어서."

정태는 다급한지 고의춤에 손을 넣었다 뺐다 하였다. 꽃님이는 할 수 없다는 듯이 벌렁 드러눕고야 말았다. 정태는 토끼가 뛰듯 달려들더니 치마를 올리고 속곳을 벗기더니 아직 덜 큰 양물을 들이밀었다. 그러고는 역시 토끼처럼 몇 번 뛰다가 "으억~"하고 작은 비명을 지르더니 내려왔다.

"호호호, 도련님, 벌써 끝났어요."

"왜 웃어, 너 이게 우습냐?"

"그게 아니라 아직 도련님이 크질 않았어요. 양물이 더 커야
해요."

"흐흐흐, 그럴 테지 내 나이가 열네 살이니까 앞으로 삼사 년
은 커야 진짜 총각 소리 들을 테지. 그래 내가 양물구실을 못한
단 말이냐, 너도 열네 살이잖아."

"같은 열네 살이라도 여자하고 남자하곤 다르답니다. 여자는
옥문만 있으면 되는데 남자는 양물이 어느 정도 커야 제구실을
합지요. 설날에 먹는 가래떡처럼 되어야 해요. 호호호."

"으음, 나도 그런 얘기는 들었다. 아무튼 난 좋다, 좋아. 가
끔 만나자."

"호호호, 그래요. 이렇게 빨리 끝나니 만나도 별 탈 없을 것
같네요."

그때 불현듯 꽃님이의 머릿속에 떠오르는 것이 있었다.

"도련님, 그 대신에 내 부탁도 들어줘야 해요."

"무슨 부탁인데?"

"저에게 글을 가르쳐 주세요."

정태가 서당으로 글공부를 하러 매일 다니는 것을 알기 때문
이다.

"천자문 말이냐? 쉽지 않은데."

"한문은 어렵고요, 언문을 배우고 싶어요. 언문을 배워서 재미난 이야기책을 보고 싶어요."

"언문? 그거야 쉽지. 천천히 배워도 서너 달이면 될 게다. 머리가 총명하고 열심히 배우면 한두 달이면 배워, 그러니까 언문이라고 하지. 하하하. 배우고 싶어?"

"예, 배우렵니다."

이렇게 하여 도련님은 꽃님이게 언문을 몰래몰래 가르치기로 약속했고, 여기 솔밭에는 열흘에 한번 꼴로 오자고 약속하고는 황급히 그 자리에서 내려왔다. 도련님은 그날로 종이에다 "가나다라……."를 써서 꽃님이에게 건네면서 한 줄을 가르쳐주었다.

"가나다라마바사아자차카타파하."

이걸 암송하면서 백번쯤 땅바닥에 써보라고 하였다. 이렇게 둘만의 밀담 거래가 이루어졌는데 열흘도 안 가서 대감님 내외가 다 알게 되었다. 하지만 뭐라고 질책은 하지 않으셨다.

"꽃님이가 원래 근본이 천한 아이는 아니다. 어쩌다 고아가 되어서 여기까지 오게 되었지. 총명한 아이다. 미모도 출중하고."

사실 그랬다. 꽃님이는 나이를 먹을수록 예뻐져서 뭇남성들을 홀리기 시작하였으나, 아직 꽃님이가 어떻게 봉변을 당하고 사는지는 몰랐다.

"정태야, 네가 꽃님이에게 언문을 가르치느냐?"

"예에. 잘못 되었나요?"

"아니다. 시간 되면 언문이라도 가르쳐라. 앞으로는 여자들도 다 배워야하는 세상이 온다. 그 애가 원래 천한 신분은 아니다. 머리도 총명하다."

"예, 예, 아버님"

이렇게 하여 그날부터는 아예 마당의 들마루에서 꽃님이에게 언문을 가르치기 시작하였다. 꽃님이는 한 달 보름쯤 후에는 이야기책을 읽기 시작했는데, 어디서 빌려왔는지, '춘향전'을 읽으면서 눈물을 찔끔거렸다. 그 후로도 정태는 꽃님이를 보기 위해서 한자를 가르치기 시작하였다. 천자문부터 가르친 게 아니라 생활에서 자주 쓰고 필요한 한자를 가르치면서 지필묵(紙筆墨: 종이, 붓, 먹)도 주었더니 꽃님이는 뛸 듯이 기뻐하였다.

"발 없는 말이 천리를 간다."더니 꽃님이에게 좋지 않은 이야기가 구르는 눈덩이처럼 커져갔다. 이렇게 된 연유는 나이 어린 정태 때문이었다. 정태가 자랑삼아서 동무들에게 이야기하자, 그 애들이 또 다른 사람들에게 이야기하고 어느 녀석은 부모님에게도 말씀드리니 이제 소문이 갈 데까지 가고 말았다.

03. 논다니로 오해받다

(논다니: 웃음과 몸을 파는 여자를 속되게 이르는 말)

며칠 후, 꽃님이가 빨랫감을 가지고 개울가 빨래터에 갔는데, 느닷없이 스물 대여섯 먹은 아줌마, 사람들이 '돼지 엄니'라고 부르는 그 아줌마가 빨래 방망이를 들고 두 눈을 부라리면서 꽃님이에게로 왔다.

"야, 이년아, 네가 이 동네 사내들하고 다 붙어먹었냐?"

"예에? 무슨 말씀이신지요?"

"어라, 이년이 처음부터 시치미를 딱 떼네, 너 한번 이 빨래 방망이로 맞아볼래?"

이렇게 시비를 거니 주변에 서너 명의 아줌마들이 다가와서 말리기도 하고 꽃님이를 무슨 더러운 벌레 쳐다보듯 하면서 한마디씩 하였다.

"네 이년, 네가 이 동네 사내놈들과 붙어먹었냐구, 똥개들 아무데서나 흘레(교미)하듯 아무 사내들하고 흘레하고 다니냐구, 이년아!"

"예에? 뭐라구요?"

"이년 보게. 아직도 시치미를 떼고 있네. 어디서 막 굴러먹은 논다니가 여기 왔어, 이년아!"

돼지 엄니가 빨래방망이로 당장 한 대 내리칠 기세로 막말을 마구 해대었다.

그제야 꽃님이는 알아차린 모양인데, 그냥 눈물이 왈칵 솟아나오기만 할뿐 무슨 변명의 말을 해야 하는데 말이 나오질 않았다. 갑자기 정신이 아득해지는 것이 꿈결 속에 있는 것 같더니만 몸이 휘청하더니 옆으로 쓰러지고야 말았다.

"어허, 이년 보게, 죽은 체하네."

"아이구, 그만하게나. 그 어린것이 뭘 알겠어. 겁박(劫迫)을 한 사내들이 잘못이지."

그런 중에 어느 아줌마가 다가와서 입에 물을 흘려넣어준다. 막둥이 엄니이다.

"꽃님아, 꽃님아, 정신 차려라. 정신 차려."

"에그, 불쌍한 것. 에미애비없이 타지에 와서 살더니만, 기어코 일을 저지른 모양이네."

꽃님이가 충격으로 혼절한 것은 아니다. 지금 말소리 다 들리는데 꼭 꿈속처럼 기운이 하나도 없다.

잠시 후,

제풀에 지친 아줌마들이 제각기 빨래를 하고, 꽃님이도 깨어나서 몸을 추스르고 그들보다 십여 걸음 더 아래쪽으로 내려가서 빨래를 하기 시작하는데 눈물이 그치질 않고 빨랫감과 개울에 마구 떨어졌다.

그러다가 문득 이상한 소리를 듣게 되어 귀를 쫑긋하지 않을 수 없었다.

"이제 들병이가 왔으니 부랄 달린 사내놈들은 다 그리로 갈 게야."

"호호호. 그러게요. 부랄 안 달린 사내는 없나. 호호호. 그런 사내랑 살면 싸울 일 없겠네."

"호호호, 부랄 안 달렸으면 ㅇ도 없는데, 그게 사내야? 계집이지."

"호호호. 맞아요. 맞아. 계집끼리는 살 수가 없지. 싸워도 부랄 달린 낭군이 최고지."

"그럼, 그럼, 말을 안 해서 그렇지, 계집도 사내 ㅇ맛에 사는 거야. 솔직히 사내만 계집 찾나. 계집도 사내 찾지."

"호호호, 그런데 우리 계집들은 사내를 찾아다닐 수가 있어야지, 사내들은 주막집, 색주가나 들병이라도 찾지, 너무 불공평하네요."

"어쩔 수 없어, 여자로 태어난 죄밖에."

"순태 엄니는 순태 아버지가 그런데 찾아다니는 걸 아시우?"

"알 때도 있고, 모를 때도 있겠지. 옛말에도 열 계집 싫다고 하는 사내 없다고 하지 않는가. 알면서도 모르는 체 몰라서 모르는 체 하는 게 집안 화목이야. 그냥 꼬치꼬치 대어들다가는 그 집안 조용할 날이 없는 게야. 따지고 꼬치꼬치 대들다가 얻어맞아서 눈탱이를 시커멓게 하고 다니기 일쑤야."

이렇게 답변하는 순태 엄니라는 사람은 열일곱 살에 시집와서 그 다음해에 첫딸을 낳고 이년 삼년 터울로 애들이 다섯이나 되었다. 지금은 스물아홉 살인데 자기 나름대로 현명하게 생활하고 있었기에 다른 여자들의 본보기가 되고 있었다.

"누가 꼬치꼬치 대들다가 얻어맞은 모양이죠? 순태 엄니는 아닐 테고."

"누구긴 누구야. 저 아래에서 빨래방망이로 화풀이 하고 있는 복순이 엄니지. 작년에 제 서방이 들병이에게 갔다고 따지고 대들다가 얻어맞아서 눈이 시퍼렇게 멍들고는 사네 못사네 하고 소란을 떨었지 뭐야. 지금 또 들병이가 왔다니까 미리 저렇게 빨랫감에 화풀이를 하는 중이야."

"호호호, 그런 모양이네요."

"호호호."

네댓 명의 아낙네들이 빨래보다는 수다 떨기에 여념이 없었다.

"그 들병이가 매년 오던 그 집에 왔답디까?"

"그렇다고 들었네. 저 아래에 우리 동네 들머리, 큰 감나무 집."

"감나무 집은 재미 들렸나봐요. 해마다 그 집으로 오게."

꽃님이가 빨래를 하는 척 하면서 유심히 듣고 보니 들병이란 술장사가 해마다 가을철에 동네 입구에 있는 감나무 집에서 술장사를 하는데, 몸도 파는 그런 여자인 모양이었다.

감나무 집은 동네 입구에 있지만 그 앞으로 큰길이 있어서 오가는 사람들이 더러 있었다. 그러니까 주막집은 아니지만 오가는 사람들에게 숙식편의를 제공해주고 돈을 받는다고 하였다. 그 집은 원래 방이 세 칸이어서 두 칸은 자기들이 쓰고 건넛방을 가끔 손님들에게 방을 내주기도 하고, 들병이가 왔을 때는 그방에서 살면서 술손님도 받고 밤손님도 받고 그러면서 방세를 아주 짭짤하게 받아온 모양이었다. 그러다가 삼 년 전에는 부엌이 딸린 방 두 칸짜리 바깥채를 지어서 지나가는 객들도 받고 들병이에게 세를 주고 있었던 것이다.

꽃님이는 눈물을 찔끔거리면서 집으로 돌아가는 길에 무언가 비장한 결심을 해야 했다.

'내가 이 동네에 계속 있다가는 대감마님에게 탄로 나서 죽도록 볼기를 맞고 쫓겨나거나, 아니면 동네 사람들에게 죽을 만

큼 언어맞아 반병신이 되어서 쫓겨날 것이다. 그러느니 하루속히 내 스스로 이 마을을 떠나야 한다.'

이제 열네 살밖에 먹지 않은 어린 꽃님이, 가슴 발육도 이제서야 시작되어 복숭아만 하게 부풀기 시작했는데 벌써부터 뭇 남성에게 짓밟히어 만신창이가 되다시피 하였다.

꽃님이는 도망쳐서 먹고 살기 위해 무슨 짓이라도 해야 했기에, 일단 들병이를 만나보기로 했다. 타지로 도망치려면 몇 가지 준비물이 있어야 했기에 막내 도련님 정태를 적당히 이용하기로 하고, 어떤 사내라도 이제부터는 적극 반항하기로 했다. 내 몸은 내가 지켜야지 누가 지켜주질 않았다.

04. 마을에 들어온 들병이

며칠 후,
대감님과 마님이 출타하고, 나머지 식구들도 일을 나가는 둥 아무도 없을 때 꽃님이는 달음박질로 들병이가 있다는 감나무 집으로 향하였다. 오리(2km) 정도 되는 길을 서너 번 쉬어서 숨을 고르고는 내달렸다.

"안녕하세요?"

스물대여섯 살쯤 되어 보이는 젊은 여자가 큰 독을 씻고 있었다.

"누구니? 넌?"

"그냥 지나가다 들어왔어요. 뭣 좀 물어보려구."

"네가 뭘 물어봐. 여긴 너 같은 애들이 올 곳이 아니야. 사내들이 술 마시러 오는 곳이다."

"아, 그래도요. 아줌마가 들병이예요?"

"그래, 병 들고 다니면서 술 판다고 들병이라고 한다. 지금은 여기에 방을 얻어서 주막집처럼 술을 팔아. 왜 관심 있어?"

"아뇨. 아니요. 조금 궁금해서요. 들병장사하면 혼자서해도 돈을 많이 버나요?"

"어라, 쪼그만 게 정말로 관심이 있는 모양이네. 큰돈은 못 벌어도 먹고 살 만큼 벌어서 겨우 사는 게지. 요즘 세상에 큰돈 벌 수 있는 게 없어. 들병장사는 그냥 여자 몸뚱이하나 가지고 하니까, 밑천 없이 할 수 있는 게지."

"그래도 술을 잘 빚어야 할 게 아닌가요?"

"애가 아무래도 수상하다. 거기 앉아봐라. 너, 뭔가 사연이 있는 모양이다. 누구집 딸이니?"

"누구집 딸이 아니라, 여종처럼 살아요. 부모님은 왜놈들에게 칼 맞아 돌아가셔서 누군가 이곳 이 대감집에 키워달라고 데려다 주었어요."

"오호, 딱한 아이구나. 형제는 없어?"

"형제도 있었는데 그때 뿔뿔이 흩어져서 종무소식입니다."

"이런 이런, 의지할 데 없는 고아가 되었네. 그럼 그냥 그렇게 살아야지 무슨 뾰족한 대책이 있나."

"하지만 언젠가는 대감집을 떠나야 할 것 같아요."

"오홍, 그래서 들병장사라도 해보려구?"

"꼭 그건 아니지만 알아두는 것도 나쁘지 않을 것 같아요. 제 팔자가 하두 기구해서."

"에구, 듣고 보니 눈물 나려고 한다."

이렇게 해서 이야기를 시작한 꽃님이는 몇 가지를 더 물어보고는 황급히 집으로 내달렸다. 얼마간을 헐레벌떡거리면서 뜀걸음으로 오다가 숨을 고르려고 잠시 길 옆에 커다란 넙적 돌에 앉았는데, 어느 놈이 손목을 잡아끄는 게 아닌가.

"꽃님아, 너 어디 갔다 오니?"

"어어, 왜 이러세요."

"이리 잠깐만 와봐라."

동네에 스물 몇 살인가 먹은 남자이다. 이름은 모르겠고 피차간에 안면은 있는데 작년엔가 결혼까지 한 놈으로 벌써부터 꽃님이를 겁탈한 놈이다. 그놈은 억센 힘으로 꽃님이를 이끌고 근처에 있는 헛간으로 끌고 가려고 하였다.

"아저씨. 왜 이러세요. 나를 건드리려구요. 이제는 안 돼요. 손끝 하나만 건드려도 관가에 고발하겠어요."

"뭐라고? 이런, 아주 맹랑한 년이네."

"나를 그냥 두세요. 더 이상 나를 욕보이면 관가에 고발합니다. 지금 아무개 아무개 이름도 다 써놓았어요."

"뭐어? 갈수록 태산이네. 너 글자 알아?"

"알아요. 언문 다 알아요. 이야기책도 잘 읽어요."

"어어~ 누가 너에게 언문 가르쳤어?"

"대감집 정태 도련님이 다 알려주었어요."

"뭣이, 정태가 너에게 언문을 알려주어."

"예, 아저씨는 언문도 모르지요?"

"어라, 이게 정말 맞아죽으려고 대드네."

"죽이려면 죽여봐요, 나도 이제 가만히 안 있어요."

꽃님이가 이렇게 말대꾸를 하니 그 사람도 움찔하지 않을 수 없었다. 당장 이 대감이라도 이런 사실을 안다면 태형을 면치 못할 것이다. 곤장 수십 대를 맞고 동네에서 망신살이 뻗히는 것이다. 아저씨란 사람은 입술을 씰룩거리더니 마침내 손목을 놓았다.

"오늘은 내가 바쁜 일이 있어서 참는다, 다음에 보자. 어서 가봐라."

꽃님이는 전 같으면 봉변을 당했을 텐데, 요 며칠사이에 매우 대담해졌다. 그리고 이렇게 그놈에게 대항한 것은 곧바로 효과를 보기 시작했는지 사내들은 더 이상 꽃님이를 낚아채지는 않고 오히려 웃어가면서 겉치레 인사를 하기 시작했다.

"어이~ 꽃님아 어디 갔다 오니?"

이렇게 멀찍이서 아는 체하기만 했지 달려들어서 손목을 낚아채지는 않았던 것이다.

그 후로 꽃님이는 틈틈이 들병이를 찾아가서 여러 가지를 물었다. 들병이는 아직 정식 장사를 시작하지 않았다. 왜냐하면 술을 담근 것이 아직 익지 않았기 때문이다. 술을 사다가 팔 수도 있는데 그러면 지게꾼 삯도 줘야지, 비싸게 술도 사와야 하기 때문에 별로 남는 것이 없다고 한다. 며칠 기다리면 술이 익어서 장사를 시작한다는데 손님들이 주로 저녁 무렵부터 오기 때문에 낮에는 그다지 할 일이 없고 그날그날 팔 음식준비만 하면 된다고 하였다.

들병장사로 돈을 벌려면, 첫째 술을 잘 담가야 하고, 둘째,

안주를 비롯한 음식을 잘 만들어야 하고, 셋째, 여자로서 교태를 잘 부려야 하고, 넷째, 밤손님을 위해서 방중술에서 능해야 한다고 하고, 다섯째, 번 돈을 잘 숨기고 관리를 잘해야 한다고 했다. 죽을힘으로 번 돈을 어떤 엄한 놈이 훔쳐가거나 강탈해가는 수도 있다고 하였다.

마지막 여섯째는, 이 세상 어떤 놈에게도 정을 주어서는 안 된다고 하였다. 단지 술을 팔고 돈을 벌기 위한 목적으로만 사내를 대해야 한다고 했는데 꽃님이는 이를 잘 이해하지 못하였다.

05. 도련님과의 은밀한 만남

"도련님, 우리가 이렇게 몰래 만나는 거 다른 사람들에게 말했나요?"

"응, 아니, 왜?"

토끼뜀으로 방사를 치르고 수북이 쌓인 솔가리 위에 앉아서 이야기가 시작되었다.

"아무에게도 말하면 안 돼요. 혹시 소문이 나서 대감님이나 마님의 귀에 들어갔다가는 큰일 납니다. 나는 치도곤(심한 벌이나 곤장을 맞음)을 맞다가 죽거나 아니면 당장 쫓겨나게 될 것입니다. 도련님이야 괜찮겠지만 저는 그게 무서워요."

"어엉, 그러냐? 그렇지. 그래, 맞아."

정태는 속이 켕기었지만 시치미 떼고 꽃님이의 당부를 들어야 했다.

"앞으로 아무에게도 말 하지 않겠지요. 도련님."

"어엉, 그래, 걱정 마."

"그리고 도련님 부탁이 하나 있어요, 여기 쌓인 솔가리가 푹신하긴 하나 여기에 깔 돗자리 하나만 사주세요."

"돗자리? 그거 집에도 여러 개 있는데 그거 가져다 놓으면 되잖아."

"아니예요. 그거 말고 가죽으로 된 돗자리가 있다고 들었어요. 좋은 것은 노루나 사슴가죽으로 된 돗자리가 있답니다. 멀리 여행가는 사람들이 혹시 노숙을 하게 되면 그런 것을 가지고 다닌다고 합니다."

"그런 게 있어? 비쌀 텐데."

"아이, 비싸면 얼마나 비싸겠어요. 우리 같은 사람이야 돈이 없지, 부잣집 도련님에게야 푼돈이지요."

"그러냐? 그럼 내가 장에 다니는 사람들에게 한번 알아봐서 사오마. 으음, 채 서방이 장에 잘 다니지? 채 서방에게 부탁해 봐야겠다."

여기 상지리(桑地里)에서 양기(陽畿)장까지는 거진(거의) 삼십 리 길이 다되어서 장에 잘 가지 못한다. 가더라도 대부분 남자들이 가는데, 채 서방이란 사람은 동네 사람들에게 이러저러한 것들을 사다달라고 부탁을 받고는 약간의 수고비를 받는다. 수고비로는 돈을 주기도 했지만 주로 곡식으로 받았다. 사람의 성품이 워낙 좋아서 동네 아줌마들에게 매우 호평을 받고 있었다. 아줌마들이 사다 달라고 하는 단골 품목은 화장품이다.

"두 장 사오셔야 합니다."

"왜 또 두 장씩이나."

"아이참, 한 장을 깔고 날씨가 썰렁해지면 한 장은 이불처럼 덮어야하니까요. 호호호."

"하하, 그럴 듯하다. 아무튼 내가 알아봐서 몰래 사오마."

"도련님, 그리고 하나만 더 사다주세요."

"뭘? 또."

"부시(부쇠: 부싯돌을 쳐서 불이 일어나게 하는 쇳조각)요. 불 꺼지면 부엌 아궁이까지 가거나 담배 피는 남정네들에게 불씨를 얻어 와야 하는데 너무 번거로워요."

"으흠, 그렇지. 그래서 부시가 필요하냐?"

"예, 간난이, 언년이도 제몫으로 부시를 가지고 다닌답니다."

"으응, 그건 얼마 비싸지 않을 거다."

"쌈지 있는 것으로 사 오셔야 해요. 쌈지 속에 부싯돌, 부싯 깃 함께 다 들어가요. 부시도 요즘 나오는 것은 반달모양으로 손에 잡기 쉽고 불꽃도 금방 일어나요."

"하하하, 네가 살림꾼이 되려나보다. 알았다. 그것도 채 서방에게 부탁하마."

그로부터 보름쯤 후,

"꽃님아, 여기 가죽으로 만든 자리 사왔다."

"어머, 벌써요? 아이고머니나 고마워요."

정태가 준 보따리가 약간 묵직한데 사방 한 자 가량, 높이도 한 자 가량 되었다.

보자기를 풀어보니 가죽 냄새가 물씬 났다. 누런 가죽이 두 장인데 펴보니 사방 5자 두세 치 가량 되어서 꽃님이의 키와 엇 비슷하였다.

"그거, 장에 다니는 채 서방에게 부탁했더니 간신히 구해왔 다고 하더라, 노루나 사슴가죽은 있지도 않을 뿐더러 귀하고 아주 비싸다고 한다. 그건 소가죽인데 무두질을 잘해서 부드럽 다고 하더라. 가죽 냄새는 바람이 잘 통하는 곳에 한 달 가량 걸어놓으면 많이 빠진다고 한다. 어때 마음에 드냐?"

"아이고, 도련님, 너무 좋아요. 그러고 보니 냄새가 많이 나서 당장 쓰기에는 어려울 것 같아요. 옷에 냄새가 배어들거든요."

"하하, 맞아, 남의 눈에 띄지 않는 헛간 같은 데에 잘 걸어놔 봐라. 냄새가 많이 빠질 것이다."

"도련님, 고마워요,"

"아, 그리고 부시도 사왔다. 여기 봐라. 네 말대로 반달 모양으로 생겼다."

"어머나, 정말이네, 이런 모양이 최고예요. 최고."

꽃님이는 다소 호들갑을 떨면서 부시를 받아 들고는 "딱! 딱!" 튕겨보았더니 금세 번쩍이는 작은 불꽃이 일었다.

"우리 도련님이 최고야, 최고!"

꽃님이가 예전에 볼 수 없었던 교태까지 부리니 정태는 그저 황홀할 뿐이었다.

꽃님이는 노숙생활에 필요한 물품을 하나하나씩 준비하기 시작했다. 그리고 아직 어리다고 부엌에서 음식 만드는 것을 별로 시키지 않았던 마님이나 할머니에게 이제부터 음식을 만들어보겠다고 자청하여 부엌출입을 하면서 부잣집 요리를 여러 가지로 만들 줄 알게 되었다.

그러면서 술을 잠 담근다는 할머니에게 술 담그는 법을 배우면서 같이 담갔다. 먼저 술을 만들기 위해선 고두밥(물기가 없이 꼬들꼬들하게 된밥)을 잘 지어야 했다. 그런 다음에 적당히 물을 붓고 누룩을 넣으면 되는데 약간의 다른 재료가 들어갔다. 그러고 보니 술 담그는 것은 크게 어려운 일이 없어보였다. 그렇게 칠팔일 놓아두면 저절로 술이 되고 체에 거르면 탁주가 되는 것이다. 후에는 탁주를 이용하여 소주를 내리는 법까지 배우게 되었다.

그런데 무작정 먼 길을 떠나려면 먹을 음식이 필요했다. 돈이 많다면 주막집에 가서 사먹을 수도 있겠지만, 돈도 없을 뿐더러 나이 어린 여자가 주막집에 드나들 수도 없었다. 게다가 남의 눈을 피해서 도망쳐야 하지 않는가. 꽃님이는 며칠을 고민하다가 드디어 좋은 생각이 났다. 그것은 바로 길 서방이란 사람이 한양에 몇 번 다녀왔었다고 그 부인이 자랑하곤 했기 때문이다. 위로 딸이 넷이고 아래로 아들 하나 있는데 큰딸 이름이 꼬순이라 그냥 꼬순 엄니라고 불렀다. 성격이 원만해서 동네 아줌마들이 다들 좋아하였다.

그냥 일부러 찾아갔다가는 무슨 눈치를 챌 것 같아서 우연히 빨래터에서 만날 때 물어보기로 하였다. 그렇게 여러 날을 지나는데 빨래터에서 도무지 꼬순이 엄니 옆에 앉을 기회가 없었다. 꼬순 엄니를 마주칠 때마다 다른 아줌마들이 꼬순이 엄니 옆자리에 앉아서 수다 떨기에 여념이 없었다.

그후 보름도 지나서 이십 여일이 지났을 때, 꽃님이는 꼬순이 엄니 옆에 앉게 되었다.

"꼬순 엄니, 지금도 꼬순이 아버지가 한양에 다니시나요?"

"아니, 왜? 뭐 살 게 있어?"

사람들이 희귀한 것들을 가끔 사다달라고 부탁을 하기 때문에 대뜸 이렇게 물어보는 것이다.

"아니요. 제가 뭘 사겠어요. 종살이 하는 주제에. 그냥 한양 구경이 어떨까 하고 궁금해서요."

"호호호, 궁금하긴 뭘, 나라 상감님이 사는 데라 무지하게 큰 궁궐이 있고 부잣집 양반들의 큰 대궐집도 많다고 하더라. 저자 거리에 가면 별의별것들을 다 파는데 모두 비싸서 살 엄두도 못 낸다고 하더구만. 나도 못 가봤다. 한양이 얼마나 먼 거리라구."

"사람들도 많을 테지요."

"사람들 많지, 천 명도 넘을걸."

"어머나, 그렇게 많아요?"

"아마 그럴 거야. 천 명이 뭐야 만 명도 넘을 거다. 오늘 저녁에 물어봐야겠다."

"꼬순 엄니, 그렇게 먼 길을 가려면 음식은 어떻게 하나요? 매번 사먹으려면 돈이 많이 들어갈 것 같아요."

"그렇단다. 미숫가루 같은 마른 음식이 좋은데. 제일 좋은 게

떡이야. 간이 짭짤하게 들어간 인절미가 최고란다."

"인절미요? 상하지 않나요?"

"그냥 놔두면 상하지. 인절미를 한 판 해서 잘 말린단다. 말리면 돌덩이 같아서 먹기 어렵지, 이빨 부러지기 십상이지."

"그래요. 이빨 부러지지요. 그럼 어떻게 먹나요? 물에 불렸다가 먹나요?"

"아니야. 돌덩이 같은 인절미를 무명천에 감싸서 돌로 내리쳐서 부수면 미숫가루처럼 빻아진단다. 그러면 물에 타서 먹기도 하고 그냥 집어먹으면서 물을 먹기도 하면 한 끼 요기는 되는 셈이야. 그러다가 주막집이 보이면 한 끼 사먹기도 하고 이렇게 하면서 가는거야. 꽃님이 너 어디 갈 생각이니?"

"아니예요. 그냥 궁금해서요. 그래도 알아두면 좋을 것 같아요."

"호호호, 그렇지 인생살이 잘 하려면 온갖 잡다한 것들도 다 알아두면 언젠가는 한번은 써먹을 날이 오더라. 아참, 인절미 말고 누룽지도 좋지, 밥 할 적마다 생기는 누룽지를 말려서 가지고 가는 것이다."

"그러네요. 누룽지는 딱딱해도 그냥 먹을 만하니까요."

"아 그럼, 그냥 먹기도 하고, 물에 불려서 먹으면 되지."

"찬이 없어서 싱거울 텐데요."

"으응, 길 떠나는 사람은 꼭 소금을 가지고 다녀야 한단다. 정

배가 고파서 개구리라도 잡아 구워먹더라도 소금은 있어야지."

"호호호, 그렇군요."

이렇게 해서 꽃님이는 아주 귀중한 것을 알게 되었다. 그 외에도 고기를 삶아서 말린 것도 있다고 하였는데, 꽃님이가 고기를 구하기는 매우 어려워서 포기하였다.

주인집은 부잣집이기도 해서 떡을 해도 많이 해서 동네사람들에게 나누어 주기도 하였다. 그리고 수시로 인절미를 해서 손님상에 내어놓는데 꼭 조청에다 찍어먹었다. 꽃님이와 할머니는 겨우 한두 개 맛볼 정도인데 그 맛이 정말 기가 막히었다.

세월은 쉬지 않고 흘러서 동지가 지나고 섣달그믐이 지나고 설을 쇠고 대보름날도 지나치면서, 꽃님이는 열다섯 살이 되었다. 그동안 조금씩 떡을 말리어서 이제 세 되 가량 모았더니 무게도 묵직했다. 누룽지도 두 되 가량 모았고, 소금도 챙겼다. 그리곤 스님들이 등에 지는 바랑처럼 무명천으로 비슷한 바랑을 만들어서 광 안쪽 깊은 곳에 숨겨놓았다. 말린 떡은 삼베 천으로 만든 자루에 넣어서 매달아 놓았다. 그 안쪽으로 가죽 자리가 있었는데 이제는 냄새가 많이 빠지긴 했는데 광에 있다보니 퀴퀴한 냄새가 났다. 햇볕에 말리면 괜찮겠지 하고 꽃님이는 생각했다.

그 외에도 길이가 한 뼘 남짓한 창칼, 부시, 옷가지, 짚신과 주인마님의 꽃신도 몰래 챙겼다. 꽃신은 짚신처럼 쉽게 떨어지는 않는다. 왜냐하면 가죽으로 만들었기 때문이다.

06. 몰래 도망치는 꽃님이

춘삼월이 돌아와서 여기저기 온 산에 진달래꽃이 흐드러지게 피었을 때,

아직 동이 트지 않은 축시를 지나 인시(새벽 3~5시)에 꽃님이는 살그머니 일어나서 쪽문옆 담벼락에 기다랗게 말아놓은 명석 뒤에 숨겨둔 바랑을 짊어졌다. 그러고는 살그머니 빠져나와 뜀걸음으로 얼마간 가다가 곧바로 산속으로 들어갔다. 새벽에 행여 누가 볼까 두려웠기 때문이었다.

그리고 남쪽으로 남쪽으로 뛰다시피 걸었다. 여기 산은 여러 차례 와보았기에 작은 오솔길을 잘 알고 있었다. 그렇게 한 시진(두 시간)이 지나니 동녘에서 훤하게 여명이 보이기 시작했다. 꽃님이는 더욱 조바심이 생겨서 무작정 산을 타고 산속으로 산

속으로 들어갔다. 그렇게 해서 해가 막 떠오를 무렵에는 이제 동네도 보이지 않고 아주 깊은 산속으로 들어오게 되었다. 그제야 한숨을 돌린 꽃님이는 엎드려서 계곡의 물을 마시고는 곧바로 길을 재촉했다. 적어도 하루 이틀은 길로 내려가지 않고 산속으로 다녀야 한다고 생각했다. 하지만 아주 깊은 산속으로는 들어가지 않고 멀리서 동네가 보이는 정도로 다녔다. 너무 깊은 산속으로 들어갔다가 사나운 짐승인 늑대나 호랑이를 만나면 죽음을 면치 못할 것이라고 생각했기 때문이다. 동네 사람들도 심심찮게 어디에서 늑대를 보았느니 어디에서 호랑이 발자국을 보았느니 하면서 그쪽으로 가면 안 된다고 하는 이야기를 들은 터였다.

문득 허기가 져서 하늘을 올려보니 해가 벌써 많이 떠올라서 사시(오전 9~11시)는 되었다. 꽃님이는 계곡 옆에 털썩 주저앉아서 숨을 고르고는 바랑 속에서 마른 인절미를 꺼냈다. 그러고는 전에 아줌마가 말했던대로 무명천으로 감싼 다음 돌로 내리쳐서 가루처럼 만들었다.

손으로 집어먹으니 고소한 맛이 나는 게 한 끼 식사로도 충분했다. 엎드려서 계곡물을 마시면서 언뜻 보니 서너치 가량 되는 큰 가재들이 보였다.

"어머나, 여기가 깊은 산중이라 큰 가재들이 많네."

꽃님이는 반가운 마음으로 돌들을 뒤적이면서 곧바로 십여 마리의 큰 가재를 잡아 무명천으로 감싸았다. 도망치지 못하게 한 것이다. 그리곤 주변에서 마른 나뭇가지들을 모으고, 부싯돌을 꺼내 불을 붙였다. 불 위에 가재를 올려놓으니 몇 번 퍼덕이다가 금방 죽어서 빨갛게 변하였다. 잡은 가재를 모두 그렇게 익힌 후 머리 쪽 등딱지와 다리를 떼어내니 훌륭한 먹거리가 된 셈이다. 고소하니 맛도 괜찮았다.

"산중에서 가재만 잡아먹어도 굶어죽지는 않겠네. 아참, 개구리도 있고 뱀도 있지. 사내 같으면 뱀도 잡아먹을 텐데 아무튼 천만다행이다."

꽃님이는 그렇게 요기를 하고는 곧바로 일어서서 걸음을 재촉했다.

"적어도 삼사 일 정도는 마을로 내려가면 안 될 거야. 힘들지만 산속으로 다녀야지. 혹시 나를 붙잡으려고 뒤쫓아 오는 사람들이 있을지도 몰라."

꽃님이는 혼잣소리를 하면서 걷기 시작했다. 아까처럼 뜀걸음은 아니고 조금은 여유 있게 걸었으나, 길 없는 산중이라 더디기만 했다.

한편,
이 대감집은 아침부터 난리가 난 듯 어수선했다. 집안 식솔

(食率)들이 모두 나와서 마당에서 웅성거리는데, 꽃님이가 간밤에 사라졌다는 것이다. 꽃님이랑 한 방을 쓰는 할머니에게 되는 대로 이야기를 들어본즉, 간밤에 납치당한 것은 아닌것 같다는 것이다.

"아버님, 꽃님이가 저 혼자 어디로 내뺀 것 같습니다."

막내 도련님 정태가 의견을 제시했다.

"그런가보다. 별 탈 없이 잘 지내왔는데 제 딴에 무슨 사연이 있었나. 여길 떠난다 해도 말리진 않았을 것이니 인사라도 하고 가지, 쯔쯔쯧."

"아버님, 제가 한번 찾아보겠습니다."

"네가 무슨 방법으로 찾느냐? 그냥 집에 있다가 조반 먹고 서당에나 가거라."

"제가 꽃님이를 찾으러 가는 것이 아니라 누군가에게 부탁을 해보려구요."

"누구? 누구에게 부탁을 해?"

"저기 있잖아요, 말 잘 타는 마 서방에게 부탁해보렵니다."

"오호라, 마 서방이 있지. 그리하면 쉽게 찾을 수 있겠다. 그럼 어느 방향으로 지목하려느냐?"

"전에 언문을 배울 때 남녘이 따뜻하고 살기 좋다는 이야기를 어디서 들은 모양이더군요. 마 서방에게 부탁하여 남쪽 길을 다녀오라고 해보렵니다. 여자 걸음으로 하루 종일 가봐야 삼사

십 리(12~16km)밖에 못 갈테니 마 서방이면 한 시진도 안되어서 다녀올 것입니다."

정태가 이렇게 확실하다는 듯이 상세히 설명하니 어머니 아버지도 수긍하신다.

"그래, 그냥 앉아있기보다는 찾는 시늉이라도 해야지. 동네 사람들 눈도 있고, 만의 하나 납치라도 당했다면 우리도 큰 망신이다. 어서 가서 부탁을 해봐라."

"예."

사실 정택이는 내색을 못하고 있었지만 애간장이 끊어질듯 안타까웠다. 어떻게든 꽃님이를 찾아와야 했기에 단걸음으로 마 서방 집으로 갔다.

마 서방은 마침 말을 타고 천천히 집에서 나오고 있는 중이었다.

"마 서방~ 마 서방!"

정택이가 헐레벌떡거리면서 저편에서 소리를 지르니 마 서방은 무슨 큰일이 있나 싶어서 말머리를 돌려서 정택이에게 다가왔다.

"왜 그러세요. 도련님, 무슨 큰일이 났나요?"

"아니, 큰일은 아니고, 우리 꽃님이가 간밤에 없어졌어, 혹시 누가 납치라도 해가지 않았나 하고 찾아보려고 그러네."

"꽃님이가요? 이 동네에서 납치해갈 사람 없는데요. 납치했다면 동네에서 누군가 한 사람도 없어져야 할 것 아닙니까?"

"어~ 그러네? 그럼 타동네 놈이 와서 납치했나? 아무튼 자네가 나서서 한번 찾아보게."

"찾아보긴 합니다만 어느 방향으로 가볼까요?"

"이쪽 아랫동네 있잖아, 남녘으로. 꽃님이가 평상시 남쪽 땅이 따뜻하고 살기 좋다고 했거든."

"그랬어요? 아무래도 납치가 아니라 혼자서 도망친 것 같습니다그려."

"어찌되었든 어서 빨리 남쪽 길로 갔다와 주게나. 수고비는 두둑이 줄 테니, 아버님이 다 허락하신 일이네."

"그러시지요. 그럼 아침 운동 삼아 다녀오겠습니다."

마 서방의 원래 성씨는 다른 무슨 성씨인데 말을 늘 타고 다녀서 사람들이 마 서방, 마 서방하고 부르다보니 마 서방이 되었다. 서른 살쯤 되었고 아내와 2남 2녀를 두고 오순도순 잘 살고 있는 아주 성실한 사람이었다. 마 서방이 말의 고삐를 잡으며 "이럇!" 하고 소리치니 말은 "히힝~" 하고 크게 콧소리를 내고는 곧바로 내닫기 시작하였다. 사람으로 치면 스무 걸음쯤을 두세 번 뜀으로 내달으니 금세 시야에서 사라졌다.

"제 까짓 게 도망쳐봐야 부처님 손바닥이다. 한 시진도 못되어 잡혀올 거다."

정택이는 회심의 미소를 지으면서 다시 집으로 올라와서 조반을 먹고 서당에 가야 했다. 머릿속에 온통 꽃님이 생각으로 서당 갈 생각은 추호도 없었으나, 어머니, 아버지는 대수롭지 않은 일처럼 어서 빨리 서당으로 가라고 채근하셨기 때문이다.

하지만 마 서방은 금방 오지 않았다. 정택이가 공부를 끝내고 점심을 먹으러 집에 왔을 때도 아무 소식이 없었다. 오후가 되어 신시(오후 3~5시)쯤에 마 서방이 혼자서 돌아왔다. 남쪽으로 백여리(40km)까지 가보았으나 꽃님이를 본 사람도 없더라는 것이다. 여자 혼자서 하루에 백 리를 갈 수도 없다고 하였다. 아마 남쪽이 아닌 다른 방향으로 갔거나 그도 아니면 산속으로 들어갔을 것이라고 하였다.

정택이는 매우 낙심하였으나 속내를 감추고 꽃님이와 늘 놀던 큰 바위 뒤로 올라가서 털썩 주저앉아 혼자서 눈물을 빼기 시작하였다.

'이년이 그러고 보니 벌써부터 도망칠 궁리를 했구먼 그래, 가죽으로 된 자리를 사달라고 하질 않나, 부시를 사달라고 하질 않나.'

그러나 이미 때는 늦었다. 도망가던 꽃님이가 마음을 돌려서 여기로 오기 전에는 찾기도 어려울 듯했기 때문이다. 정택이는 하늘이 무너질 듯 땅이 꺼질 듯 한숨을 쉬면서 흐느끼었으나 뾰족한 대책은 없었기에 더욱 안타까웠다. 화사한 얼굴에 해쭉이 웃는 꽃님이의 모습이 눈 앞에 어른거렸다. "도련님, 이 글자 이렇게 읽고 쓰면 되나요?" 언문을 배우면서 물어보던 그 모습을 이제 어디서도 볼 수 없었다.

그런 한편,

꽃님이는 쉬지 않고 걸어서 남쪽으로 방향을 지목하고 산을 넘나들었다. 산속의 해는 더 짧아서 벌써 길게 산 그림자가 드리우고 있었다. 꽃님이는 하룻밤을 보낼 작은 동굴이라도 찾았으나 동굴은 보이지 않았고 계곡 앞에 바위틈을 하나 발견하였다.

"아이고머니나, 여기 이 바위틈 속에 있으면 하룻밤을 보내겠다."

정말 그랬다. 뒤에는 커다란 바위가 있고 바위와 바위 사이에 삼각형 모양으로 겨우 한사람 들어가서 앉을 만한 공간이 있었다. 그 아래로 대여섯 걸음 앞에 계곡물이 흐르고 있었으니 썩 좋은 은신처였다.

꽃님이는 주변에서 솔가리를 모아서 바닥에 깔고 창칼을 꺼내서 잔나무가지들을 많이 잘라서 지붕으로 삼고 입구를 가리었다. 날이 어두컴컴해지기에 인절미와 누룽지를 꺼내어 저녁밥으로 대신하였다. 계곡 속에 가재들이 우글거릴테지만 어두워져서 가재 잡기를 포기하고 내일 아침에 잡아 먹기로 하였다.

바위틈은 체구가 작은 꽃님이가 누울 만한 공간도 못되어 겨우 등을 기대고 다리를 뻗을 뿐이었다. 꽃님이는 바랑 속에 있던 가죽 자리를 꺼내 하나는 바닥에 깔고 하나는 이불처럼 온몸과 얼굴까지 덮었더니 의외로 따뜻해졌다. 하지만 그 밤을 쉽게 잠들지는 못했다. 왜냐하면 알 수도 없는 온갖 짐승소리가 등골을 오싹거리게 했기 때문이다. 어느 짐승인가는 근처에서 울부짖는 듯하여 소스라치게 놀라서 살며시 창칼을 쥐고 있어야 했다. 어찌되었든 꽃님이는 자다깨다를 반복하면서 밤을 지새웠는데 눈을 뜨고 보니 동편이 훤해지고 있었다.

"아이고 죽지 않고 살았네. 무슨 짐승들이 그렇게 많은가. 무서워서 혼났네."

꽃님이는 중얼거리면서 짐을 챙기고, 어제처럼 가재를 잡아서 굽고, 인절미와 누룽지를 꺼내어 아침 요기를 하였다. 어제보다는 마음의 여유가 생겨서인지 기분은 홀가분해졌으나 잠을 제대로 못자서 온몸이 뻐근했다.

"아유, 오늘은 기운이 나는 것 같다. 이제 해방이다. 어서 빨리 남쪽으로 가야지."

둘째 날도 부지런히 발길을 옮기어 남쪽으로 향하였다. 해가 뜨고 지는 방향으로 미루어 짐작하면서 남쪽을 향해 산속을 헤매긴 하는데 한없이 더디기만 했다. 산길이 없는 곳을 가다보니 온갖 장애물이 앞을 가로막았기 때문이다. 절벽이 나타나기도 했고 가시덤불 같은 게 나타나기도 했으나 다행히 무서운 짐승인 호랑이나 늑대는 나타나지 않았다.

해가 약간 서쪽으로 기울 때쯤에 두세 마리의 노루인가 사슴인가가 저편에서 부스럭거리면서 지나가고 있었는데 꽃님에게 달려들지는 않았다. 그러면서 꽃님이는 오늘 잠 잘 곳과 물을 찾아야 했다. 얼마간 그렇게 가다보니 갑자기 주변에 잡목이 많이 없고 훤한 곳에 들어서게 되었다.

"어라, 여긴 누가 올라와서 땔나무를 해간 모양이네."

꽃님이는 사람을 만나는 게 두려운 나머지 그 자리에서 납짝 엎드려서 주변을 살피기 시작하였다. 조심조심 두리번거리면서 살펴보았으나 사람의 흔적은 없고 저편에 베어낸 나뭇단이 많이 쌓여 있었다.

"사람은 없네. 다행이다. 저편 나뭇단 있는 곳으로 가봐야겠다."

꽃님이가 안도의 한숨을 내쉬면서 살금살금 그쪽으로 가보았더니 거기 역시 사람은 없고 앞뒤 두 줄로 나무를 쌓아놓았다.

"잘 되었다. 나뭇단 속에서 하룻밤 지낼 만 하겠다."

꽃님이가 내심 쾌재를 부르면서 이리저리 살펴보니 두 줄로 쌓은 나뭇단의 앞뒤에 사람 한 명이 들어갈 만한 공간이 있었다.

꽃님이는 지체하지 않고 주변에서 솔가리와 낙엽을 모아서 바닥에 깔았다. 그러고는 나뭇단에서 나무를 빼내어서 한쪽을 막아 세우고, 지붕처럼 위에도 덮어놓으니 훌륭한 잠자리가 되었다. 뿐만 아니라 옆으로 이십여 걸음 되는 곳에 물이 솟아나는 곳이 있기에 더할 나위 없이 좋았다.

가재를 잡을 수는 없었지만 어제 밤에 지낸 바위틈보다는 훨씬 좋았다. 왜냐하면 발을 길게 뻗고 자도 자리가 남았으니까. 꽃님이가 그 속에 들어가서 입구쪽을 나무로 막아놓으니 훌륭한 잠자리가 되었다.

"이러고 있으면 짐승들도 몰라보겠다."

꽃님이는 내심 만족을 하고 깊은 잠에 빠졌다. 짐승들도 이곳에 사람들이 올라오는지 아는 모양인지 가까이서 큰소리로 울부짖지 않았다,

셋째 날,

어제보다 일찍 일어난 꽃님이는 아침 요기를 하자마자 남쪽으로 향하여 걷기 시작했다. 그런데 곧바로 경사진 길이 나와서 네 발로 걷다시피 하면서 위쪽으로 위쪽으로 올라가고, 그러다보면 다소 편평한 곳이 나오기도 하고, 또 계곡도 나오기도 하였다. 점심을 지나서 남쪽 방향을 보니 아주 커다란 산이 가로막고 있었다.

"이상하다, 남쪽 방향이 맞긴 한데 여긴 큰 산이 있네."

꽃님이는 의아한 생각이 들었지만 더 이상 의문을 품지 않고 높은 산으로 올라가야 했다.

그 큰 산은 사람들이 '개산'이라고 부르는 곳으로 남쪽으로 크게 솟아있고, 서쪽으로 한참을 내려와서 돌아가야 하는 산인데 꽃님이는 그걸 모르고 그저 남쪽 방향으로만 향하였던 것이다.

"어라, 계속 산꼭대기로 올라가야 하네. 안되겠다. 아무리 남쪽 방향이지만 이쯤에서 돌아가야겠다."

영리한 꽃님이는 늦게나마 올바른 판단을 했다. 그 지점이 개산의 7부 능선쯤 되니까 거기도 상당히 높은 지역이었다. 거기에서 문득 서쪽 방향을 보니 저 멀리서 논밭이 보이고 농가가 희미하게 보였다. 꽃님이는 갑자기 무서운 생각이 들어서 그 자리에서 털썩 주저앉고야 말았다.

"아이고머니, 너무 깊은 산중으로 들어왔구나. 사나운 짐승이라도 나타나면 어쩌나. 아이고, 무서워라."

꽃님이는 자탄을 하면서도 바랑 속에 넣어둔 창칼을 꺼내어 손에 쥐고는 다시 걸음을 옮기었다.

그때쯤,

꽃님이의 뒤를 소리 없이 따라오는 짐승이 있었는데 늑대보다는 작았는데 여우는 아니었다. 그러니까 개보다도 작고 고양이보다는 큰 동물인데 아주 조심스럽게 꽃님이의 뒤를 따라오고 있었다. 그렇게 얼마간을 땀을 흘리면서 앞길을 마구 헤치면서 가는데 작은 물소리가 났다.

"졸졸졸, 퐁퐁퐁~"

"이 앞에 계곡이 있는 모양이다. 저기에서 점심 요기를 하고 가자."

꽃님이는 갑자기 마음이 놓이면서 소리 나는 쪽으로 급히 발걸음 옮기었다. 과연 작은 계곡엔 서너 자 가량의 높이에서 물이 떨어져내리고 그 앞에는 작은 물웅덩이가 연못처럼 되어 있었다. 꽃님이는 바랑을 벗어서 옆에 놓고 그 옆에 창칼을 놓고는 엎드려서 물을 먹으려는데 그 순간, 등 뒤에서 아까 그 짐승이 달려들어서 목을 물었다.

"아악~"

꽃님이는 비명을 지르면서 물속으로 처박혔다. 그 짐승은 꽃님이의 목을 문다는 것이 목아래 어깨 쪽을 물고는 놓아주지 않으나 꽃님이가 얼굴과 상반신이 물속으로 처박히는 통에 그 짐승도 물속에 처박히고야 말았다.

물속에 처박힌 꽃님이는 숨도 못 쉬면서 몸부림을 치니 그 짐승도 물었던 입을 벌리고는 꽃님이를 놓아주었다. 살기 위한 반사작용일까. 꽃님이는 몸을 돌리면서 얼굴을 물 밖으로 내밀면서 급히 몸을 비틀어서 창칼을 손에 쥐었다. 그런데 어찌된 일인지 그 짐승은 꽃님이를 공격하지 않고 잠시 멈칫거렸다. 그 짐승은 물을 무서워했던 것이다.

꽃님이가 몸을 조금 일으키어 그 짐승에게 대항하려고 하였을 때 그 짐승도 그제서야 다시 한번 펄쩍 뛰다시피 꽃님이의 목을 물려고 하였다. 꽃님이는 앉은 채로 몸을 살짝 비키면서 그 놈의 목덜미를 창칼로 있는 힘껏 찔렀다.

"캐앵~ 캥!"

그 짐승은 단번에 나가떨어져서 비척거렸고 꽃님이는 일순간도 지체할 수 없이 몸을 일으키어 그 짐승의 목을 여러 차례 찔렀다. 어디에서 그런 힘이 나는지 몰랐다. 단지 살아남기 위해 발악을 한 것이다. 마침내 그 짐승은 피를 많이 흘린 채 죽어버렸다.

"아이고, 하마터면 죽을 뻔 했네, 여기가 깊은 산중이라 무서운 짐승이 많은 모양이다. 어서 피신해야겠다."

이렇게 판단한 꽃님이는 엎드려서 겨우 물 한 모금을 마신 후 곧바로 그 자리를 떴다.

"안되겠다. 일단 아래쪽으로 내려가서 동네 근처에서 남쪽으로 가야겠다."

그런 생각을 하면서 산 옆으로 산 아래로 내려오기 시작하여 어느 작은 고개 같은 산을 하나 넘자마자 나무집이 보였다.

"어머나, 이런 깊은 산중에 누가 사나 나무집이 있네, 사람이 살고 있을까. 사람이 있다면 혹시 나를 알아보지 않을까."

꽃님이는 반가움과 두려움에 조심조심 그쪽으로 다가가 보니 인적은 없었다. 온통 나무로 지어진 통나무집인데 문도 달려있었는데 자물쇠는 없이 노끈으로 묶어 놓았다. 꽃님이는 나무집을 한바퀴 돌면서 자세히 살펴보았으나 아무도 없는 것 같기에 이번에는 나무틈 사이로 안을 들여다보았더니 컴컴하여 잘 보이질 않았지만 사람은 없었다.

"이상하다. 사람이 사는 나무집이 분명한데 비어있네. 아마 산 아래에 볼 일이 있어서 내려간 모양이다."

꽃님이는 내심 안심을 하고는 문을 열고 들어갔더니 거긴 나무로 만든 침상이 양쪽으로 두개나 있었고, 개어진 이불도 있었고 한옆으로는 솥단지, 그릇 등의 부엌 기물도 있었다. 나무집 안에는 호롱불도 있었으나 기름이 다 떨어져서 불을 켤 수는 없었다.

꽃님이는 이 나무집이 무엇을 하는 집인지 몰랐지만 그 나무집은 산삼을 캐는 심마니들이나 송이 버섯이나 약초 채취꾼들이 여기까지와서 하루 이틀 잠을 자면서 송이나 약초를 채취하던 그런 집이었다.

아무튼 꽃님이는 크게 반색을 하면서 거기에 바랑을 내려놓고 털썩 주저앉았다. 그러곤 허기진 것도 잊은 채 이불을 끌어당겨 깊은 잠에 빠지고 말았다.

밤에 한두 번 잠깐 잠에서 깨어나긴 했으나 곧바로 다시 잠이 빠지고 다음날 새벽에야 눈을 떴다. 깊은 잠을 자서일까 밤새 짐승 소리도 못 들은 것 같다. 어제 그 짐승에게 물렸던 오른쪽 목 아래가 약간 아파왔지만 참을 만 했다.

문을 열고 밖을 보니 별다른 모습은 보이지 않는다. 밤새 부슬비가 약간 내렸는지 나무와 풀잎에 물방울이 초롱초롱 맺혀 있었다.

다소 마음이 놓인 꽃님이는 근처를 둘러보다가 얼마 떨어지지 않은 곳에서 작은 샘물을 찾았다. 그곳에도 사람의 흔적이 있어서 나무로 엉성하게 깎아 만든 작은 물바가지가 있었기에 얼른 물을 떠서 마시었다.

"그렇지, 물 없이는 못살아. 어제 나뭇단 쌓아놓은 곳도 샘물이 있었지, 의지할 사람만 있다면 이런 데서 살아도 되겠다. 그런데 너무 깊은 산중이야. 아무래도 짐승들이 무서워."

꽃님이는 혼자서 이런저런 생각을 하면서 지쳤던 몸을 여기에서 하루 더 쉬기로 작정했다. 그렇게 하루를 보내고 다음날 일찍 일어난 꽃님이는 산 옆으로 돌아갈 생각을 버리고 그냥 산 아래로만 내려가기 시작하였다. 그런 다음 민가가 가까이 보이는 곳에서부터 산기슭을 타고 남쪽 방향으로 걷기 시작했다. 여기까지 오니 무서운 생각은 많이 없어졌다. 어른들로부터 듣기로는 사나운 짐승들도 웬만해서는 민가 근처로 내려오지 않는다는 것이다. 짐승들은 짐승대로 사람들을 무서워하고 있다고 했다.

꽃님이는 산기슭까지 내려와서 사람들의 눈을 피해서 걸었다. 그렇게 한참을 가다가 작은 헛간을 발견하고 그 안으로 살며시 들어갔다. 볏짚, 보릿짚과 몇 가지 농기구 등이 무질서하게 쌓여있었는데, 볏짚을 깔고 가지고 다니는 가죽 자리를 깔아놓으니 썩 좋은 요와 같았고, 그 위로 가죽 자리를 덮고 그 위에 또 볏짚을 얹어서 잠을 청하였다.

꽃님이는 너무 피곤하여 그대로 잠이 들고 새벽 여명이 시작될 무렵에야 화들짝 놀라면서 잠에서 깨어났다. 그런데 간밤에 무슨 꿈을 꾸었는지 눈가에 눈물이 맺혀있었다.

꽃님이는 사람들에게 발각될까봐서 급히 산속으로 들어가서 다시 길을 재촉하였다. 이렇게 꽃님이는 낮에는 산속으로 이동하고 밤에는 민가 근처에 와서 헛간이나 아니면 바위 틈새나 무엇이든지 조금이라도 은신하여 잠을 잘 수 있는 곳이면 그런 곳에서 잠을 잤다. 산속 계곡에서 가재를 잡아먹는 것에는 이력이 났고 펄쩍 뛰어다니는 개구리도 좋은 양식이었다. 바랑에 가지고 다니는 인절미와 누룽지가 아직 얼마간 남아있었기에 아직은 산속으로 이동할 수 있다고 생각하였다.

그렇게 열흘인가 열흘이 조금 넘어서인가, 날짜를 세어보지는 않았지만 그때쯤 되어서 꽃님이는 어느 정도 안심이 되었다.

"이제 이만큼 왔으면 꽤 멀리 왔을 게다. 이제부터 민가로 내려가서 도움을 청해보자."

민가 근처로 내려온 꽃님이는 외따로 떨어져 있는 집 중에서도 개가 "컹, 컹" 짓지 않는 집을 골라야 했다. 하지만 그런 집을 찾기가 쉽지는 않아서 해가 지고 노을이 지면서 어두컴컴해질 무렵에야 겨우 마음에 드는 한 집을 발견했다. 가까이 가서 살펴보니 오십 가까이 보이는 할아버지가 부엌을 들랑거리고 있었다.

"할아버지 혼자서 사시나? 그렇다면 나를 받아줄 수 있을 것 같다. 내가 부엌일을 해드린다고 하면 수락하실까."

꽃님이는 혼잣말을 하면서 조심스럽게 사립문을 비긋이 열었다.

"계세요? 계세요?"

"뉘신지요?"

금방 부엌에서 조금 전 그 할아버지가 나오셨다.

"지나가는 사람인데 산속으로 잘 못 들어가서 길을 잃었어요. 하룻밤만 재워주세요."

할아버지는 사립문 쪽으로 나오더니 깜짝 놀라는 표정이었다.

"아이고, 어디서 길을 잃었는지 모르지만 꼴이 말이 아니네.

여자니?"

"예, 여자입니다. 하룻밤만 재워주세요. 아무데서나 좋아요."

"이런 딱하게 되었다. 하여간 들어와봐라."

"예, 예, 고맙습니다."

꽃님이는 머리가 땅에 닿도록 인사를 하고는 마당으로 들어섰다.

"할아버지, 할머니는 안 계시고 혼자 사시나요?"

"아냐, 내자(內子: 아내)가 병석에 누운 지 한 달이 넘었다, 그래서 지금 거동을 잘 못해. 조석도 내가 끓여."

듣고 보니 반가운 대답이었다. 이 집에서 부엌일을 해주면서 얼마 동안은 기거할 수 있을 것이라고 생각했기 때문이다.

"저녁밥은 먹었어?"

"아니요, 못 먹었습니다. 먹을 게 없어요."

"저런 저런, 시장하겠다. 마침 우리도 저녁을 먹을 참이니 같이 먹자."

"아이고, 감사합니다. 그런데 식사 전에 몸을 씻어야 합니다. 산속에 있다 보니 꼴이 산짐승 다 되었어요."

"그럼 그렇게 해라, 날이 어두워졌으니 저기 우물에서 씻어. 볼 사람도 없다."

"할아버지, 혹시 할머니가 입지 않는 옷 있나요. 이 옷도 워낙 더러워져서요. 빨아야 합니다."

"있지, 있어."

이렇게 해서 꽃님이는 할아버지에게 옷 한 벌을 빌려 입고 몸을 씻은 다음에 밥상을 들고 안방으로 들어갔다.

할머니는 자리에 앉아있었는데 호롱불 아래에서도 병색이 완연했다.

"할머니, 제가 오늘밤 신세 좀 지겠어요. 산속에서 헤매다가 길을 잃어서 그럽니다."

"아무렴, 어때, 그렇게 해라, 얼굴이 곱군 그래."

할아버지 내외는 슬하에 위로 딸 셋에 아래로 아들 둘을 두었는데 딸 셋은 타지로 출가하고 아들 둘은 죽었다고 했다. 첫아들은 마을에 호열자(콜레라)라는 역병이 돌 때 죽고, 둘째 아들은 어려서 홍역을 크게 앓아서 원기가 좋지 못하여 농사를 제대로 짓지 못하고 어느 큰 동네에 가서 작은 포목 집을 운영한다고 했다. 그래서 지금 이렇게 두 내외만 살고 있는데 전답도 그리 많지 않아서 그때그때 동네사람들에게 도움을 받으면서 살아오고 있는데 벌써 3년이 넘었다고 하였다. 운이 없게도 작년 섣달 초부터 할머니가 시름시름 앓기 시작하여 좋다는 약을 다 써보았지만 기력을 회복하지 못하고 아예 자리에 눕게 되었다고 하였다.

"낭자는 어디서 온 누군가?"

할머니, 할아버지는 꽃님이에 대해서 물었다.

"원래 집은 바닷가로 아버지가 어부이셨는데, 왜구들이 쳐들어와서 아버지는 싸우다가 돌아가시고 엄니와 막내 동생도 왜구의 칼에 돌아가셨지요. 저와 여동생 하나, 남동생 하나는 어른들 손에 이끌려 뿔뿔이 흩어졌답니다. 저는 어느 대감 집에서 생활하다가 종 같은 생활이 너무 힘들고 지겨워서 먼 친척이 있다는 남녘으로 내려가는 중입니다."

"저런 저런 그 흉악한 왜구들이 거기도 출몰했네. 왜구들이 배를 타고 바닷가로 와서 약탈하고 사람을 죽인다는 소문을 진작부터 듣고 있었다. 이런 산중에 살면 왜구 걱정은 안 해도 된다."

"그리고 제 본 이름은 이상순인데 대감 집에 들어가면서부터 꽃님이라고 불렸어요. 처음엔 어색하였으나 듣기에 좋다고 하니 그냥 꽃님이라고 부르시면 됩니다. 그냥 딸자식처럼 대해주시면 좋겠습니다. 몸이 편찮으신 할머니를 대신하여 수족(手足: 자기의 손이나 발처럼 마음대로 부리는 사람을 비유적으로 이르는 말)이 되겠습니다."

꽃님이가 적당히 둘러서 말씀드렸더니 두 분은 연신 불쌍하다면서 안타까워했다.

"우리 두 내외만 살기에 그리 크게 할 일은 없고 조석이나 차려주면 고맙지. 금년 몇인고?"

"열다섯 살 되었습니다."

"어린 나이에 너무 심한 고생을 한다. 쯔쯔쯧. 그런데 어딜 간다는 게냐?"

"남쪽 어느 동리에 먼 친척이 있다고 해서 무작정 길을 나섰습니다."

"그럼 언제까지 꼭 간다고 기약을 정한 것도 아니구먼."

"예."

"그러면 우리 집에서 머물다가 가도 되겠어. 내자도 저렇게 기동을 못하니 말이야."

"그렇게만 해주신다면 백번 감사하지요. 부엌일, 빨래 다 하겠습니다."

"허허허, 그렇게 해라."

꽃님이는 속으로 이런 횡재가 어디 있을까 하고 감탄을 하고 있었다. 여기 할아버지는 추 씨여서 사람들이 추 씨 할아범이라고 부르거나 그냥 밖에서 추 서방이라고도 불렀다.

이렇게 해서 추 씨 할아버지 집에서 생활이 시작되었다. 꽃님이는 매일 일찍 일어나서 부엌에 들어가 밥을 하고 찬을 만들어서 할머니 할아버지에게 식사를 올렸다. 매번 밥을 같이 먹자고 하였으나 늘 상을 물려서 뒤에 밥을 먹었다. 이 대감 집에서 하던 대로 했다. 그러나 그런 식사도 열흘도 못 갔다. 할아버지가 역정을 내다시피 같이 먹어야 한다고 했다. 꽃님이는 한편으로 너무 고맙고 사람대우를 해 주는 것 같아서 눈물을 찔끔거렸다.

이제 부엌살림은 아예 꽃님이가 도맡아 하게 되었다. 일일이 무엇이 어디에 있고 무슨 반찬을 해서 올릴까요 하고 물어볼 필요도 없이 꽃님이의 손에 맡긴 것이니 아예 안주인이 되다시피 했고 할아버지 할머니는 하늘에서 선녀가 내려왔나, 우렁 각시가 사람으로 나타났나 하면서 매우 좋아하였다. 다만 할머니가 아직도 기운이 없고 가끔 잠을 자다가도 가위에 눌려서 놀라시곤 하였기에 그때마다 할아버지가 진땀을 빼곤 하였다.

며칠 후,

"딱! 딱! 딱!"

탁발승이 찾아와서 목탁을 치고 있었다. 꽃님이는 대수롭지 않게 쌀을 반 되 가량 바가지에 담아가지고 나가서 스님의 바랑에 넣어드렸다. 전에 이 대감 집에 있을 때는 꼭 마님이 시키는 대로 시주 쌀이나 약간의 돈을 드리곤 했는데 지금의 꽃님이는 안주인처럼 생활하고 있기에 누구에게 물어볼 것도 없이 시주 쌀을 드린 것이다.

"나무관세음보살, 나무아미타불~"

스님이 합장을 하면서 가는데, 꽃님이에게 문득 무슨 생각이 떠올랐다.

"저기요. 스님, 잠깐만요."

"예에?"

스님이 돌아서서 다시 오기에 꽃님이가 얼른 다가섰다.

"우리 할머니가 작년 섣달 무렵부터 원인 모를 병으로 기동을 잘 하시지 못합니다. 스님께서 독경이라도 한번 해주시면 고맙겠습니다."

"어허, 그런가요. 독경이 그리 어려운 일이 아니니 성의껏 해 드리리다."

마침 안방에는 할아버지 할머니가 계셨다.

"할아버지, 여기 스님이 오셨기에 쾌차하라고 염불을 외우신다고 합니다."

"그러냐? 그럼 어서 모셔라."

안방은 채광이 잘 되질 않아서 조금 침침했다. 스님은 말씀을 몇 번 하시더니 금세 염불을 했는데 금방 끝나는 것이 아니라 거의 반시진(1시간) 가량을 땀을 흘리면서까지 목탁을 두드리면서 염불을 했다. 할머니는 누워있고 할아버지와 꽃님이도 꼼짝을 못한 채 그 옆에 앉아있어야 했다.

'염불을 저렇게 오래하시는 것은 처음 보았네.'

할아버지와 꽃님이는 똑같은 생각을 하면서 이제나 저제나 끝나기만을 기다렸다.

"나무관세음보살, 나무아미타불. 딱, 딱, 딱."

이제야 끝난 모양이었다.

"아이구, 큰 고생하시었습니다."

할아버지가 먼저 감사의 말을 전했다.

"할머니의 병환은 일반 병환이 아닙니다. 심인성 병이요. 마음의 병인 게요,"

"예에? 그게 무슨 말씀이신지요."

"혹시 근래에 무엇에 놀라지 않으셨소이까. 작년 섣달부터 병환이 생기었다는데 그때쯤 무엇에 놀라지 않았소이까?"

"예에? 작년 섣달이요. 아이쿠 그런 일이 있었습니다."

그러고 보니 작년 섣달 초에 할아버지는 할머니와 함께 건넛마을에 다녀오면서 고개를 넘다가 호랑이 소리를 듣게 되었다.

"아이쿠, 여보, 호랑이요. 호랑이"

"어억, 그러네. 어서 피신합시다."

두 분은 크게 놀라면서 피신할 곳을 찾았는데 마땅히 피신할 곳도 없었고 "어홍~"하는 호랑이 소리는 더욱더 크게 들려왔다. 두 분은 손을 맞잡고 고개 아래로 피신한다는 것이 높이가 두어 길 정도 되는 심하게 경사진 곳에 마구 굴러서 떨어지게 되었는데 소리도 제대로 못 지르고 떨어져야 했다.

"여보, 괜찮아, 어서 피하자고."

"괜찮은 거 같아요. 어디로 피하나요?"

둘은 목소리를 죽여서 모기 소리만하게 대화를 하였다. 한밤 중에 하늘의 별빛 달빛에만 의존해서 주변을 살폈으나 뭐가 뭔지 분간을 못하고 숨을 곳도 찾을 수가 없었다. 그렇게 잠시 허둥대다가 마침내 경사진 곳에 흙이 계곡으로 떨어지면서 후미진 곳이 보였다.

"여보, 저리로 들어갑시다."

할아버지는 할머니에게 안쪽으로 들어가서 쪼그리고 앉게 하고 자신도 그 앞에 쪼그리고 앉아서 호랑이가 지나가기만을 기다렸다. 그때가 술시(밤 7~9시)가 지나서 해시(밤 9~11시)가 시작될 쯤인데 이때부터 오그린 다리를 펴보지도 못하고 섣달 추위에 밤새 떨면서 새벽까지 보내야 했다. 동녘이 훤해질 무렵에 그 후미진 곳에서 나와야 했는데 둘 다 접혔던 오금이 펴지질 않아서 한참을 실갱이해서야 간신히 걷기 시작해서 겨우겨우 집으로 돌아올 수 있었다. 그날 부터 둘은 몸살감기처럼 앓기 시작했는데 할아버지는 며칠 지나서 원기를 회복했지만 할머니는 회복하여 거동을 하는 듯하다가 기운 없다고 다시 눕고, 또 거동을 하는 듯하다가 맥없이 드러누웠다. 또 식욕이 없어서 잘 먹지도 하는등 하루하루가 지나면서 점차 병환이 깊어졌던 것이다.

할아버지는 이런 얘기를 스님에게 대략 말씀드렸다.

"어허, 그런 일이 있었군요. 그런데 치료를 달리했으니 쾌차하지 못한 것이요. 이제 심인병이라것을 알았으니 내가 처방을 써드리리다."

스님은 바랑에서 휴대용 지필묵을 꺼내어 한자로 처방전을 써주었다. 글공부를 하지 않은 할아버지, 할머니는 한자는 전혀 모르고 겨우 언문만 알고 있었는데, 꽃님이가 대략 보니 한자라도 몇 글자는 알아볼 수 있었다. 스님이 돌아가신 후 할아버지는 처방전을 들고 십 여리 밖에 있다는 의원을 찾아갔다.

할머니도 이제 안심이 되는지

"이제 병의 맥을 잡았으니 약을 먹으면 곧 나을게다."

라고 말씀하시면서 꽃님이를 크게 치하하였다.

과연,

스님의 처방전대로 약을 지어 와서 꽃님이와 할아버지는 정성껏 약탕기에 약을 달여서 드렸다. 그랬더니 삼일 후부터 차츰차츰 효과가 나타나기 시작하여 십여 일만에 쾌차하여 예전처럼 생활할 수 있게 되었다.

할머니는 연신 "우리 집에 선녀가 내려왔어." 하고 칭송하고 할아버지 역시 "맞아, 맞아. 당신 살려주려고 선녀가 온 게지 뭐야." 하고 맞장구를 쳤다.

그런 소리를 듣게 된 꽃님이는 무한히 기뻐했다. 살아오면서
이렇게 마음이 흡족한 적은 없었다.

07. 맛 좋은 술

이렇게 몇 달 지나고 봄, 여름, 가을이 지나면서 꽃님이는 이
제 어른처럼 커서 가슴도 됫박을 엎어놓은 듯 하였으며 엉덩이
도 풍만해지고 키도 커서 다섯자 세치(160㎝) 가량 되었다. 거
기다가 약간 큰 두 눈과 통통한 양 볼에 주순(丹脣: 붉고 고운 입술)
이 누가 보아도 미녀였다. 꽃님이는 그 집 식구가 되다시피 하
여 논밭일도 하고 집안일도 하면서 하루하루를 보냈다.
　"이런 집에서 혼인하여 한평생 살았으면 좋겠다."
　꽃님이도 이렇게 생각하곤 했다.

주인할아버지는 매일 석반에 반주로 탁주를 한잔씩 마시었
는데, 할머니가 술을 담그곤 했다. 언젠가 한번 꽃님이가 술을

마셔보니 맛이 영 시원찮았다. 하지만 꽃님이는 맛이 있네 없네 아무말도 하지 않고 술을 담가보겠다고도 하지 않았다.

그해 가을, 추수가 끝나고 조금 한가할 때이다.
"탁주가 영 맛이 없어, 술도가에서 사올 수도 없고, 할망구의 솜씨가 없단 말이야."
한 밥상에서 저녁을 먹으면서 할아버지가 무심코 한말이었다.
"할아버지, 제가 한번 술을 담가볼까요?"
꽃님이의 입에서 저절로 튀어나온 말이었다. 속으로는 아차 싶었지만 이미 내뱉은 말을 주워 담을 수도 없었다.
"어엉, 꽃님이가 술을 담글 줄 알아?"
"예, 전에 몇 번 담가보았어요. 맛이 있을지 없을지는 잘 모르겠어요."
"아무렴 어때, 할멈보다야 낫겠지."
"아이고, 이 양반이 평생 내 술을 마시다가 트집을 잡네, 트집을 잡아."
"트집은 아니고 맛이 그렇다는 거지."
두 분이 티격태격 하는 모습이 싸우는 건지 농담을 하는 것인지 분간이 가지 않았다.

다음 날,

74

꽃님이는 할아버지의 눈에 들기 위해서 술을 정성껏 담갔다. 할아버지의 눈에 잘 들어서 운이 좋으면 신랑감을 소개해주고 혼인시켜줄지 모른다는 막연한 기대감이 있었기 때문이었다.

칠팔일쯤 후,
술이 익어서 술상을 차려 내왔는데 할아버지가 기겁을 하다시피 감탄했다.
"내 평생 이렇게 입에 착착 달라붙는 술은 처음이네. 이제 술도가 망하겠어."
"아이구 정말로 술맛이 좋구만, 그동안 내가 술을 엉터리로 담갔네. 호호호."
할머니 역시 맞장구를 쳤다. 그런데 그때 술맛이 좋아서 일이 자꾸 확대될 줄은 아무도 몰랐다. 술맛이 워낙 좋다보니 할아버지가 동네 친구들 아는 사람들에게 우리 집에 와서 탁주한잔 마시라고 하면서부터 동네 사람들이 하나둘씩 오기 시작하여 꽃님이와 할머니는 저녁마다 주막집처럼 술상을 내놓아야 했다. 안주는 되는 대로 먹던 반찬이나 아니면 장아찌라도 내놓아야 했다.
"야아~ 이런 탁주가 있다니. 조선천지에서 최고 맛일 게야."
"그럴 것이네. 내가 여러 동네 다녀보았지만 이런 술은 처음이야.”

이렇게 이구동성으로 칭찬을 마다하지 않았다. 이렇게 사람들이 오다보니 술 한 독으로 할아버지 혼자서 이십여 일은 마실 텐데 불과 오륙일 만에 바닥이 나고 말았다. 술맛이 자랑스러웠던 할아버지는 꽃님이게 얼른 또 술 한 독을 담그라고 해서 꽃님이는 또 술을 담갔다.

“영감님. 이렇게 공술을 먹으니까 너무 부담됩니다. 술 담그는 데 들어가는 돈도 꽤 되잖아요. 비싼 쌀에 누룩 값이 헐하지(歇--:값이 싸다.) 않지요.”

“그러게 말여, 술맛이 하도 좋아서 동네사람들 부르다 보니 이렇게 되었어. 그렇다고 그만둘 수도 없고, 허허허, 좋은 일 하다보니 내 돈이 수월찮게 들어가네. 허허허.”

“영감님, 그렇게 공술로 주지 마시고 실비(實費: 실제로 드는 비용. 저렴하게)를 받으세요.”

한마디로 공술로 주지 말고 실제로 들어가는 비용만큼 돈을 받으라는 것이다.

“어허허허, 주막집도 아닌데 그럴 수가 있나. 사람들 이목도 있지.”

“아이고, 그렇게 하면 피차간에 다 편합니다. 술 담그는 데 들어가는 실비하고 수고비를 약간 얹어도 주막집보다는 훨씬 쌀 겁니다.”

이렇게 말하니 주위에 있던 네댓 명의 사람들도 차라리 그게 좋겠다고 이구동성으로 말하였다. 공술 얻어먹다 보니 너무 부담이 되어서 실비를 받으라고 권유한 것이다.

그날 밤,

할아버지, 할머니, 꽃님이 셋이서 호롱불 아래에서 의논을 시작했다. 내용은 공술을 이제 그만하고 실비를 받고 술을 팔자는 내용이다.

할머니는 그게 무슨 큰돈이 되느냐면서 귀찮으니 그만두자고 했고, 할아버지는 '좋은 술도 먹을 겸 약간의 푼돈이라도 생길 것이다.'라고 생각하여 술을 팔자고 했다.

사실 결정권은 꽃님이게 있었으나 두 분께서 먼저 의견을 내놓았다. 꽃님이는 '가급적 여기에서 더 지내면서 운이 좋으면 시집을 갈 수 있을 것이다.'라는 기대감과 함께 그냥 있으니 주인할아버지에게 조금이라도 금전적인 보답을 하고 싶었다.

“꽃님아 네 생각은 어떠냐?”

“저야 두 분께서 하라는 대로 해야지요. 제가 지금 공으로 먹고 자는데 조금이라도 보답을 하고 싶어요.”

“어엉? 그러냐. 여보 할멈, 꽃님이는 하고 싶다는데 어때? 임자가 크게 할 일은 없잖어?”

"그러게요. 그럼 마음대로 하시우, 난 굿이나 보고 떡이나 얻어먹을 테니."

이렇게 해서 술은 큰독에 담그면서 술을 팔기 시작하였다. 안주는 되는 대로 반찬이나 장아찌, 어떨 때는 빈대떡도 만들었다. 실비에다 약간의 수고비를 얹어서 받아도 주막집보다 훨씬 싸다고 말들을 하였다. 즉, 주막집보다 술값도 싸고 술맛은 더 좋다는 것이다.

빈대떡을 잘한다니까 여자들끼리, 혹은 가족끼리도 와서 사먹게 되었다. 어느 때는 사람들이 닭을 잡아와서 요리해 달라고 하였는데 그때는 알아서 수고비를 더 얹어 주었다. 이러니 주인할아버지, 할머니는 매일같이 엽전을 보게 되니 점점 재미를 붙이게 되었고, 꽃님이는 꽃님이대로 열심히 술장사에 열중하여서 집은 주막집 아닌 주막집이 되다시피 하였다.

08. 선물공세 하는 사내

낙엽이 떨어지고 날이 점점 추워지는 겨울이 서서히 다가왔다.

어느 날,
스물네댓으로 보이는 남자들 세 명이 왔다. 전에도 몇 번 온 사람들이라 그냥 아는 체하고 인사를 했다. 그런데 오늘은 커다란 돼지 뒷다리를 가져왔다.

"할아버지. 이게 멧돼지 뒷다리요."

"뭐어? 어허, 이걸 산에서 잡았나?"

"예, 우리 셋이서 잡아서 고기를 나누고 다리 한 짝은 여기로 가져왔어요. 탁주랑 같이 먹으려고요. 저기 꽃님이가 요리를 잘한다니까 얼른 익혀오세요."

"어허허, 이거 횡재했네. 여보, 꽃님아, 이리와 봐라 여기 멧돼지가 있다."

큰소리로 부엌에 있는 할멈과 꽃님이를 불렀다. 할멈과 꽃님이가 나와서 보니 정말로 커다란 멧돼지 뒷다리가 있었다.

"아이구야, 무겁다."

꽃님이가 받아들고서는 부엌으로 들어갔다. 이들 세 사람은 늘 어울려다녀서 동네 사람들이 삼총사라고 별칭을 지어 부르곤 했다. 어떤 사람은 이들 세 명이 결의형제(結義兄弟: 의로써 형제의 관계를 맺음. 의형제)를 맺었다고 했다. 사람들은 이들을 김 서방, 최 서방, 우 서방이라고 불렀는데 김 서방과 최 서방은 미혼이고 우 서방은 작년에 결혼했다고 한다.

나중에 안 일이지만 김 서방이라는 사람의 이름은 김춘성인데 홀어머니와 함께 산다고 하였다. 전답도 얼마간 있어서 먹고 사는 데는 문제 없이 그럭저럭 사는 모양이었다.

아무튼 그날은 멧돼지 뒷다리로 찌개를 만들어서 거기에 있던 여러 사람들과 푸짐하게 먹었다. 맛도 기가 막히어서 사람들이 모두 그들 세 명에게 입이 닳도록 칭찬을 했다. 할아버지도 얻어먹기에 미안해서인지 공술 몇 병을 가지고 왔다. 그러니 그날 밤은 거의 잔치분위기였고 꽃님에도 이리저리 시중들면서 두세 잔을 얻어마시었다. 꽃님이는 이렇게 하루를 보내는 것에 너무 만족했다.

그날은 그렇게 해서 보내고 한 열흘 후 쯤 김 서방이라는 사람이 혼자서 왔는데 보자기에 뭘 싸왔다. 그러더니 그 보자기를 들고 할머니에게 갔다.

"할머니, 여기 누비옷 두 벌 있어요. 둘 다 여자 것이에요. 한 벌은 할머니 입고, 한 벌은 꽃님이에게 주세요."

"뭣이라고? 네가 내 누비옷을 가져왔다고, 아이고 세상에 이런 고마운 일이 있나."

할머니는 연신 고맙다고 하면서 술 한 잔 마시고 가라고 하였으나 김 서방은 그냥 돌아갔다. 이때 꽃님이는 부엌에 있어서 무슨 일이 있는지도 몰랐다. 누비옷은 무명천을 앞뒤에 두고 그 안에 얇게 솜을 펼쳐놓고는 바느질로 한 땀 한 땀 꿰매야 하는 것으로 손이 아주 많이 가는 겨울옷이다. 누비옷 한 벌(치마, 저고리)을 만들려면 아마 열흘은 걸릴 것이다. 혼인도 하지 않은 사람이니 삯바느질로 만들어왔을 텐데 아마 비용이 꽤 들어갔을 것이다. 그런데 그것도 두 벌씩이나 해왔으니 할머니는 여간 고마운 게 아니었다.

"애야, 꽃님아, 어여 방으로 들어와봐라."

안방에서 할머니가 큰소리로 불러서 꽃님이가 들어갔다.

"저번에 멧돼지 뒷다리 가져온 사람들 알지?"

"예, 세 명이 가져왔잖아요."

"응, 그래, 맞아, 거기 김 서방이라고 있잖아. 이름이 김춘성이야. 그 사람이 오늘은 누비옷을 가져왔다. 네 몫으로 한 벌, 내 몫으로 한벌, 세상에 이렇게 고마운 사람이 있나."

"예에? 그랬어요. 그런데 어떻게 제 몫으로도 누비옷을 가져왔나요. 그거 만들기가 아주 까다로운데."

"글쎄다. 암만해도 네가 마음에 드는 모양이다. 그렇지 않고서야 어떻게 옷을 가져왔겠어. 암튼 잘되었다. 이거 한 벌이면 겨울나기가 어렵지 않을게다. 한 번 입어볼래?"

"나중에 입어볼게요. 할머니."

"아냐, 시간이 많이 걸리는 것도 아닌데, 치마저고리인데 그냥 대충 입어봐. 네가 키가 좀 커서 맞을지 모르겠다."

할머니가 자꾸 채근을 하여서 꽃님이가 입어보니 약간 헐렁했지만 아주 잘 맞았다.

"약간 크네요."

"아냐, 그게 맞는 거야. 겨울에는 추워서 속에 뭐라도 하나 덧입으니까 그게 맞는 게야. 호호호, 춘성이가 눈썰미가 좋네, 어떻게 이렇게 딱 맞게 옷을 어디서 지어왔단 말인고."

꽃님이는 그날 밤 싱숭생숭했다. 춘성이라는 사람이 자기를 마음에 두고 있나, 홀어머니 모시고 산다는데. 전답도 어느 정도 있어서 먹고 살기에는 충분하다는데…….

온갖 상념이 머릿속을 뒤흔들었다.

다음 날 저녁 때 세 사람이 와서 왁자지껄 떠들면서 술을 마시고 갔다. 꽃님이는 춘성이에게 고맙다고 말이라도 해야 했는데, 어째 쭈뼛거리기만 할뿐 기회를 타지 못해서 아무 말도 못했다.

　이틀 후,
　이들 세 사람이 또 왔는데 토끼를 두 마리나 잡아왔다. 그러더니 우물가에서 토끼 가죽을 벗기고 내장을 손질해서 꽃님이에게 건넸다.
　"요즘 토끼 고기 맛이 최고여. 맛있게 탕으로 끓여."
　할아버지, 할머니는 매우 좋아하시면서 이날도 또 공술을 서너 병 내왔다. 이때만 해도 꽃님이는 들병이가 아니었기에 옆에서 술시중을 들진 않고 술이나 안주를 더 달라고 하면 갖다 주고 얼른 부엌에 들어가 있을 때였다.

　잠시 후,
　세 사람이 술을 다 마시고 일어났는데 두 사람은 서있고, 김서방이 안방에 있는 할머니에게 다가왔다.
　"할머니, 할머니."
　"응, 왜 그래?"
　할머니가 문을 열고 밖을 내다보면서 물었다.
　"내일 우리 집에서 술을 담그는데 꽃님이더러 와서 좀 봐달라고 하면 안 될까요? 꽃님이가 술을 썩 잘 담그잖아요."

"어엉, 그러냐? 그야 어렵지 않지. 꽃님아, 꽃님아, 이리 잠깐 와봐라."

곧바로 꽃님이가 안방문 앞에 섰다.

"여기 춘성이가 내일 술을 담근다고 한다. 한번 가서 봐줘라. 네가 담그는 것이 아니니까 그냥 잘 담그나보기만 하면 될 것이야."

이렇게 말씀하시니 꽃님이는 싫다고 할 수도 없다.

"예, 그럼 갔다올게요."

이렇게 답변을 하는 수밖에 없었다. 춘성이는 꽃님이더러 내일 점심먹고 미시(오후 1~3시)가 될 때 동네 어디어디로 오면 내가 근처에 있다가 마중나간다고 하였다. 술 담그는 것을 보기만 해달라고 부탁을 한 것이다. 사실 그게 별로 어려운 일도 아니었다.

09. 겁탈 또 겁탈

다음날,

꽃님이가 점심을 먹고 동네로 들어가서 얼마큼 가니까 춘성이가 나와 있었다. 매우 반기면서 자기집으로 데리고 가는데 그냥 다른 집과 비슷한 초가집이었다.

춘성이는 먼저 광으로 데려가더니 술독을 보여주었다.

"술 다 담갔네요. 담그는 것을 봐 달라고 하더니."

"응, 그냥 어제 밤에 대충 버무려서 담갔어."

춘성이가 약간 어물거리면서 답변을 했다.

"술 다 담갔으면 그냥 돌아갈래요."

"아니 추운데 잠깐 몸을 녹이고 가, 방에 불을 지펴서 아주 따뜻해."

"어머니 계시잖아요."

"지금은 안 계셔."

"그래도 거북해요. 그냥 가렵니다."

이래서 꽃님이가 돌아서 나오는데, 춘성이가 손을 낚아챈다.

"잠깐만 쉬었다 가. 잠시 몸을 녹이고 가면 되잖아, 오늘 어제보다 춥다."

"아이참, 가야 하는데."

지난번에 누비옷까지 준 춘성이기에 크게 뿌리치지 못하고 망설이고 있는데 어느덧 춘성이의 손에 이끌려 얼떨결에 방으로 들어가게 되었다. 방은 깨끗하게 정리되어 있었고 불을 지폈다더니 온기가 후끈했다. 그런데 아랫목에 요가 깔려있어서 다소 의아하게 생각했다.

"꽃님아, 거기 앉아서 잠깐 몸을 녹여, 내가 홍시 가져올게."

"……."

춘성이가 급히 나가더니 곧바로 커다란 접시에 물렁물렁한 홍시를 수북이 담아내왔다. 한 겨울철에 먹어보는 홍시는 달달한 것이 맛이 아주 일품으로 귀한 과일이었다.

"자 먹어, 요즘 홍시가 최고다."

그러면서 춘성이가 하나 들어서 꽃님이게 주고 저도 하나 먹기 시작하였다. 꽃님이는 마다할 수가 없었다. 아니, 먹고 싶기도 해서 얼른 입으로 가져갔다.

"어머나, 정말 맛있네요. 한겨울에 먹는 홍시라 그런지 맛이 더 달아요."

"응, 원래 홍시는 날이 좀 추워져야 더 달단다."

"그렇군요."

꽃님이는 홍시를 한 개 다 먹고 또 하나 집어 들고 두 개째도 다 먹었다.

"더 먹지 그래."

"아뇨, 배불러요. 근데 이거 남은 거 가지고 가서 할머니 주면 안 될까요?"

"왜 안 돼. 이따 갈 때 싸줄게. 가지고 가서 할머니 할아버지 드려, 아주 좋아하실 거야."

"예, 고마워요. 지난번에 누비옷 주셨을 때도 고맙다고 인사도 못했네요. 호호호."

"아~ 누비옷. 네 것하고 할머니 것하고 두 벌 갖다 드렸지. 인사를 못했으면 오늘 하면 되지 뭐."

그러면서 춘성이는 꽃님이 옆으로 다가앉더니 느닷없이 손을 잡는다.

"꽃님아, 내가 너 좋아하는 거 알지?"

"……."

"내가 널 얼마나 좋아하는데 그걸 몰라주냐."

"아이참, 부끄러워요."

곧바로 춘성이는 꽃님이를 부둥켜안으면서 볼을 비비기 시작했고, 꽃님이는 빠져나오려고 기를 쓰면서 소리를 쳤다.

"아이참, 이러지 마세요. 이러지 마요."

하지만 어찌된 노릇인지 비명은 못 지르고 말하듯이 반항했다.

"꽃님아, 너를 좋아해, 한번만 봐줘라."

춘성이는 꽃님이를 요에 눕히면서 한손으로는 치마를 걷어 올리고 속곳을 내리기 시작했다.

"아악, 안돼요. 이러지 마요. 안돼요."

"잠깐만 나 지금 미칠 것 같다. 잠깐만."

춘성이는 애원을 하면서 겁탈을 하려고 했고 꽃님이는 발버둥을 막 치면서 어떻게든 빠져나오려고 했는데 위에 엎어져서 찍어 누르는 힘을 감당할 수가 없었다.

그때 불현듯 꽃님이가 입에서 터져 나오는 소리가

"해웃값 40냥이요."

하고 말았다. 꽃님이는 아차 싶었지만 뱉은 말을 주어 담을 수가 없었고 엎질러진 물이 된 꼴이었다. 꽃님이가 오가는 남자들로부터 대강 들은 이야기로 색줏집에서 해웃값으로 10냥을 받는다길래 그보다 훨씬 비싸게 40냥이라면 물러설 줄 알았기에 그런 말을 한 것인데, 하고 보니 자기 스스로 색주가 여자가 되어버린 것이다. 즉, 몸 파는 여자로 인정한 셈이었다.

"뭐어? 40냥? 아, 그래. 내가 50냥 줄게."

아~ 정말로 입에서 헛소리가 나오고야 말았다.

"아니에요. 그러면 그만둘 줄 알아서 그렇게 말해본 거예요.

저리 비켜요. 어서 비켜요."

"아니야, 내가 해웃값 줄게, 걱정마, 잠깐만 아~ 지금 미칠 것 같다."

꽃님이는 여전히 속으로 크게 후회하고 있었다. 자기 스스로 논다니(웃음과 몸을 파는 여자를 속되게 이르는 말)라고 말한 셈이었기 때문이었다.

아무리 발버둥쳐봐야 스물네 살 먹은 남자의 힘을 당해낼 수가 없었다. 꽃님이는 점점 기운이 빠지고 춘성이는 점점 기운이 올라서 높은 산을 헐떡거리면서 올라갔다.

그러지 않아도 뜨거운 방에 열기가 가득했다.

잠시 후, 욕심을 채운 춘성이는 꽃님이에게 속삭였다.

"꽃님아, 고마워, 너를 너무 좋아해서 그래."

"……."

꽃님이는 어느 사이에 얼굴이 눈물범벅이 되어서 아무말 없이 일어섰다.

"자 여기 50냥이다."

춘성이가 엽전 50냥을 주는데, 꽃님이는 그걸 받을 수가 없었기에 뿌리치고 나오고야 말았다. 그런데 춘성이가 또 오더니 자꾸 받으라면서 아예 허리춤에 찔러 넣었다.

"왜 이래요. 내가 그렇게 호락호락한 계집으로 보여요?"

겨우 이 한마디만을 내뱉고 말았다. 그러나 이번에는 엽전을 돌려주지 않았다.

그러면서 방문을 밀치고 나오는데 춘성이가 잠시만 기다리라면서 홍시를 가져가라고 하였다. 꽃님이는 들은 체도 하지 않고 사립문을 지나서 얼마간 걸어나왔는데, 춘성이가 헐레벌떡 뛰어오면서 소쿠리를 건넸다.

"여기 홍시 열 개나 담았다. 가서 할머니 드려."

"……."

꽃님이는 아무 말 없이 눈물만을 흘리면서 소쿠리를 받아들고 천천히 집으로 향했다. 하늘이 아까보다 흐려지고 있었다. 곧 눈이라도 올 기세였고 찬바람이 불어왔다.

춘성이가 꽃님이에게 이렇게 대한 이유가 있었다. 사실 춘성이도 꽃님이에게 마음은 있었지만 혼인까지는 불가하였던 것이다. 춘성이의 어머니 말씀대로라면 "저렇게 고아로 집도 절도 없이 여기 저기 떠돌던 아이와 혼인을 하였다가는 종국에는 좋지 못한 사연으로 가정파탄 나기 십상이다."라고 강력히 반대를 했던 것이다. 그런데 이런 사실은 꽃님이만 몰랐지 가는 곳곳마다 중매의 걸림돌이 되었던 것이다. 그래서 춘성이란 놈은 엉뚱하게 혼인을 못할망정 세 놈들이 작당하여 속살 맛이나 보자고 결의했던 것이다.

어찌되었든 꽃님이가 상심한 채 얼마간 걸어가는데 앞에서 느닷없이 최 서방이 나타났다.

"꽃님아, 나 좀 잠깐 보자."

"왜요? 집에 가야 합니다. 할머니가 기다려요."

"괜찮아, 기다리지 않아. 나랑 잠깐만 얘기하고 가."

최 서방은 춘성이와 우 서방과 함께 셋이서 어울려다니는 삼총사이다. 꽃님이는 예감이 좋질 않아 급히 달아나려고 하였는데 소쿠리에 들어있는 홍시 때문에 뛸 수도 없이 급한 걸음으로 몇걸음 갔는데, 최 서방이 다가오더니 손목을 나꿔채었다.

"왜 이러냐? 내 말을 좀 들어,"

"무슨 말이요. 할 말 있으면 집에 가서 해요. 할머니 집에 가서 해요."

"아이, 얘가 말귀를 못 알아듣네. 나는 네가 조금 전에 춘성이와 뭘 했는지 다 알아. 내 말 안 들으면 동네방네 다 소문내서 당장 쫓겨나게 한다."

"뭐라고요?"

꽃님이는 하늘이 무너진 듯 기겁을 했다. 춘성이는 최 서방과 미리 짜고 처음부터 할머니에게 환심을 사기 위해 멧돼지 뒷다리, 누비옷을 갖다 주고 술을 담근다는 핑계를 대어 꽃님이를 자기 집으로 부른 다음에 차례로 욕을 보일 셈이었다. 그러니까 조금 전에 최 서방은 춘성이네 집 근처에 있었는데 어쩌다 보니 시기를 놓치었다. 최 서방은 춘성이에게 조금 전 이

야기를 듣고 오십냥을 해웃값으로 주었다는 이야기까지 해버
렸다.

"너 춘성이랑 놀다 왔잖아, 해웃값으로 50냥 받았고."

"뭣이. 이런 개자식들이 미리 짜고서 나를 겁탈했구나."

꽃님이는 제정신이 아닌 양 나이 많은 사람에게 욕을 하고는
홍시가 그득 들어있는 소쿠리를 최 서방 머리에 내리쳤다.

"어억, 이게 뭐야, 아이쿠!"

졸지에 열 개의 홍시가 최 서방의 머리에 터져서 머리와 얼굴
은 온통 터져버린 홍시로 붉게 물들었다. 꽃님이는 그러고선 몇
발짝 뛰어 달아나는데, 화가 극도로 오른 최 서방이 득달같이
쫓아와서 팔을 잡고 끌고 갔다. 꽃님이는 이번에도 비명을 지르
면서 사람들에게 도움을 요청해야 했는데, 또 비명을 지르지는
못하고 "이 손 놔라. 손 놔!" 하고 말하듯 소리치고 있었다.

근처에 최 서방 집이 있었던 모양이다. 이 사람도 아직 미혼
인 총각이라고 들었는데 집에 누구와 같이 사는지는 몰랐다.
왜냐하면 꽃님이가 춘성이는 조금이나마 관심이 있었기에 집
안을 조금 알았지만 같이 다니는 최 서방을 어떻게 사는지 전
혀 모르고 있었다. 아무튼 꽃님이는 강제로 최 서방 집에 끌려
가서 두 번째로 겁탈을 당해야 했다. 최 서방도 강제로 50냥을
꽃님이게 주었다. 예나 지금이나 겁탈을 했든 안했던 돈을 주
고 받았느냐 주고 받지 않았느냐는 차이가 있었던 모양이다.

즉, 조선시대에도 강간은 엄히 다스렸지만 매춘에는 매우 관대한 편이었다. 강간일 경우 최고 사형에 처하거나 장형을 수십대 맞아서 죽기까지 했다고 한다.

꽃님이는 겨우 몸을 추스르고 흐느끼면서 집으로 돌아왔다. 그러곤 몸이 편치 않다고 하면서 방에 들어가 한동안 울기 시작하여 베갯잇이 다 젖었다.

그날 저녁 그 세 놈들은 태연하게 와서 제멋대로 떠들고 술을 처먹고 돌아갔다. 춘성이와 최 서방은 개선장군이 되었기에 목소리가 유별나게 컸다.

"큰일이다. 세 놈 중에 우 서방이란 놈이 남았는데 저놈도 나에게 달려들까. 아니지, 작년에 결혼했다니까 자중할지도 모른다."

꽃님이 혼자만의 걱정이었다.

그럭저럭 한 열흘쯤 지나서였다. 그날은 겨울 날씨가 풀어져서 가을날씨처럼 온화했고, 하늘에는 아침부터 해가 떠올랐다. 이런 날이 바로 빨래하는 날이다. 꽃님이는 주섬주섬 빨랫감을 가지고 시냇가로 갔다. 거리가 조금 멀어서 밥 한 그릇 먹을 정도의 시간이 걸렸다. 개울물은 얇은 살얼음으로 군데군데 얼어있었는데 아직 빨래하는 여자들이 오지 않았는지, 아니면

저 위쪽 빨래터에 있는지 꽃님이 혼자뿐이었다.

그래서 꽃님이가 막 빨래를 내려놓고 빨래를 하려는데, 어디선가 불쑥 우 서방이 나타났다.

"꽃님아, 나 좀 잠깐 보자."

"예에? 왜요?"

꽃님이는 닥칠 것이 닥쳤다는 기분이 들었지만 어떻게든 반항을 하면서 달아나려고 했는데 어느 사이에 그 놈이 팔을 잡아끌면서 개울 건너편으로 가고 있었다.

"이 손 놔요, 손 놔!"

"꽃님아 잠깐만, 금방이면 돼."

"뭣이라고, 이 새끼야, 이 손 놔! 사람 살려!"

주변에 아무도 없는 데서는 꽃님이가 큰소리로 살려달라고 외쳤으나 메아리도 들려오지 않았다. 빨래터가 있는 개울 건너편에는 나무로 얼기설기 만들어놓은 나무집이 있었는데 그 나무집은 빨래하다가 비가 오면 비를 피할 목적으로 여자들이 대충 만들어 놓은 곳이었다. 그곳에는 짚단이 수북이 깔려있고 족히 방 반 칸 정도의 크기였다. 우 서방은 미리 여기에 와서 대기하고 있었던 것이다. 겨울철이라도 오늘같이 날씨가 따뜻하면 여자들이 빨래를 하러 간다는 것을 알고 있었기 때문이다. 그렇지 않아도 우 서방의 각시도 오늘 빨래를 하러 간다고 했다.

나무집에서 꼼짝없이 겁탈을 당하고, 우 서방도 똑 같이 50냥을 억지로 주다시피 했다.

"꽃님아. 이해해라. 내가 널 워낙 좋아해서 그런 거야."

"흐흐흑."

꽃님이는 울기만 할뿐 다른 대책이 없었다.

잠시 후,

우 서방이 먼저 나오고 꽃님이도 나와서 빨래를 하기 시작했다. 빨래를 하면서도 눈물이 그치질 않아서 볼을 타고 흘러내렸다. 살기 좋은 고장이라고 생각하면서 여기에서 참한 남자를 만나서 시집가면 좋겠다고 생각했던 것이 여지없이 무너졌다. 그 참하다고 생각했던 남자가 바로 김춘성이 아니었던가. 그 김춘성이 다른 두 명과 함께 모의를 해서 자기를 범했다고 생각하니 이루 말할 수 없이 비통(悲痛: 몹시 슬퍼서 마음이 아픔)했다.

한편,

일이 확대되려고 그랬나, 우 서방의 마누라는 오늘 빨래를 하러 간다고 하면서 빨랫감을 담아서 빨래터를 찾았다. 그런데 평상시 같으면 위 빨래터로 갔는데 오늘은 아래 빨래터로 향했다. 논길, 밭길을 지나서 둔덕진 곳을 조금 내려가야 개울 빨래터가 나오는데, 우 서방의 마누라가 밭길을 막 돌아 나오는데 느닷없이 신랑이 나타났다.

"어어? 여기는 웬일이야?"

"어어. 그냥 이쪽에 잠깐 볼 일이 있어서. 오늘 빨래한다고
하더니 이리로 왔네."

"응, 위 빨래터는 그늘져서 추워. 여기는 양지쪽이라 따뜻하
거든."

"어어참, 그러네, 나 먼저 갈 테니 빨래하고 와."

"응."

그렇게 대수롭지 않게 생각하고 빨래터에 와보니 꽃님이가
혼자서 빨래를 하고 있었다.

"꽃님아, 혼자서 빨래하러 왔어?"

"예."

꽃님이는 고개도 제대로 못 돌린 채 건성으로 대답을 했다.
평상시 같으면 나긋나긋하게 말대답도 잘하는데 오늘은 시무
룩한 것이다. 우 서방의 마누라는 탁주를 마시러 호두나무집에
가본 적이 없었기에 꽃님이가 누군지 구체적으로 알지는 못하
고 대략 안면만 있는 터라 그다지 신경쓰지 않고 빨래를 하기
시작했다. 그런데 어쩌다 보니 꽃님이가 흐느끼듯 울면서 빨래
를 하고 있었다.

"애, 너 우니?"

"아니예요. 아니예요. 날씨가 차서 눈물 콧물이 나오네요."

"으응, 그러냐? 난 또 네가 우는 줄 알았네."

그러면서 얼핏 보니 얼굴에 눈물이 얼룩져 있었다. 우 서방 마누라는 '무슨 딱한 사연이 있나보다.'라고 생각하고 더 이상 묻지는 않았다. 그러다가 꽃님이가 빨래를 다 했다면서 자리에서 일어났다.

그런데 얼마 후 우 서방의 마누라는 자꾸 이상한 생각이 들어서 견딜 수가 없었다. 생뚱맞게 자기 남편이 여기에 올 리가 없었기 때문이다. 일 년 내내 가도 빨래터에 남자들은 거의 오지 않기 때문이다. 뿐만 아니라 나무를 하러 왔으면 지게라도 져야 할 텐데 빈 몸으로 여기까지 올 리가 없었다. 빨래를 하러 올 이유도 없었고 만약 빨래터를 찾으려면 위 빨래터가 집에서 가까웠다. 자기는 거기가 음지여서 춥기 때문에 여기로 오긴 왔지만 자기 남편이 빨래터에 올 이유는 전혀 없었다. 그런데 빨래터에 꽃님이가 먼저 와서 빨래를 하고 있었는데 훌쩍거리고 울고 있었다. 암만 생각해도 예사롭지 않은 일이었는데 그 예사롭지 않은 일이 무엇인지 찾지를 못하다가 우 서방 마누라는 펄쩍 뛰어서 건너편 나무집으로 들어갔다.

평상시에는 움막같은 나무집에 사람들이 오지 않아서 짚더미에 먼지가 쌓여있었는데, 지금 보니 사람들이 깔고 앉아서 뭉

개진 흔적보다 훨씬 크게 누군가 누워서 몸부림쳐서 뭉개진 흔적이 역력하였다. 더 이상 생각해 볼 것도 없었다. 두 년놈이 여기서 대낮에 한바탕 일을 치른 것이다.

"이런 쳐 죽일 년놈들. 우선 먼저 서방이란 놈부터 족쳐야겠다."

우 서방 마누라는 체격도 좋고 힘도 센 여자인데, 성격이 불같다고 소문이 난 터이다. 그래서 우 서방도 공처가 소리를 듣게 되었다. 이들은 작년에 혼인하였는데 아직 아기는 낳지 않았다.

우 서방 마누라는 빨래를 하다 말고 득달같이 집으로 왔다.

"야 이놈아, 너 조금 전 빨래터에서 무슨 짓거리하고 왔어?"

우 서방 마누라가 한 손에는 빨래방망이를 들고 한 손에는 시퍼렇게 날이 선 낫을 들고 방문이 부서져라 열고는 방안에 들이닥쳐 소리쳤다.

우 서방은 낮잠을 자다가 깜짝 놀라면서 일어나 앉고는 아내를 쳐다보았다.

"뭐 때문에 그래? 무슨 일 있어? 앉아봐, 앉아서 말해."

"이런 년놈들을, 오늘 너죽고 나죽자. 어엉? 바른대로 말해 조금 전에 빨래터에서 무슨 짓거리 하고 왔냐구?"

"어엉, 무슨 짓은 볼 일 있어서 갔다 왔지."

"이게 아직도 말을 돌리네. 어엉? 너 진짜 죽어볼래?"

이러면서 빨래 방망이로 방 문짝을 내리치니 "빡~" 소리를 내면서 방 문짝이 부서져 내렸다.

"아이구 왜 그래, 말로 해, 말로."

"너 바른 대로 말 안 해, 내가 꽃님이에게 다 듣고 왔는데도 발뺌을 할 테냐?"

"뭐여? 꽃님이?"

"그래, 너 꽃님이 몰라? 호두나무집에서 탁주 파는 꽃님이 모르냐구."

"알아, 알아."

"그러니까 그 꽃님이하고 아까 빨래터 움막에서 무슨 짓거리 하고 왔냐구? 어엉?"

그러면서 이번에는 낫을 허공에 획획 휘둘렀다.

이러니 우 서방은 목숨이 경각에 달렸다고 판단하고는 금세 그 자리에서 무릎을 꿇었다.

"아이고, 살려줘, 그년이 꼬리쳐서 움막에서 한번 놀았어. 해웃값으로 50냥도 주었어."

"뭣이라고? 이런 세상이 50냥이나? 이게 미쳐도 단단히 미쳤네. 그 돈이면 일 년은 쓰겠네. 아이구 분해. 그년 씨구녕이 그렇게 좋대? 씨구녕에 금테 둘렀더냐? 에이 등신 같은 인간아. 아이구 분하다 분해, 내 이 년놈들의 모가지를 잘라야지. 그냥은 못살겠다."

정말 대단한 여자였다. 우 서방은 무릎을 꿇은 채로 살려달라고 울면서 애원을 하기 시작했다.

씨근벌떡거리면서 당장 낫으로 제 서방을 내리칠 기세였던 우 서방 마누라는 내리치지는 못하고는 덜컹 문을 열고 밖으로 나왔다. 그 바람에 부서진 문짝에서 나무쪼가리와 창호지가 떨어져 나왔다. 그길로 우 서방 마누라는 동네 속으로 들어갔다.

10. 당장 떠나라

다음날,
호두나무집 할머니, 할아버지, 꽃님이가 안방에서 조반을 먹고 있을 때였다. 밖이 어수선하더니 곧바로 고성이 들려왔다.
"꽃님이, 이년 나와라, 어서 나와."
셋은 벼락에 맞은 듯 깜짝 놀라서 문을 후딱 열고 밖으로 나와 보니 칠팔 명의 여자들이 각기 손에 빨래방망이, 낫, 지게 작대기 등을 들고는 사립문안에 들어서서 꽃님이에게 나오라고 소리치고 있었다. 낫을 든 사람은 우 서방 마누라이다.

"아이고, 이게 무슨 난리여."

"아이고, 무슨 큰일 났네 보네."

두 양반이 소리치면서 마당으로 나왔고, 꽃님이도 어안이 벙벙한 채 마당으로 뛰쳐나왔다.

"아니, 여보슈들 아침부터 무슨 일이요. 꽃님이가 대죄라도 지었소?"

할아버지가 먼저 큰소리로 물었다.

"저 화냥년 때문에 가정 파탄 납니다. 동네 남자들 꼬드겨서 흘레질(짐승의 암컷과 수컷이 교미하는 것을 속되게 이르는 말)하고 다니니 당장 내쫓아야 합니다."

청천벽력 같은 말에 할머니 할아버지가 크게 놀라면서 꽃님이를 쳐다보았다. 꽃님이는 이게 무슨 일인지 알아차렸는지 대번에 앞으로 나서서 용서를 빌었다.

"아닙니다. 아니예요. 남자들이 저를 강제로 끌고 갔습니다."

"이년 보게, 네게 먼저 꼬드겨서 해웃값을 달라고 하여 50냥을 주었다는데 이년아. 해웃값 받은 년이 먼저 꼬드겼지. 안 그러냐?"

"아닙니다. 강제로 관계하고 억지로 돈을 주었습니다. 여기

돈 그대로 있어요. 150냥 그대로 있어요. 다 갖다 드리겠어요."

"뭣이라고? 150냥, 그럼 세 놈에게 서방질을 했단 말이냐. 그게 누구냐?"

이렇게 꼬치꼬치 따져 묻는 사람이 바로 우 서방 마누라이다.

"누군지는 모릅니다. 얼굴 보면 알 수 있어요."

"뭣이? 이중에는 없냐?"

여자들만 왔는데 말이 헛 나왔다. 옆에서 어떤 여자가 허리를 꾹꾹 찌른다.

"아, 이 여편네들이 지금 떼로 몰려와서, 미쳤나? 대관절 무슨 일인지 자초지종이라도 알아봅시다."

대충 내용을 파악한 할아버지가 한걸음 나서면서 물었다. 우 서방 마누라가 선동하여 따라 나온 사람은 자세한 내막도 모르고 가서 꽃님이를 내쫓아야한다고 하니까 따라나왔던 것이다. 아무튼 우 서방 마누라는 일방적으로 꽃님이를 논다니로 몰아붙이고, 꽃님이는 아니라고 적극 변명했다. 그리고 춘성이와 최 서방 이야기는 쏙 빼고 우 서방이 빨래터에서 기다리고 있다가 자기 팔을 끌고 움막으로 들어가서 강제로 관계를 한 후 50냥을 주었다고 당당하게 항변했다.

이러니 우 서방 마누라는 움찔하면서 씩씩거리고, 다른 여자들도 수긍하는 듯이 고개를 끄덕였다.

"아이고, 대명천지에 죄를 뒤집어 씌워도 유분수지, 선녀같은 꽃님이를 자기들이 겁탈하고서는 적반하장 격으로 나오네."

할머니 역시 꽃님이 편을 들었다.

"아무튼 저년 때문에 온 동네 가정 파탄 나게 생겼으니 당장 내쫓으시오."

우 서방 마누라가 지지 않고 대항하였다.

"아이고, 저 갈 데가 없습니다. 가더라도 겨울을 나고 내년 봄에나 가야지, 이 엄동설한에 어디로 갑니까?"

마침내 꽃님이가 울상을 지으면서 말을 했다.

"좋소이다. 꽃님이를 내쫓건 내쫓지 않건 겁탈한 것은 자명하니 내 관가에 가서 고발해야겠소."

할아버지 역시 지지 않고 항변했다. 겁탈(강간)한 것이 밝혀지면 최고 사형이거나 장형 수십 대를 맞기도 하였던 것이 조선 시대 법도였다.

"정말 너무도 하네, 젊은 사람들이……. 집도 절도 없는 이 어린 것을 한겨울에 어디로 내쫓으라는 말인가. 나는 그렇게 못하겠소. 그리고 얘는 하나 잘못도 없소, 어서들 가시오."

"똥 묻은 강아지가 겨 묻은 강아지 흉본다더니 지금이 그 꼴일세. 선녀 같은 꽃님이 덕분에 죽어가던 할멈도 살렸소. 우리에겐 생명의 은인이요. 두말할 것 없이 어서들 물러가시오."

이러니 무슨 말인가 싶어서 여자들끼리 수군대기 시작한다. 그중에 한두 명이 무슨 일이 있는지 알고 있었던 모양인지 수군대는 소리가 더 커졌다. 다만 우 서방 마누라만이 여전히 씩씩거리면서 어떻게든 당장 꽃님이를 쫓아야한다고 우겨대었다. 잠시 동안 어수선하더니 우 서방 마누라 말고 그중에 나이 좀 먹은 청주 댁이라는 여자가 나섰다.

"정 그렇다면 겨울을 보내고 내년 봄에는 꼭 내보내세요. 꽃님이가 여기에 있다가는 수많은 분란이 일어날 것입니다."

"예, 예, 내년 봄 진달래가 필 때에 꼭 나가겠습니다."

얼굴이 눈물범벅된 꽃님이가 대답했다.

"에이, 이런 못된 사람들을 보았나. 제 잘못은 하나도 없고 남의 탓만 하네."

"없는 사람 도와주지는 못할망정 쪽박마저 깨네."

할머니, 할아버지는 동네 사람들이 못마땅했지만 더 이상 어떻게 해볼 도리가 없었다.

꽃님이는 울면서 방으로 들어갔고, 먹다 만 아침상은 할머니가 물렸다. 그렇게 아침부터 소동이 일어났고, 그날 저녁부터 일체 탁주를 팔지 않았다. 아예 사립문을 걸고는 할아버지가 붓글씨로 "오늘부터 탁주 팔지 않습니다."라고 언문으로 써서 붙여놓았다.

어찌어찌하여 겨울이 가고 드디어 진달래가 피는 봄이 왔다. 진달래가 피면 떠나겠다고 약속했지만 꽃님이도 떠나기 싫었고 주인할머니, 할아버지도 보내기 싫었다. 그래서 떠날 날짜를 정하지 못하고 하루하루를 보내는 중인데 어느날 저녁에 동네의 늙수그레한 아저씨가 헐레벌떡거리면서 왔다.

"할아범, 할아범."

큰소리로 부르면서 사립문을 들어서니 할아버지 할머니가 동시에 방문을 열고 나왔다.

"왜 그러시우? 무슨 급한 일이라도 생겼수?"

"급한 일이나 마찬가지요."

"무슨 일이요?"

"꽃님이가 떠났나요?"

"벌써부터 떠나려고 하는 걸 만류해서 차일피일 미뤄지고 있지요."

"아이고, 그거 천만다행이네."

"왜 그러슈? 혼사 길이라도 열렸나요?"

"아이참, 그건 아니고, 어디 마땅히 갈 데가 없으면 내가 소개하려고 합니다."

"그래요? 어디 믿을 만한 집이오?"

"아, 그럼뮤. 여기보다 나을 게요."

이렇게 호들갑을 떠는 사람은 갑동이 아버지라고도 부르기도 하고 곽 서방이라고 부르기도 하는 사십오륙 세의 사람 좋은 아저씨이다. 세 명이서 들마루에 앉아서 이야기를 시작하였다.

곧바로 할아버지는 꽃님이를 불렀다.

"애야, 꽃님아 이리 나와 봐라."

"예."

마당에서 무슨 이야기를 하는지 다 들리지만 아마 다짐을 받으려는 모양으로 생각되어서 꽃님이도 내심 반가웠다.

"안녕하세요. 갑동이는 잘 있나요?"

"음, 잘 있어."

벌써 여러 차례 여기에 와서 탁주를 마신 적이 있기에 낯면도 있고 여남은 살의 갑동이도 잘 알고 있었다. 갑동이는 남자아이인데 아버지를 따라와서 안주로 내놓는 빈대떡을 아주 잘 먹었기에 꽃님이가 별도로 빈대떡을 부쳐주기도 하였다. 그리고 붙임성이 좋아서 "누나, 누나." 하면서 잘 따랐다.

"꽃님아, 어서 주안상 차려내 와라. 갑동이 아범이 너에게 할 말이 있단다."

"예."

꽃님이는 급히 부엌에 들어가서 탁주 한 병과 저녁 때 부쳐놓았던 녹두전을 내왔다.

"녹두전이 식었는데 데워 올까요?"

"아니다. 됐다, 됐어. 꽃님이 너 어디 갈 데 있니? 갈 데 있어?"

"아직 마땅히 갈 데가 없습니다."

"그래? 그거 잘되었다. 나와 아주 먼 사돈 관계되는 집에서 급히 부엌일을 할 계집아이를 찾더라. 그 집 늙은 여종이 있었는데 몇 달 전에 아파서 죽었다고 하드만. 어떠냐? 거기로 가 있을 테냐?"

"거기가 어딘데요? 멀어요?"

"음, 여기선 멀지. 백 리 길이 넘으니깐 여자 걸음으로 하루에는 못가, 주막집에서 하룻밤 자고 가야지."

"주인집이 좋다면 가고 싶어요. 이 동네에선 떠나야 합니다."

꽃님이는 울음소리가 나는 것을 애써 참으면서 간신히 말대답을 하였다.

"에이그, 그냥 여기 있어도 되는데, 동네 사람들도 이제 다 이해하고 있다더라."

할머니가 안타까운 듯 한 말씀하셨다.

"그러게 말이야. 꽃님이가 떠나면 그 맛 좋은 탁주 맛은 다 보았네. 이 동리 사람들도 아쉽다고 미리 걱정들이네. 마음을 돌리면 좋으련만."

"아닙니다, 아니예요. 약속을 했으니 꼭 떠나야 합니다. 제가 이대로 눌러앉아 있다간 어떤 봉변이 닥칠지 몰라요."

"자고로 미인박복(美人薄福: 아름다운 사람(여자)은 복이 없거나 팔자가 사나움)이라더니 너를 두고 하는 말 같다. 쯔쯔쯧."

할아버지가 못내 아쉬워서 어쩔 줄 몰라 하시면서 혀를 찼다. 할아버지는 삼일 후가 길 떠나는 길일이라고 해서 그날 아침 먹고 갑동이 아버지가 여기로 오기로 했다. 꽃님이는 한편으로는 한없이 서글펐지만 어쩔 수 없는 노릇이고 이번에 가는 데가 훨씬 살기 좋다고 하니 막연한 기대감도 있었다.

삼일 후 꽃님이가 떠나는 날이다. 아침부터 아이, 어른, 노인들이 호두나무집에 모여들기 시작하더니 스물대엿 명쯤이나 모였다. 꽃님이를 배웅하기 위해서이다. 그 모습을 본 꽃님이는 눈물이 앞을 가려서 볼 수가 없었다. 모두들 손에 뭘 들고 있다가 건네준다. "가다가 이거 먹어, 찐 고구마야.", "이거 요기거리다.". "인절미다." 어떤 사람들은 엽전을 몇 개씩 쥐어주기도 했다. 꽃님이는 그저 고개를 숙이고 "감사합니다.", "고맙습니다."라고 인사를 하는 수밖에 없었다. 흐르는 눈물 때문에 고개를 들 수가 없었다.
'이 동네 사람들이 이렇게 좋은 분인데. 나도 여기에서 살려고 했었는데, 기구하구나! 내 팔자.'
입속에서 뱅뱅거리는 말이다.

곧바로 갑동이 아버지가 왔는데 어디서 당나귀 한 마리를 끌고 왔다.

"어어? 웬 당나귀야?"

모두들 깜짝 놀란 듯이 물었다.

"거기 백 리도 넘는데 여자 걸음으로 힘들어, 봇짐도 있고, 그래서 내가 아랫마을 강 서방에게 빌려왔지요."

"어허, 그런가. 꽃님이에겐 아주 잘되었네."

꽃님이 역시 놀라면서 당나귀를 타는데 처음 타보는 것이라 올라가지도 못한다. 할 수 없이 갑동이 아버지가 부축해서 올라탔다.

"꽃님아! 가서 잘살아."

"가서 연락해."

"잘살아야 한다."

모여 있던 수십 명의 동네사람들이 작별인사를 하는데 꽃님이는 작별인사도 제대로 못한다. 겨우 고개를 돌려서,

"예, 아줌마 아저씨들 안녕히 계세요. 흐흐흑."

할 뿐이다.

갑동이 아버지는 익숙한 솜씨로 당나귀 고삐를 쥐고는 곧바로 마을을 벗어나기 시작하였다. 동네사람들은 한동안 그 자리를 뜨지 못하고는 눈물을 훔치면서 손을 흔들어야 했다.

11. 곰이 벌을 주다

한편,

그 세 사람은 어떻게 되었을까. 김춘성, 최 서방, 우 서방

꽃님이가 떠나고 나서 여름, 가을이 가고 이제 꽃님이 이야기는 모두들 잊을 만하였다. 이들도 점차 잊어가고 있었다. 초겨울이 와서 눈이 내리더니 한 치 정도 눈이 쌓여있을 때였다. 이 정도 눈이 왔을 때 산에 가서 사냥을 하는 것이다. 눈에 발자국이 찍힌 짐승들을 추적할 수 있기 때문이다. 전에도 셋이서 사냥을 가본 적이 많았기에 이들은 사냥준비를 하고 떠났다. 창, 긴칼, 망태기, 주먹밥 등이다.

"야아~ 오늘 모처럼 만에 날이 풀어졌으니 돌아다닐 만하다."

"맞아, 오늘 뭐가 걸리든 걸린다. 혹시 알아? 호랑이라도 잡을지. 하하하."

"암만, 오늘은 기분이 썩 내킨다. 올라가자."

이렇게 셋이서 한마디씩 하고는 콧노래를 부르면서 마을을 벗어나서 높고 깊은 산속으로 들어갔다. 그런데 아무리 찾아봐

도 짐승들의 발자국을 발견할 수가 없었다. 토끼 발자국을 여러 번 보긴 했는데 그들은 토끼는 안중에도 없고 최소한 노루나 사슴, 멧돼지를 잡으려고 한 것이다. 그래서 시간만 보내고 헤매는데 시장기가 들어서 커다란 나무 밑에 앉았다.

"아이고, 산짐승들이 다 죽었나. 발자국 구경도 못하겠네."

"그러게. 이 근처 사냥꾼이 있어서 다 잡아갔나 보다."

"글쎄, 그럴 수도 있지. 암만해도 우리가 길을 잘못 든 것 같다."

김춘성의 말로는 짐승들이 다니지 않는 길로 산을 올라왔기에 발자국을 발견하지 못하였다는 것이다.

"맞아, 그럴 수도 있지. 시장하니 점심 요기나 하고 가자."

"그러자."

이렇게 해서 셋이서 각자 마련한 주먹밥을 먹으려고 하는데,

"내가 돼지고기를 조금 가져왔다. 새우젓도 가져오고. 산중에서 구워먹는 맛이 일품이지."

최 서방이 이러니 다들 '좋은 생각이다.'라고 크게 환영을 했다. 곧바로 나뭇가지를 모아서 불을 지피고 불이 사그라들면서 숯불이 되었을 때, 최 서방은 넙적넙적하게 썰어온 돼지고기를 그 위에 올려놓았다. 금세 지글지글 하면서 익어가고 고기 굽는 냄새가 산중에 퍼져나갔다. 이렇게 해서 셋이서 가지고 온 고기를 반쯤 먹었을 때였다. 느닷없이 근처에서 "우우웅~" 하

는 소리가 청천벽력같이 들렸다.

"어어~ 이게 무슨 짐승이야?"

"곰 같다. 곰이야~ 곰!"

셋은 놀라서 그 자리에서 벌떡 일어나서 각자 무기를 들었다. 창, 칼을 들고서 소리 나는 쪽으로 몸을 향하였다.

곧바로 집채만 한 곰이 나타나더니 벌떡 일어나서 큰소리로 포효(咆哮: 사나운 짐승이 울부짖다.)하고는 이들에게 천천히 다가왔다. 고기 굽는 냄새를 맡고 찾아온 것이다. 이 시기가 동면(冬眠) 직전으로 먹이 활동이 일 년 중에서 가장 왕성할 때이다.

"곰이다. 곰 한 마리니까 우리 셋이서 대적하면 잡을 수 있다."

"맞아, 미련한 곰이라니까. 잡자. 웅담이 비싸다더라."

이러는 사이에 곰이 다가와서 제일 먼저 김춘성이 창을 던졌다. 그러나 창은 곰을 맞추지도 못하고 날아가서 저편으로 떨어졌다.

"어어어~ 창이 빗나갔다."

창은 딱 하나뿐인데 그게 빗나가고 만 것이다.

"야~ 각자 칼이 있으니까 칼로 잡자."

이들은 도망칠 생각은 하지 않고 커다란 곰을 얕잡아 보고 있었다. 어찌된 일인지 사람들은 곰을 아주 우습게 생각하고 있었다. 산중의 왕인 호랑이가 없으면 곰이 왕이다. 곰은 사람들이 생각한 대로 우둔한 것이 아니라 의외로 상당히 영리한 짐 승이다. 미련한 것이 아니다. 힘도 세어서 앞발치기에 한 번만 맞아도 어떤 동물이든 큰 부상을 입거나 갈비뼈가 부러져 죽을 수도 있었다. 곰은 벌떡 일어나서 앞발을 들고서는 한대 치려고 으르렁거리고, 세 명은 곰을 에워싸고는 어떻게든 칼로 내리치거나 찌르려고 하였다.

그때였다.

땅이 쿵쿵거릴 정도로 울리는가 싶더니 "우우웅~" 하는 소리와 함께 곰 두 마리가 나타났다. 원래 곰은 한 마리씩 돌아다니는데 이 두 마리 곰은 새끼 곰이었다. 즉, 어미곰이 울부짖으면서 새끼 곰을 불렀던 것이다. 새끼 곰도 다 커서 거의 어미곰만 한 몸체였다. 사람이나 동물이나 새끼들은 뒷일은 생각지 않고 즉각적으로 반응하고 행동하기 마련이다. 두 마리 곰은 뛰어오자마자 일어설 것도 없이 김춘성과 우 서방을 앞발로 쳐서 쓰러트렸다.

"아악~"
"으악~"

둘은 칼을 제대로 휘둘러보지도 못한 채 쓰러졌고 엉거주춤 서있던 최 서방은 서있던 어미곰이 다가와서 앞발로 머리를 세게 내리치니 그 자리에서 피를 흘리면서 쓰러지고야 말았다.
결국 세 사람은 모두 곰의 앞발에 맞고 물어 뜯기어 죽고야 말
았다.

12. 황 대감집의 어린 도련님

다시 꽃님이 이야기로 와서,

꽃님이는 그렇게 갑동이 아범과 같이 길을 떠나는데 그때가
열여섯 살 되던 봄이었다. 둘은 저녁때 어느 주막집에서 하룻
밤을 유숙하고 이틀째 점심 무렵에 "중리(中里)"라는 동네의 큰
기와집에 도착하였다.

오다가 갑동이 아범에게 들은 이야기로는 그 집에 오십 가까
운 노인 부부가 있는데 자식들 네 명은 모두 출가하여 타지에
서 살고 있다고 한다. 마을사람들은 이 집을 황 대감집이라고
부른다.

그리고 아홉살 먹은 막둥이 남자아이가 있는데 할아버지가

다른 젊은 여자에게서 아들을 낳아왔다고 한다. 즉, 첩의 자식이다. 하지만 주인할머니가 차별 없이 잘 키우고 있다고 하였다. 꽃님이가 가면 부엌일뿐만 아니라 이 막둥이와도 잘 놀아주어야 할 것이라고 말했다.

"어서 오게, 갑동 아범. 오느라 고생 많았지?"

"아닙니다. 그냥 쉬엄쉬엄 왔습니다. 지난번에 말씀드린 여아(女兒)가 이 아이입니다. 꽃님아, 인사드려라."

"안녕하세요. 꽃님이입니다."

"오우, 그래, 내 이미 이야기는 많이 들었다. 금년 열여섯 살이라구 했지? 시집갈 때가 되었네."

"……"

"우리 집에 와서 있어보겠다고 하여 왔지? 여기 별로 할 것도 없어. 먼저 있던 여종 할머니가 돌아가셔서 너를 불렀는데, 부엌일하고 집안일이나 조금 하면 돼. 농사일은 다 소작 주어서 신경 쓸 일도 없단다. 할 만하겠지?"

"예."

이 집은 그러니까 머슴도 없었다. 전에는 머슴을 두고 농사도 일부 지었다는데 그 머슴이 나가서 소작을 한다고 하였다. 그러니 집 식구도 셋 뿐이고 꽃님이까지 합해야 넷이었다.

꽃님이는 여종 할머니가 사용했다던 문간방을 쓰게 되는데 새로 깨끗하게 정리해놓았다. 할머니가 쓰던 동경(銅鏡: 구리로 만든 거울)과 몇 가지 생활용품은 그대로 있었다. 동백기름도 그대로였다. 꽃님이는 혼자서 방을 쓰는 것에 매우 만족하였다.

이렇게 해서 꽃님이의 황 대감집의 생활은 시작되었다. 일찍 일어나서 조반을 준비하고 아홉살 먹은 황귀동(黃貴童)의 서당 갈 준비를 하면 아침일은 거의 끝나다시피한 것이다. 귀동이는 조금 까불긴 했으나 곧바로 "누나."라고 부르면서 잘 따랐다. 꽃님이 역시 "도련님."이라고 부르면서 틈만 나면 같이 놀아주었다.

귀동이는 어머니 아버지가 나이가 많은 할머니, 할아버지라고 입을 삐죽거리기도 하였다.

"치잇, 누나가 내 어머니 했으면 좋겠다."

이런 식으로 말을 하기도 하여 그때마다 꽃님이가 "그런 말하면 못쓴단다."하고 달래주었다. 귀동이는 점심때쯤에 집에 와서 점심을 먹고는 애들과 놀러 다니기에 바빴다. 대감님이 늘 조심하라고 하였지만 듣는 둥 마는 둥 하고 동무들과 어울려 다녔다. 가끔은 시간날 때 꽃님이에게 와서 서당에서 있었던 일이나 동무들과 있었던 일을 좋알좋알 얘기해 주었는데 그때마다 귀엽기 짝이 없었다. 즉, 이런 이야기를 제 어머니, 아버지에겐 하지 않고 꽃님이에만 한 것이다.

대감님과 마님은 꽃님이가 찬을 맛있게 한다고 크게 칭찬을 하였다. 가끔 술을 담그었는데 대감님이 너무너무 좋아하여 지인들을 불러서 같이 마시곤 하였다. 먼저 호두나무집처럼 동네 사람들이 들이닥치지는 않았고, 누구누구 모셔와라 해서 같이 먹으면서 칭찬을 많이 하였다.

초여름이 되었다.

꽃님이는 여기에 와서 별 고된 일 없이 호의호식을 하게 되어서 그런지 약간의 살이 올라서 통통해졌고 얼굴도 발그레하니 홍조를 띠면서 여자 특유의 애교가 넘쳐났다.

그런데 또 문제가 생기려고 하였다. 더운 여름이 되어서 속이 훤히 비치는 얇은 적삼만을 입고 다니려니까 어린 귀동이 녀석이 자꾸 치근대었다. 처음에는 어리니까 품에 안겨서 안아도 주고 그랬는데 이 녀석이 "누나 찌찌." 하면서 자꾸 앞가슴을 만져보려고 하였다.

"그럼 못써. 엄니 찌찌는 만질 수 있어도 누나 찌찌는 만지는 게 아냐."

"치잇, 엄니 찌찌는 곶감 같아서 만질 게 없단 말이야."

이러면서 하루가 다르게 떼를 쓰기 시작하여 할 수 없이 마님에게 고하지 않을 수 없었다.

"마님, 마님."

"왜 그러느냐?"

"귀동이 때문에요."

"귀동이가 또 말썽을 부리느냐?"

"그게 아니오라, 귀동이가 자꾸 제 젖가슴을 만지려고 합니다. 전에는 자꾸 안아달라고 해서 안아주곤 했는데 여름철이 되면서부터 젖가슴을 만지려고 해서 여간 고역이 아닙니다."

"저런 저런, 그 애가 어려서 제 에미와 떨어져서 그런가? 그 나이 때면 젖을 찾지 않을 때인데 이를 어쩌나."

"저도 지금 이러지도 못하고 저러지도 못한 채 시달려서 진땀을 빼고 있어요. 요샌 아예 젖가슴을 못 만지게 하면 서당에도 안 다닌다고 떼를 쓰고 있습니다. 그러니 마님이 잘 타일러서 훈계를 해주십사 아뢰옵니다."

"오라, 알았다. 내가 단단히 훈계를 하마."

이렇게 해서 그날 밤에 귀동이를 불러다 놓고 대감님과 마님이 훈계를 하고 의논을 한 모양인데 해결책이 아주 엉뚱하게 나왔다.

다음날 조반을 먹고 귀동이가 서당에 갔을 때 마님이 불렀다. 대감님과 마님이 같이 있기에 꽃님이는 고개를 약간 숙이고 앉아 있어야 했다.

"꽃님아, 귀동이 때문에 곤욕을 치르는 줄 안다. 하지만 그 애도 따지고 보면 불쌍하다. 제 에미에게서 젖을 떼자마자 내가 데리고 왔으니 에미의 정을 제대로 모르고 커온 것이다."

대감님이 먼저 말씀하시었다.

"……."

꽃님이는 '나더러 제 에미 노릇을 하란 말인가?' 하고 미리 걱정을 했다.

"여기 마님은 이제 할망구가 되어서 귀동이 말대로 젖가슴이 말라붙어 곶감이 되어버렸으니 젖가슴이라고 볼 수 없다."

"……."

"듣니? 꽃님아?"

마님이 물었다. 꽃님이가 고개를 숙인 채 아무 말이 없으니 마님이 물은 것이다.

"예, 마님."

"그런데 네 젖가슴이 풍만하니 어린 마음에 만져보고 싶어할 게다. 그래서 너만 허락한다면 귀동이에게 젖가슴만 만져보게 하면 어떠냐?"

"예에? 아이고 망측합니다. 아홉 살이나 먹은 사내아이입니다. 행여 동네사람들이 알기라도 한다면 톡톡히 망신당하고 자칫하다가는 쫓겨납니다."

"누구에게 쫓겨나? 내 집안일인데. 그건 걱정 말거라. 만약 귀동이가 저렇게 계속 고집피우면서 끝내 서당에도 안 나간다고 하면 어쩔 셈이냐. 할 수 없다. 네가 우리 집에 온 이상 조금만 더 이해해라.”

“그래라, 다른 묘책이 없다. 귀동이가 불쌍하다고 생각하면 이해될 거다. 크게 다른 문제가 될 것 없을 것이다.”

“그래도 망측합니다.”

“잘 생각해봐라. 서당에 갔다 와서 칭얼대면 잠깐 한번만 만져보게 하면 아무 탈 없을게다.”

“아이참, 이를 어쩌나.”

꽃님이로서는 혹을 떼러갔다가 혹을 붙이고 온 격이었다.

대감님에게서 물러나온 꽃님이는 깊은 고민에 빠졌다. 전에 이 대감집에 있을 때도 열네 살짜리 정태가 건방지게 몸을 탐하지 않았던가. 귀동이는 아직 아홉 살이지만 한 두살 나이를 먹으면 무슨 짓거리를 할지 두려웠다. 살기 좋은 이 집에서도 귀동이 때문에 오래 있지는 못할 것 같았다. 자꾸 불길한 예감이 들어서이다.

‘에라, 할 수 없다. 내가 이집에 있는 한 대감님의 지시를 거역할 수도 없는 노릇이다. 정태에게처럼 무슨 구실을 대자, 정태에겐 언문을 배웠는데 귀동이에겐 한문을 배워봐야 겠다.’

다음날,

귀동이가 서당에 갔다 오자마자 마님에게 문안 인사를 하고는 곧바로 꽃님이에게 왔다. 오늘도 이러저러한 이야기를 하면서 젖가슴을 만져보려고 할 것이다.

"도련님, 누나 찌찌를 만져 보기 전에 조건이 있어요."

"무슨 조건? 내가 다 들어줄게, 어서 말해."

"도련님 동무들 중에 아직도 엄니 찌찌 만지는 사람 있어요? 없어요?"

"없어. 아니, 내가 그걸 어떻게 알아."

"없어요, 서너 살까지만 엄니 찌찌 만지는 거예요. 그러니 혹시 여기 누나 찌찌를 만져보았다고 해도 절대로 다른 사람들, 친한 동무들에게 말하면 안 됩니다. 알았죠?"

"으응, 그거야 어렵지 않아. 절대로 말 하지 않을 테니까."

"그 다음 또 있어요."

"뭔데? 어서 말해."

"그날그날 배운 한문을 누나에게도 알려줘야 해요. 훈장님처럼 누나에게도 가르쳐야 해요. 누나는 언문만 알지 한문은 아직 잘 모르니까 배우려고 하는 거예요."

"오옹, 그거도 그리 어렵지 않아, 그런데 그날 배웠다하드래도 나도 잘 모르는 게 있는데."

"그럴 때는 전에 배운 천자문이라도 알려주면 되지요. 지금 무얼 배우나요?"

"계몽편."

"됐어요. 이 조건만 꼭 들어준다면 누나 찌찌를 딱 한번만 만져보게 허락하겠어요."

"오, 신난다. 그럼 오늘부터 하는 거야?"

"예. 도련님 마음입니다."

이렇게 제안을 하니까 귀동은 아주 신이 나서 꽃님이의 적삼 속으로 손을 쑤욱 넣어서 만져보았다. 꽃님이는 아무리 어린 아이라곤 하지만 다른 사람의 손이 들어오니 몸이 움찔했으나 내색은 하지 않았다. 그런 다음 한문을 너댓 자 배웠다.

저녁때쯤 마님에게 이렇게 했다고 고했더니 크게 웃으시면서 "그거 묘한 꾀로구나." 하고 칭찬을 하셨다. 이렇게 해서 귀동 이와의 고민은 해결된 셈이었고 꽃님이는 틈틈이 한문공부도 하게 되었다. 얼마 후 마님께서 지필묵을 가져다주면서 한문공부를 열심히 하라고 격려해 주셨다.

여러 달이 지나면서 동네 사람들과도 조금씩 알게 되어서 서로 만나게 되면 이야기도 하기도 하고 여자들이 수다를 떨 수 있는 빨래터에서도 하나둘씩 알게 되었다.

남자들도 하나둘씩 안면이 있게 되었는데, 꽃님이에게 치근 덕대는 남자는 없었다. 호두나무집 동네 사람들보다 여기 사람들이 훨씬 점잖은 태도를 보였고, 사람들도 꽃님이에게 종처럼 대하는 것이 아니라 황 대감집의 수양딸처럼 대하곤 했다. 뿐만 아니라 여기서 머슴 생활을 하다가 나가서 소작인으로 있는 한 서방도 꽃님이에게 공손하게 대해주었다.

'이 동네는 먼저 동네보다도 훨씬 좋구나. 여기에서 참한 신랑 만나서 살면 얼마나 좋을까.'

꽃님이는 간간히 이런 생각을 하고 했는데, 주인 대감님도 착실한 신랑감 있으면 후에 혼인시켜 준다고 농담 삼아 말하였다.

추운 겨울이 지나고 꽃님이가 한 살 더 먹어서 열일곱 살이 되었다. 특별한 일 없이 꽃님이는 하루하루를 행복하게 보냈다. 봄이 오고가고 여름이 오고 매미들이 요란하게 울다가 매미소리가 잦아들 무렵이니 늦여름이다.

귀동이도 한살 더 먹어서 열 살이 되었는데 일 년 사이에 부쩍 체구가 컸다. 그런 녀석이 아직도 거의 매일 꽃님이의 젖가슴을 더듬어서 꽃님이는 정말로 난처하게 되었다. 아예 그 녀석은 한 술 더 떠서 빨아보고 싶다고 떼를 쓰곤 하여서 그때마다 진땀을 빼야했다.

그렇게 매일 같이 진땀을 한바탕 빼고 있던 날이었다.

하루는 서당에 다녀온 귀동이가 꽃님이의 젖가슴을 더듬으면서 하는 말이

"누나, 찌찌 만지고 있을 때는 정말로 기분 좋아. 내 꼬추가 골을 내거든"

이렇게 말하는 것이 아닌가. 꽃님이는 마구 뛰는 가슴을 간신히 진정시키면서 어떻게 무슨 말로 귀동이를 달래서 떼어놓긴 했지만 그날 부터는 더욱더 불안해지기 시작하였다. 그러니까 여기 황대감집은 몸은 편한데 어린 귀동이 때문에 마음이 너무 불안하였던 것이다.

그래서 꽃님이는 문간방에서 혼자 자기 때문에 방문을 꼭꼭 걸어 잠그고 자긴 하지만 늘 신경이 쓰였다. 귀동이란 놈이 정태처럼 무슨 돌출 행동을 할 지 몰라서였다. 그렇게 늘 마음을 졸이면서 잠들다 보니 자고나서도 몸이 개운치 않아서 낮에 간간히 졸기도 하였다.

그렇게 지나던 어느 날 밤 꿈이다.

어느 큰 대감 집 담벼락에 사람들이 모여서 웅성거리기에 꽃님이도 무슨 일인가 궁금하여 그리로 가보니 사람얼굴을 그려놓고 나이 17세라고 써놓고는 이런 계집아이를 찾는다고 방문(榜文)을 붙여놓았다.

꽃님이가 가까이 가서 자세히 들여다보니 자기 얼굴과 비슷해 보이더니 점점 자기 얼굴로 바뀌어가고 있었다. 깜짝 놀란 꽃님이가 뒷걸음질치면서 마구 달아나는데 갑자기 힘센 장정

이 나타나서 꽃님이의 양팔을 붙잡더니 겨드랑이에 손을 넣고
는 번쩍 들어올렸다.

"아악~"

소스라치게 놀란 꽃님이가 비명을 지르면서 꿈에서 깨어났다.

'흐휴, 꿈이었구나, 다행이다. 그런데 예사롭지 않은 꿈이다.'

꽃님이가 곰곰이 생각해보았으나 크게 죄 지은 것은 없었으
나, 당시에는 양반의 말 한마디에 생사가 결정지어지기도 했기
에 심히 불안해지기 시작하였다.

'전에 이 대감집에서 아직도 나를 찾는 모양이구나. 안되겠
다. 이 동네도 불안하다. 다른 곳으로 피신해야겠다.'

13. 정처 없이 남쪽 땅으로

꽃님이는 대감님 몰래 여장을 꾸린 다음에 대감님과 마님에
게 이제 떠나야 한다고 말씀드리니 대경실색을 하셨다.

"아니, 꽃님아, 느닷없이 어디로 떠난단 말이냐?"

"죄송합니다. 대감님, 제가 원래 남녘땅에 있는 일가친척을 찾아 나섰다가 여기에서 눌러앉았는데 아무리 생각해도 세월이 너무 지체된 것 같습니다. 그래서 이제라도 길을 떠나려고 합니다."

마님 역시 크게 놀라면서 가지 말라고 애원하다 시피 했고, 귀동이란 녀석은 아예 훌쩍거리면서 "누나, 가지마, 가지마." 소리를 연발했다.

하지만 떠나야 한다. 여기에 있다가는 부지불식간에 무슨 사고가 또 날 것만 같은 예감이 자꾸 떠올랐기 때문이다. 그리하여 꽃님이는 이틀 후에 떠나기로 하였다. 대감님과 마님께서는 이것저것 준비해주고선 엽전 한 꾸러미나 주었다. 꽤 큰 돈이었다.

이틀 후 떠나는 시간은 귀동이가 서당에 간 오전으로 했다.

이틀 후,

꽃님이는 대감님과 마님에게 작별인사를 하고 길을 나섰다.

"대감님, 마님, 그동안 신세를 많이 졌습니다. 이 다음에 기회가 되면 찾아뵙겠습니다."

"그래라, 에구 정처 없이 어디로 간단 말이냐. 그냥저냥 여기서 살아도 될 것을."

마님은 눈물을 훔치면서 작별인사를 했고 대감님도 몹시 서운한 표정으로 잘 가라고 하셨다. 눈물 많은 꽃님이는 벌써 얼굴이 눈물범벅이 된 채 작별인사를 해야 했다.

"안녕히 계세요."

다소 큰 괴나리봇짐이 꽃님이의 등을 다 가리고 있었다.

여기 올 때와 다른 점은 댕기 머리가 아니라 머리에 쪽을 쪘다.

여자 혼자서 길을 나서는데 추근대는 사내들을 피할 목적인 것이다. 그렇게 늦여름에 꽃님이는 정처 없이 남쪽 땅으로 향하였다.

14. 주막집에서 술시중(들병이)

꽃님이는 그렇게 남쪽 땅으로 향하였는데 마음 편히 길 따라서 걸어갔다. 길 따라 가다보니 의외로 음식점과 잠을 잘 수 있는 집이 더러 있었다. 꼭 주막집이나 객주집이 아니더라도 길 옆에 있는 집에서 저렴한 가격에 음식과 하룻밤을 잘 수 있었다. 돈이 들어가서 그렇지 먹고 자는 데는 불편함이 없었던 것이다. 그뿐 아니라 작은 개울에도 가재가 있었다. 가재가 꼭 산 계곡에만 있는 것이 아니었다. 말조개와 우렁이도 많아서 조약돌 줍듯이 줍기만 하면 되었고, 물고기들도 많아서 손으로도 여러 마리를 잡을 정도였다. 늦 여름이지만 수박이나 참외밭도 곳곳에 있었다.

하지만 꽃님이는 가재나 물고기를 잡지 않고 길가의 저렴한 숙박집을 찾아서 식사와 잠자리를 해결하였다. 이렇게 지내다 보니 그리 피곤하지도 않고 하루하루 걸어다닐 만하였다. 걸으면서 생각한 곳은 오직 하나였다.

'어떻게든 들병이 노릇이라도 해서 돈을 모은 다음 작은 주막집이라도 하자. 그렇게 지내다가 운이 좋으면 나를 이해해주는 남자를 만나서 혼인을 하자. 나도 남들처럼 아이 낳고 오순도순 살아야 한다.'

걷다보니 작은 주막집도 모두 내외간에 운영하고 있는 것을 보았기 때문이다.

꽃님이는 그렇게 열흘 남짓 걸었다. 아마 백 리가 넘어서 백오십여 리는 걸었을 것이다. 초가집으로 안채와 별채가 있었는데 객줏집(여관)겸 주막집(술집)이 눈에 띄기에 그리로 가서 오늘

밤을 유숙하려고 들어갔다.

"어서 오세요."

"오늘 하루 묵고 가려고 합니다. 방이 있나요?"

"있어요. 그런데 새댁 혼자서 어딜 가시우?"

"예, 남쪽에 친척이 있다고 해서 찾아가는 길입니다."

"오 그러세요. 아무튼 들어오세요. 방도 있고 밥도 있어요."

그렇게 해서 꽃님이는 저녁도 먹고 방에 들어가서 호롱불빛 아래에서 잠시 우두커니 앉아 있었다. 옆방에서는 남자들이 술을 마시는지 두런두런 소리가 났지만 그리 개의치 않고 있다가 스르르 밀려오는 잠에 빠져들었다.

한편,

그 시각에 주모가 있는 안방에서 내외가 뭔가 의논하고 있었다. 이 부부는 삼십이 채 안된 부부로 네 살배기 머슴애 쌍둥이가 있는데 이름이 복남, 복돌이였다. 그래서 사람들이 쌍둥이네라고 부르곤 해서 쌍둥이네 하면 여기 주막집을 가르치는 말이 되어 버렸다고 했다.

"여보, 아까 그 새댁 보았지?"

"어엉, 곁눈질로 보았어, 아주 반반하던데."

"그래 맞아. 얼굴이 반반하고 웃는 모습이 교태가 있고 몸매가 버들가지 같은 것이 필시 화류계 팔자인 것 같아. 말로는 새댁이라고 하지만 혼인을 했는지 안했는지도 몰라.”

“맞아. 맞아.”

“어쩐지 혼자서 그냥 남녘땅으로 간다고 하는 것 같더라구.”

“으응, 그랬어. 그럼 임자는 어떻게 하려구 그래.”

“뭘 어떻게 해. 저 정도의 미모면 뭇 사내들이 꼬이지. 그러니까 잘 구슬려서 여기에 있도록 하면 우린 돈 버는 거야.”

“오호, 그렇지, 그럼 내일 잘 구슬려봐.”

다음날,

“새댁, 조반 먹어요.”

“예.”

주모가 늦잠을 자는 꽃님이를 깨우고는 같은 상에서 아침밥을 먹게 되었다.

“새댁, 어디 멀리 가우? 보아하니 노독(路毒: 먼 길에 지치고 시달려서 생긴 피로)이 심한 거 같은데.”

“예, 멀리서 왔고 갈 길이 멀어요.”

“어디 가는데?”

“남녘에 사신다는 친척을 찾아 나섰습니다.”

“오호라, 먼 데 사시는 친척을 찾아 나섰구면. 어딘지도 잘 모르는 모양이야, 그렇지?”

"네."

이때 눈치 빠른 주모는 벌써 알아차렸다. 꽃님이가 딱히 갈데가 없다는 것을.

"새댁, 그리 급한 일도 아닌 것 같은데 여기 우리 집에서 며칠 쉬었다 가요. 내가 숙박비를 받지 않을 테니."

"그럴 수가 있나요. 주막집인데. 밥 먹고 떠나야지요."

"글쎄, 떠나는 것을 말리지는 않는데 그냥 며칠 쉬었다가도 돼요. 정 부담스럽다면 손님들 왔을 때 시중이나 좀 들어주든지. 시중이랄것이 뭐 있나. 부엌에서 준비한 주안상을 들고와서 손님들에게 주면 그만이오."

"……."

"찾아오는 손님도 그리 많지 않으니까 별 부담될 것도 없어요. 내가 왜 이런 부탁을 하느냐면 애기 아버지가 며칠 출타할 일이 있어서 그래요. 그러니 며칠간만이라도 내 손을 덜어주면 고맙겠다, 그거지요."

"주인아저씨가 어딜 가시는 모양이군요."

"예, 그러니 새댁이 며칠만 도와주면 좋지요."

"그럼 그렇게 해볼까……. 으음. 어쩌나."

꽃님이가 망설이는 눈치가 보이자 주모는 온갖 사탕발림으로 동의를 얻어냈다. 그러곤 곧바로 서방에게 찾아가서 이러저러해서 며칠 있기로 했으니 당신은 당장 어디 가서 3일만 놀다 오라고 등을 떠밀다시피 하였다.

주인아저씨는 이게 웬 횡재냐 하고는 길을 떠나는데, 일부러 꽃님이게까지 찾아가서 "새댁, 며칠만 부탁하우. 내가 급히 어디 다녀올 데가 있소."

이러니 꽃님이도 얼떨결에

"예, 들었어요. 잘 다녀오세요."

이렇게 인사하는 수밖에 없었다.

이후로 주모는 온갖 감언이설과 사탕발림으로 꽃님이를 설득하기 시작하였다.

"아~ 여자가 돈을 벌려면 꽃값을 받아야지, 별 수 없지요."

"꽃값이라뇨?"

"아이그, 무슨 말뜻인지 모르나보네. 여자가 꽃이니까 꽃값이라면 여자 몸값이지 뭐야. 호호호."

한마디로 꽃값은 화대이고 해웃값을 받아야 돈을 벌 수 있다는 것이다.

"새댁, 여기 오가는 객들이 많진 않지만 그래도 끊이지 않고 있으니 해웃값으로 열 냥씩*만 받아도 큰돈이야."

"그 해웃값을 제가 다 갖게 되나요? 방값, 밥값도 있잖아요."

"그렇지. 그러니까 해웃값 열 냥이면 절반이고 손님들은 나에게 스무 냥을 내야지, 그 열 냥 속에 방값, 밥값을 포함시키는 거야. 간단하지 뭐. 그리고 술과 안주를 팔아주어야 하고. 그리 어렵지 않아. 전에도 어떤 젊은 여인네가 우리 집에서 한 몫 벌어서 갔다구, 잘만 하면 어디 가서 작은 주막집 하나 차릴 돈은 모인다구."

이 말에 꽃님이가 즉각 반응했다.

"주막집 차릴 정도나 되나요?"

"아, 그렇다니까."

그러지 않아도 주막집 차려서 평생 먹고 살려고 했는데 참으로 귀에 솔깃하지 않을 수 없었다.

"하겠어요. 그 대신 제가 싫다면 언제든지 그만 둘 수 있지요?"

---

*: 조선시대 화폐단위는 현재보다 다소 복잡하여 1문을 1푼이라고 했으며, 10푼이면 1전, 10전이면 한 냥, 열 냥이면 1관이라고 한다. 구매력으로 본 화폐가치는 현재와 일대일로 비교하기가 매우 어렵다. 그리하여 본서에서는 단위를 모두 냥으로 통일하였고, 화폐가치는 독자들이 대충 어림짐작으로 계산하면 되겠다. 걸인들이 하는 "한 푼 줍쇼."라는 말은 여기에서부터 유래되었다.

"아 그럼, 충청감사도 제 하기 싫으면 안한다는데, 본인이 싫다면 안하는 거지."

"그럼 언니만 믿고 해보겠어요."

"호호호, 잘 생각했어, 누이 좋고 매부 좋고, 꿩 먹고 알 먹고, 도랑 치고 가재 잡고. 호호호."

"오늘부터 하나요?"

"아니 내일 아저씨가 오면 네 몸 상태를 조금 봐야 할 것이야. 속병 있으면 안 되니까."

"속병은 없어요."

"그런 병이 아니라 혹시 모르는데 하문에 병이 있나 없나를 확인해야지."

주모의 말은 화류병(花柳病: 성병)이 있나 없나를 확인해야 한다는 뜻이어서 꽃님이가 고개를 끄덕였다.

다음날 점심때쯤 주인아저씨가 왔고 서로 간에 시덥지 않은 이야기를 했다. 앞으로 주모는 언니라고 부르고 자기는 오라버니라고 부르라고 했다. 주인아저씨의 이름은 주길환(朱吉煥)이어서 손님들이 주 서방이라고 불렀다. 그러니 주모 하면 아줌마, 주서방 하면 아저씨가 되는 것이다. 쌍둥이는 외갓집에 맡겨서 키운다고 하였다.

그리고 있게 되면 방이 저 쪽방인데 주모를 부를 일이 있으면 나와서 소리치지 말고 문밖 방문위에 걸려있는 설렁줄(잡아당기면 소리가 나도록 방울을 달아 처마 끝 같은 곳에 매어놓은 줄)을 흔들면 부엌에서 알아듣고 언니나 내가 올 것이다라고 말했다.

그날 밤,
주인아저씨 혼자서 꽃님이 방에 들어왔다.
"놀라지 마라. 속병이 있나 없나 검사를 해야 하니까. 잠깐이면 된다. 속곳을 내려봐라."
꽃님이가 쭈뼛거리면서 치마를 올리고 속곳을 내렸다. 주인아저씨는 호롱불을 갖다 대고는 이리저리 살펴보고 손으로도 만져보았다. 꽃님이는 움찔움찔했지만 지금에 와서 반항 할 수도 없었다.
누워서 그렇게 있는데, 느닷없이 양물이 들어오는 게 아닌가.
꽃님이는 몸을 빼내면서 크게 놀랐다.
"아니, 지금 뭐하세요. 검사만 한다고 했잖아요."
"가만있거라. 이것도 검사다. 사내들을 홀릴 만한지 알아보는 중이다. 잠시 가만있어."
이러니 꽃님이는 더 이상 대꾸도 못한 채 하자는 대로 있을 수밖에 없었다.
잠시 후 방사는 끝나고 주인아저씨는 "좋은 몸이다."라고 칭찬을 하고는 돌아갔다.

꽃님이는 자기도 모르게 흘러내리는 눈물을 주체할 수 없었다.

잠시 후, 안방에서 두 내외가 도란도란 속삭이기 시작했다.

"물길은 났으나 아이 낳은 경험은 없어."

"그래? 또 다른 감흥은 없어?"

"옥문이 좁고, 갓난아이가 어미젖 빨듯 오물거리니 최상급이야."

"호호호, 좋았겠수. 호호호."

"하하하, 좋지 좋아, 열 계집 마다하는 사내 없다고 하잖아."

"호호호, 그 얘기를 듣고 나니 나도 감흥(感興)이 동(動)하네, 우리도 한판 합시다."

"좋지, 좋아."

부부는 이런 말을 하면서 격정적인 방사를 치르었다.

"우리 집이 이제 운이 열리는 모양이야."

"그러게. 토정비결에 우연히 귀인이 나타나서 도와준다고 하더니만."

"호호호, 그랬으면 좋겠어."

"아무튼 꽃님이는 얼굴도 반반하고 배꼽 아래도 건실하니 최상급이야. 사람도 가려서 받아야 하고 해웃값도 비싸게 받아야 할 것이야.”

“아무렴. 옷으로 치면 무명옷이 아니라 비단옷이니 비단 값을 톡톡히 받아야지.”

“하하하, 그렇지, 좋지 좋아.”

이리하여 다음날부터 꽃님이는 주인 언니의 화장품으로 약간의 꽃단장을 하고서는 밤손님을 받기 시작하였다. 주인 언니는 해웃값 스무 냥 중 열 냥은 꽃님이가 갖고 방세 명목으로 열 냥은 자기가 갖는다고 하였다. 술 한 병과 간단한 안주는 두 냥이다. 달거리 기간이나 임신이 우려되는 날짜는 제외하고 손님을 받으라고 하였다. 물론 이런 모든 일정은 주인 언니가 조정해 주는 것이다. 꽃님이는 그렇게 하기로 했다. 정말로 여자 몸으로 돈을 벌 수 있는 방법은 이 방법밖에 없어 보였다.

15. 속고 속이고

그렇게 한 달 가량인가 지났는데 어느 한 손님이 꽃님이를 보자마자 투덜대었다. 정갈하게 옷을 입고 갓을 썼는데 무얼 하는 사람인지는 몰랐다. 알 필요도 없다.

"내 원 참, 여기 해웃값이 제일 비싸다. 어디에 있는 객주집도 열 냥이면 되는데 여긴 30냥씩이나 받는다. 꽃님이가 얼굴도 반반하고 방중술에 능하다고 하여 찾아오긴 했다만 찜찜하다. 에이참."

이렇게 꽃님이가 들어보라는 식으로 말을 하였다. 꽃님이 역시 속으로 깜짝 놀랐지만 내색은 하지 못하고, "아이~ 손님. 그 돈 값어치 해드릴 테니 걱정 마시와요."하고 억지 웃음을 웃어보이면서 위로해야 했다. 그러니까 주모는 꽃님이 몰래 해웃값을 더 받고 있었던 것이다. 스무 냥을 받아서 열 냥씩 분배하자는 것을 30냥을 받고는 꽃님이 몫은 열 냥을 주고 자기 몫은 스무 냥을 챙긴 것이다.

주모는 꽃님이 모르게 30냥, 40냥도 받았다. 즉, 손님들의 행색을 보고는 어느 때는 스무 냥, 어느 때는 30~40냥까지 받아서 꽃님이에겐 10냥씩만 준 것이다. 다행히도 결산은 그날그날한다. 그날 못하면 다음날엔 꼭 결산을 했다.

꽃님이는 매우 괘씸했지만 그렇다고 당장 항변할 수도 없었다. 뭐라고 항변을 하면 또 이러저러한 핑계를 대면서 구렁이 담 넘어가듯 은근슬쩍 넘어갈 것이 뻔했기 때문이다.

'에이, 주인 언니가 못된 년이네. 이게 분명 오라버니와 짜고 그러는 걸 거야.'

그렇다고 해웃값을 낮추라고 할 수도 없었다. 한참을 고민하던 꽃님이는 뭔가 모종의 결심을 한 모양이었다.

'그래, 너희들이 그렇게 나오면 나도 방법이 있다.'

이러면서 양 입술을 꾸욱 다물었다.

"손님, 너무 상심하지 마시와요. 어서 심신의 피로를 풀자구요."

"어엉, 그러자, 과연 듣던 대로 미모가 출중하구나. 허허허."

"손님 해웃값은 배타는 값이옵니다."

"배라니? 무슨 배를 탄다고 그러냐?"

"호호호, 여인의 배이죠. 여기 이 배 말입니다. 호호호."

꽃님이가 웃으면서 자기의 배를 가리켰다.

"뭐어? 그 배를 말하는 것이냐? 크하하하, 말재주 한번 좋다. 해웃값, 꽃값이란 소리는 들었어도 뱃삯이란 소리는 처음 듣는다. 괜찮도다. 크하하하."

그 손님은 약간 다혈질이어서 이번에는 떠나갈듯 웃어 제쳤다.

"나루에서 배를 타고 강을 건너면 뱃삯을 내지요. 그리고 돌아올 때 배를 타도 뱃삯을 또 내는 것을 아시나요? 손님."

꽃님이가 교태를 부리면서 물었다.

"그야 당연한 것이 아니냐. 탈 적마다 뱃삯을 내야지."

"호호호, 맞는 말씀입니다. 소녀의 배도 똑같사옵니다. 이미 지불한 해웃값은 배를 한번 타는 값이옵니다. 두 번 탈 때는 다시 해웃값을 내야 하니 가급적 처음 탔을 때 오랫동안 유람을 하시와요, 호호호."

"어헝? 그런가, 이치가. 그럼 또 30냥을 내란 말이냐?"

"그건 손님 마음대로 입니다. 주모에겐 30냥을 내야 하지만 소녀에게 직접 내면 열 냥만 내시면 됩니다. 그러나 이런 말을 절대 함구하셔야지 주모가 알았다가는 곰 같은 오라버니가 달려들어서 마구 패면서 돈을 더 뜯어낼 것이니 절대로 입 밖에 내서는 아니 됩니다."

"오호, 그럴 수도 있지, 이런 데는 대개 겁박을 주는 사내들이 있다더구만."

"맞사옵니다. 손님, 그럼 어서 행사를 시작하시죠."

"그러자."

이리하여 둘은 호롱불도 끄지 않은 채 방사를 시작하는데, 손님은 처음부터 진땀을 빼기 시작하였다. 옥문이 좁아 어렵게 양물을 진입시켰는데, 그 안에는 수많은 빨래판 속살이 기다리고 있다가 물결치듯 요동치며 제멋대로 움찔움찔, 간질간질, 꼼질꼼질거리니 벌써 정신이 오락가락할 지경이었다. 이때 꽃님이가 요분질을 서너번 하니 그 손님은 참지 못하고 "어어억~" 소리와 함께 백수(白水)를 토(吐)하고는 배에서 내려오고야 말았다.

"아니 손님, 배를 탔으면 적어도 밥 한 끼 먹을 정도의 유람은 하셔야지. 노를 저어보지도 못하고 하선하면 되나요?"

꽃님이가 짐짓 화를 내는 척 물었다.

"어허허, 그랬나. 미안하다. 내가 조금 성급했나 보다. 잠시 쉬었다가 하자."

"호호호, 그러세요. 탁주 한 잔 하시면 기분 전환이 될 것입니다. 주안상 올릴까요?"

"그래라."

꽃님이는 재빨리 일어나서 방문을 열고는 설렁줄을 흔들었다. 부엌으로 연결된 설렁줄 끝의 방울이 "땡그랑, 땡그랑, 땡그랑~" 하고 울리니 언니가 쏜살같이 내달려왔다.

"부르셨어요?"

"언니, 여기 주안상 올리세요."

"응, 알았다. 안주는 뭐로 할까."

"그냥 되는 대로 주세요."

방안에 있는 손님은 뭔가 이상하다는 듯이 고개를 갸웃거리면서 허탈해 했다.

그 손님은 탁주를 두어 잔 마시고는 선불로 해웃값 열 냥을 꽃님이에게 주었다.

"흐흠, 내가 내공이 부족한 모양이군, 운기조식(運氣調息: 몸

안의 기를 돌리고 호흡을 조절함. 道家의 양생법 중 하나)을 해야겠다, ”

라고 혼자서 중얼거린 후 앉은 채로 합장을 하고는 무슨 주문을 중얼거리었다.

잠시 후,

두 번째 방사를 시작하는데, 아까와 별다른 차이가 없이 손님이 배에서 내려왔다.

“아이참, 배를 탔으면 몇 차례 노를 저어야지, 또 그냥 내려오시나요?”

“오늘따라 뱃멀미를 심하게 하는구나. 잠시 마음을 진정시키면 원기가 회복될 것이니라.”

손님은 땀을 뻘뻘 흘리면서 애써 태연한 척했다.

또 잠시 후,

손님은 열 냥을 주고, 세 번째 방사가 시작되었으나 별로 호전되는 것이 없이 또 배에서 내렸다.

“손님, 오늘따라 정말로 뱃멀미를 심하게 하는군요. 뱃놀이는 그만 해야겠습니다.”

“아니다, 아니다, 운기조식을 다시 한 번 하마.”

“아니 되옵니다. 기를 너무 손상하면 아니 되옵니다.”

꽃님이가 만류했으나 손님은 다시 운기조식을 하기 시작하였다.

“중얼중얼중얼~ 하초(下焦: 배꼽아래 부위)에 기운을 주소서. ”

꽃님이가 옆에서 들어보니 웃음이 터져 나와서 혀를 깨물고 있어야 했다.

이렇게 그 손님은 다음날 축시(새벽 1~3시)까지 40냥을 내고 방사를 치르었으나 단 한 번도 배를 타고 강 건너까지 가보지 못하였다. 그 손님은 그때쯤 되어서 자포자기하고 제풀에 지쳐서 곯아떨어졌다가 묘시(새벽 5~7시)가 시작되자마자 조반도 먹지 않고 꼬리가 빠지게 사라지고 말았다고 한다.

이러니 영리한 꽃님이는 총 해웃값으로 50냥을 벌었고 주모는 스무 냥에 술값만 약간 더 벌었을 뿐이다.

16. 한양 손님과 방중가(房中歌)

설을 지나고 대보름이 며칠 안 남았는데, 한양에서 귀한 손님이 말을 타고 오셨다.

이 손님은 스스로 "방 선비"라고 했다는데, 주모가 첫눈에 보니 돈 많은 집의 자제거나 아니면 다른 무엇으로 돈을 많이 벌은 것 같더라는 것이다.

"내가 한양에서 불원천리(不遠千里: 천 리 길도 멀다고 여기지 않음) 달려왔소."

"아유, 그러세요, 감사합니다. 선비님."

"이 주막에 꽃님이라고 명성이 자자하던데 내 오늘 한번 얼굴이나 볼까 하고 온 것이요."

"예, 들리는 소리에 의하면 우리 꽃님이가 미색이 출중하고 방중술이 능하다고들 합니다. 호호호."

"지금 당장 대면할 수 있겠소? 주모."

"아니옵니다. 한양에서 이렇게 귀한 손님이 오셨는데 옷도 갈아입고 단장을 조금 해야지요. 지금 당장 준비시킬 테니 탁주 한잔 마시면서 잠시만 기다리세요."

"흐흠, 그럴 만도 하지, 그럼 그렇게 합시다."

주모는 득달같이 꽃님이에게 가서 한양에서 말 타고 온 귀한 손님이 왔다면서 급히 옷도 갈아입고 얼굴 단장을 하라고 지시했다. 꽃님이도 얼른 일어나서 제일 고급 옷인 비단옷을 꺼내어 입고 머리를 단정하게 빗고 가체(가발)인 트레머리를 올린 후, 연지 곤지를 발랐더니 과연 하늘에서 선녀가 내려온 것 같았다.

주모는 이 잘난 체하는 선비에게 자그마치 해웃값으로 50냥을 받고는 주안상과 함께 꽃님이 방으로 안내하였다.

"흐흠. 명성이 자자하다더니 화대(花代: 꽃값, 해웃값)가 쎄군 그래."

선비는 입속으로 그렇게 중얼거리면서 꽃님이 방으로 들어섰다. 꽃님이는 서서 기다리고 있다가 공손히 절을 하면서 인사를 했다.

"소녀 꽃님이라고 합니다. 멀리 한양에서 예까지 오셨다는데 황공하기만 합니다."

"흐흠, 과연 듣던 대로 미모가 출중하군, 목소리도 곱고."

"과찬이십니다. 그저 평범한 계집이옵니다."

선비는 "험, 험." 하면서 방안을 잠시 둘러보다가 지필묵, 접혀진 그림과 자수틀을 보게 되었다.

"난을 치는가?"

선비가 묻는 말은 동양화에서 난초(蘭草)를 그리는가를 일컫는 말이었다. 이는 곧 매난국죽(梅:매화, 蘭: 난초, 菊: 국화, 竹: 대나무)을 그릴 줄 아는가를 묻는 말이다. 예전 우리 선비들은 매난국죽을 그리는 것을 아주 고상한 취미로 알고 있었다. 매난국죽이 절개와 명예를 상징하기 때문이다.

"호호호, 소녀가 소일거리(消日-: 시간을 보내기 위하여 심심풀이로 하는 일)로 하다 보니 난을 그리면 잡풀이 되고 명산(名山)을 그리면 동산(童山: 황폐한 산)이 되고 맙니다."

"하하하, 그럴 게다. 뭐든지 훌륭하신 스승님 밑에서 배워야지, 독학이라는 게 용이치 않느니라."

"호호호, 예, 그러하옵니다."

꽃님이가 이렇게 눈치 빠르게 대답을 하자 선비는 매우 흡족하여 만면에 웃음을 띠면서 또 물었다.

"꽃님이라, 그럼 금(琴)은 탈 줄 아는가?"

여기서 금이란 가야금을 말하는 것으로 '가야금 연주를 할 수 있나?'를 물어본 것이다.

"아이 부끄럽습니다. 금은 일패기생이나 타지, 소녀 같은 삼패기생은 무지합니다."

조선시대의 기생은 크게 세 종류로 가장 상급인 일패기생(一牌妓生)은 어려서부터 기생학교에서 교육을 받은 기생으로, 시를 짓고 악기를 연주하고 춤과 노래를 하는 최상급의 기생을 말한다. 이패기생(二牌妓生)은 '은근짜(慇懃者)'로 불리며 관아나 재상집에 출입하면서 암암리에 몸을 팔기도 하는 기생이다. 삼패기생(三牌妓生)은 최하류 기생으로 잡가를 부르며 웃음과 몸을 파는 기생을 뜻한다.

"오라, 그렇지. 내가 한양 기생과 착각했구나."

"하지만 창은 조금합니다."

"창을? 그럼 누구에게 배웠나?"

"그건 아니옵고 어려서부터 목소리가 곱다고 하여 여기저기서 조금씩 배우게 되었사옵니다."

"어허 그런가, 목소리가 청아하니 창을 하면 아주 잘하겠다. 혹시 북이나 장구는 있나?"

"있긴 있는데 광에 있어요. 북이나 장구는 밤에 너무 시끄럽습니다. 저기 벽에 걸려있는 박으로 장단을 맞추어주시면 그런대로 어울릴 것입니다."

그러면서 꽃님이가 벽에 걸린 박을 내려주었는데 여인의 얼굴이 조각되어 있었다.

"이건 여인의 얼굴이네. 누가 누굴 그렸는가?"

"호호호, 어느 손님이 놀러왔다가 창칼 하나로 능숙하게 소녀의 얼굴을 조각했습니다."

"오호, 대단한 조각가로군. 채도 있어야 할 텐데."

"마침 옷걸이를 만들려고 잘라놓은 신우대가 있습니다."

신우대는 화살대를 만드는 지름이 1cm 내외의 가느다란 대이다. 이것을 잘라서 옷걸이를 만들 수 있다.

"제목은 무엇인고? 사랑가인가?"

"아닙니다. 자작곡으로 곡목을 방중가(房中歌)라고 붙여보았사옵니다."

"크하하하, 방중가라 내 처음 듣는 곡이로다. 그럼 어서 시작해보거라."

"예, 박자가 아니리, 자진모리로 들어갑니다."

방중가(房中歌)

〈아니리〉

옥황상제가 만물을 창조하였는데,

그중 사람이 가장 존귀하다.

왜 그런고 하니 사람만이

남녀교합을 조절할 수 있기 때문이다.

사람만이 음양이치에 맞게

운우지정을 조절할 수 있다.

헌데 중생들은 그 이치를 무시하고

온갖 방중술을 시전하는구나

자~ 그럼 온갖 방중술을 한번 알아보자.

〈자진모리〉

남녀교합 방사할때 온갖기교 동원되네

여자는땅 남자는천 상하구분 순서명백

하늘땅이 뒤짚히어 위로는땅 아래로천

이래놓고 방아찧네 쿵덕쿵덕 쿵덕쿵덕

앞문뒷문 명백한데 뒤쪽뒷문 열라하네

아니되오 아니되오 뒤쪽뒷문 아니되오
온갖변명 불통하고 뒷쪽으로 양물진입
저혼자서 헐레벌떡 이게무슨 장난이오
어느놈은 호롱불에 이리보고 저리보네
어느놈은 삽살갠가 코를대고 킁킁대고
어느놈은 어린아이 젖빨듯이 옥문빨고
어느놈은 묶어놓고 저혼자서 킥킥대네
어느선비 시를짓고 저혼자서 읊조리고
어느한량 방사않고 별의별짓 다한다네
이리해라 저리해라 화선지에 그림그려
이리봐라 저리봐라 바가지에 조각하고
엎어져라 바로해라 온갖체위 다시키니
에고에고 사람죽네 물구나무 사람죽네

〈아니리〉
그림 잘 그려 눈에 흥이 나면 화가라고 칭송하고
창을 잘해서 귀에 흥이 나면 명창이라 칭송한다.
헌데 방중술에 능하여 심신에 흥이 나면
사람들은 창기(娼妓)라고 놀리니,
이게~ 세상 법도가 잘못된 것이여~~~

〈자진모리〉

여보시오 벗님네들 여인없이 살수있나
여인없는 인간세상 생각이나 해보았나
보들보들 야들야들 여인내음 맡고나면
세상근심 사라지고 심신안정 극락세상
온갖고생 민초백성 여인들이 달래주네
멍든인생 찌든인생 죽고싶다 하지말고
이내품에 안겨보면 원기회복 체력왕성
오소오소 내게오소 근심걱정 덜어주고
명광(明光)미래 정해준다오~ 오~ 오~

꽃님이가 마지막 구절을 새벽 수탉이 울듯이 소리 높혀서 길
게 뽑아내니, 선비는 온몸에 소름이 끼치도록 전율(戰慄: 몸이 떨
릴 정도로 감격스러움을 비유적으로 이르는 말.)했다. 일찍이 한양 기생
에게선 한 번도 들어본 적 없는 소리였다.

이에 한양선비가 "얼쑤~, 좋다, 얼씨구"하고 추임새를 넣
으면서 조각된 바가지를 신우대로 치기 시작하는데 처음에는
"탕! 탕!" 소리가 나더니 얼마 안가서 바가지에 금이 가서 "탁!
탁!" 소리가 났다. 그것도 잠시 여기저기 다 깨지어 "틱! 틱!"

소리가 나면서 바가지는 박살이 나고 말았다.

아무튼 이렇게 꽃님이가 구성지게 한가락 뽑으니 한양선비는 신명 나서 넋이 나가다시피하였다.

"오, 과연 명창이로다. 자작곡이라더니 의미심장하도다."

"선비님 잘 들으셨다니 소녀 무한 기쁘옵니다. 창(唱)값도 조금 주시와요."

"암만 줘야지. 그래 얼마냐?"

"닷 냥만 주시와요."

"닷 냥? 창에 비해 너무 약하다. 열 배인 오십 냥을 주마."

"예에? 고맙습니다. 과연 한양에서 오신 선비님이라 손이 크시군요. 제가 온몸을 다바쳐서 모시겠습니다."

"하하하, 좋도다! 좋아!"

"선비님, 오래간만에 창을 했더니 갈증이 심히 납니다. 술 한 잔 올릴까요?"

"으음, 그래라 술값은 또 따로 내야겠지."

"그렇사옵니다. 술값은 주모가 꼼꼼히 계산하지요. 아직까지 한 푼도 틀려본 적이 없답니다. 호호호."

"그래야지, 모름지기 무엇을 팔든 돈 계산은 치밀해야 되느니라."

"기운도 나게 할 겸 영계백숙 한 마리 올릴까요?"

"어허, 좋지 좋아, 몸 보신에 최고니라.

"아이구 역시 한양선비님이라 배포가 크시군요."

"그런데 백숙은 알겠는데 영계는 무슨 뜻이냐?"

"영계란 중간크기의 닭을 말합니다."

"오호, 고장이 다르면 말도 다르다고 하더니만 이곳에선 중닭을 영계라고 하는구먼."

"그렇사옵니다."

꽃님이는 곧바로 방문을 열고 설렁줄을 흔들자, 주모가 뛰어왔다.

"언니, 여기 술 한 병하고 영계 백숙 한 마리 올리세요."

"응, 알았다. 마침 끓여놓은 영계 백숙 한 마리 있다."

꽃님이가 이렇게 주문을 하고는 옆에 놓여있는 붓을 들어서 뭘 쓰는 모양이다.

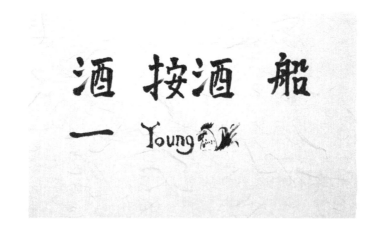

선비가 얼핏 보니 "酒, 按酒, 船." 이렇게 가로로 써놓고 그 아래에 한일 자를 그어서 표시를 하는 모양이었다.

'으흠, 뭘 얼마나 주문했는지 적어놓는 장부구먼.'

이렇게 생각하고 있는데 안주 아래에 생전 처음 보는 이상한 글자가 눈에 들어왔다

"꽃님아, 저기 안주 아래에 있는 기이한 문자는 무엇인고? 무슨 기호인가?"

"호호호, 장차 이 땅에 나타날 문자이옵니다."

"뭣이라고? 네가 그걸 어떻게 알아?"

"호호호, 제가 천안통(天眼通: 미래를 볼 수 있는 신통한 능력)이거든요."

"허허허, 그런가? 그런데 왜 닭 계 자는 쓰질 않고 그림으로 그렸느냐?"

"닭 계(鷄) 자의 획수가 너무 많아서 대신 그림으로 그렸나이다."

"크하하하. 그거 말 된다. 그냥 닭 대갈만 그려도 알아 볼 수 있도다."

"호호호, 그러하옵니다."

"허허허, 꽤 영특하구나. 그럼 그 옆의 선(船: 배)은 무엇이냐?"

"조금 후에 알게 되옵니다. 미리 알 것 없사와요."

"허허허, 창만 잘하는 줄 알았는데 온갖 꾀도 많도다. 허허허."

꽃님이가 이렇게 재치 있는 말대답을 꼬박꼬박하자, 선비는 사랑스럽고 귀여워서 당장 끌어안고 볼을 비비고 입을 맞추고 으스러지게 껴안아 주고 싶었으나, 점잖은 선비 체면을 생각해서 애써 태연한 체 해야 했다.

둘이서 이렇게 시시덕대는데 주모가 주안상을 차려 왔다. 그런데 술 한 병과 중간 크기의 닭이 딱 반으로 잘라진 채 반마리만 올라왔다.

"아까 닭 한 마리를 시키었잖으냐?"

"그랬지요. 그런데 닭을 붙잡다보니 다리 달린 반쪽은 달아나서 반쪽만 붙잡힌 모양입니다."

"아니 뭣이라고? 닭이 반쪽만 살아서 도망쳤다구. 말도 안되는 억지를 쓰지 마라."

한양선비가 다소 화난 목소리로 말했다.

"아이참, 역정을 내시면 되나요. 그게 아니면 주모가 배가 고파서 반쪽을 먹었을 것입니다."

"그럼 반 마리 값만 내야 하는 게 아닌가. 주모가 반 마리를 먹었다면 말이다."

"그런가요? 제가 말을 잘못한 것 같사옵니다. 선비님. 만약한 마리가 여기에 있다면 선비님 혼자서 한 마리를 다 잡수시겠습니까? 아니면 소녀에게도 먹어보라고 하시겠습니까?"

"아, 그야 둘이서 한 마리를 나눠먹어야겠지. 자고로 콩 한 쪽도 나눠먹는다는 옛말이 있잖은가."

"맞습니다. 선비님의 말씀이 맞습니다. 그럼 여기에 온전한 닭 한 마리가 있다고 생각하고 반 마리는 선비님께서 드십시오. 저는 먹은 셈치고 선비님의 입만 쳐다보겠습니다."

"뭣이라고? 카하하하. 네가 반 마리를 먹은 것으로 하고 한 마리 값을 다 내라고? 카하하하."

"호호호, 호호호."

한양선비는 웃다가 뒤로 벌렁 나자빠져서 뒤통수가 깨졌다나 어쨌다나. 그러면서 꽃님이가 앵두같은 주순(朱脣: 붉고 고운 입술)으로 쫑알쫑알 놀리고는 입을 삐쭉거리니 한양선비는 혼이 달아날 지경이었고, 꽃님이의 입을 "쪼옥." 하고 빨아보고 싶어졌다. 한양선비가 그런 생각이 들자 하초에 "불끈불끈." 하고 기운이 들어가기 시작하였다.

결국, 한양선비와 꽃님이는 술을 두어 잔씩 하고 반 마리의 닭을 사이좋게 나눠먹었다.

"자, 이제 양기를 보충했으니 한바탕 놀아보자."

"그러시지요. 그 전에 한 말씀 올리겠나이다."

"무슨 말이냐. 어서 하거라."

꽃님이는 전에 왔던 손님에게 말했던 대로 배 삯에 대하여 설명하였다.

"크하하하, 그거 말 된다. 배를 탈 적마다 배 삯을 내란 말이지, 좋은 생각이다. 내가 그동안 단전(丹田) 수련을 해와서 뱃놀이라면 능히 장강(長江: 길고 큰 강이라는 의미인데 흔히 중국의 황허강을 지칭한다.) 유람을 하고도 남을 게다."

이어서 꽃님이가 옷을 벗어서 곱게 접어놓고 이불 속으로 들어갔고, 한양선비도 옷을 벗기 시작하다가 멈칫하였다.

"어디 네 옥문이 얼마나 훌륭한지 나도 한번 목도(目睹: 눈으로 직접 봄)해야 겠다."

이렇게 말하면서 호롱불을 들고 꽃님이가 덮고 있는 이불을 들추었다.

"아이, 부끄러워요. 선비님."

꽃님이가 다리를 꼬면서 교태를 떨었다.

"무엇이 부끄러우냐. 어차피 한 몸이 될 것을, 조금도 부끄러워할 것 없느니라."

이에 꽃님이는 여전히 부끄럽다는 듯이 콧소리를 내면서 하자는 대로 응할 수밖에 없었다.

"으흠, 인모(人毛)가 반듯하니 서수필(鼠鬚筆: 쥐의 수염으로 만든 붓으로 명필(名筆)중엔 최고로 치며 중국의 왕희지(王羲之)가 썼다고 함.) 버

금가겠다."

"호호호, 그게 무슨 말씀이신지요."

"으음, 옥문에 나 있는 터럭이 좋아서 붓 중에 최고로 친다는 쥐 수염 붓 다음 가겠다 라는 의미니라."

"호호호, 한양선비님 정말 재미있으시와요."

꽃님이가 이렇게 웃으니 옥문이 움찔거리면서 옥수(玉水)가 맺혔다.

"오호, 연분홍빛 꽃 한 송이에 이슬이 맺혔으니 감로수가 분명하다."

이렇게 읊조리니 꽃님이가 웃다가 더 이상 참지 못하고 한양선비를 끌어안았다.

"호호호, 호호호, 그만 하시와요. 시를 지으려고 오신 건 아닙니다."

"그래 맞다, 그럼 지금부터 내방(內房: 내실, 안방) 구경을 하자, 아니 뱃놀이를 시작하자. 놀이 중에 으뜸이 뱃놀이이니라."

이리하여 득의양양(得意揚揚)한 한양선비가 양물을 진입하여 뱃놀이가 시작되었다.

그런데 웬걸? 호언장담하던 한양선비가 막상 배를 타고나서는 노를 몇 번 젓다가 하선하고 말았다.

"아니 선비님. 이게 무슨 꼴입니까. 장강 유람이 아니라 시냇물도 못 건넜습니다.”

꽃님이가 짐짓 화를 내는 척하니 한양선비는 얼굴이 붉으락
푸르락했다.

“어험, 아무래도 노독(路毒: 먼 길에 지치고 시달려서 생긴 피로)이
있었던 모양이다. 잠시 쉬었다가 행사를 해보자.”

“그러시지요.”

그러면서 꽃님이는 붓을 들고 선(船) 자 밑에 한일 자(一)를 그
었다. 배를 한 번 탔다는 의미이다.

잠시 후, 두 번째 행사에서도 사정은 마찬가지였다. 노를 몇
번 젓기 시작하자, 꽃님이가 이에 질세라 요분질을 몇 번하니
한양선비는 뱃멀미를 심하게 하면서 하선해야 했던 것이다.

‘어허, 이런 이런, 과연 명기로다. 명기여.’

한양선비는 혼자서 중얼거렸고, 꽃님이는 선(船) 자 밑에 한
일 자(一)를 또 그었다.

“선비님, 소녀경 방중술에 삼십 가지가 넘는 기교가 있다는데
그중 하나도 실행해보지 못 했사와요. 어서 기운을 차리세요.”

그 말을 들으니 선비는 속으로 ‘아차, 이거 큰일 났다. 지금
도 쩔쩔매는데 소녀경의 기교라면 어떤 방중술일꼬.’라고 걱정
이 앞섰다.

아무튼 선비는 새벽이 될 때까지 총 여섯 번이나 승선했다가 하선했는데 장강유람은 한 번도 못하였다. 꽃님이는 추가 뱃삯으로 50냥을 받아내서 총 60냥에다가 창(唱)값 50냥까지 하룻밤에 110냥을 번 것이다. 주모는 40냥에 닭값, 술값을 조금 더 받았다.

해가 떠오를 무렵에 선비는 한양에 가야 한다면서 조반도 먹지 않은 채 서둘렀다.

"아이고 선비님, 아무리 바빠도 조반은 드셔야지요."

주모 언니가 나와서 호들갑을 떨었다.

"정 그러시다면 여기 찐 고구마라도 가져가세요. 큰 요기가 됩니다."

주모 언니는 무명천에 싼 고구마를 주었고 한양선비는 고맙다고 인사를 하고는 말에 올라탔다. 꽃님이도 나와서 정중하게 작별인사를 하였다.

"한양선비님, 꽃 필 때 꼭 한번 다시 내려오세요."

"오냐, 그때 꼭 내려오마."

한양선비는 그렇게 말을 타고 반 시진쯤 갔는데 시장기가 들어서 찐 고구마를 크게 한입 베어 물고 오물거렸다. 그때 목이 콱악 막히면서 머리가 어질어질하고 핑하고 돌더니만 그만 중심을 잃고 말에서 떨어지고야 말았다.

그러니 이에 놀란 말은 뒷발을 크게 차면서 떨어진 주인을 내 버려두고 마구 뛰어 달아났고, 말에서 떨어진 한양선비는 죽었 다던가 살았다던가 하는 뒷소문이 들려왔다.

꽃님이가 명기라는 소문은 입에서 입으로 전해져서, 남정네 (男丁: 열다섯 살이 넘은 사내. 일반적으로 어른 남자들)들이 꿀 많은 꽃 에 벌떼 꼬이듯이 몰려들었다.

상황이 이렇다고 해서 많은 남자들이 꽃님이와 잠자리를 하 는 것은 아니었다. 주모가 말한 대로 비단값을 받기 위해 해웃 값을 높게 책정하기도 했지만, 오만(傲慢: 태도나 행동이 건방지거 나 거만하다.) 잡놈들을 다 받았다가는 필시 꽃님이에게 무슨 변 고가 일어날까 봐서이다. 가장 위험한 것이 화류병(성병)이었기 에 주모는 잠자리를 원하는 남자들을 유심히 관찰하면서 밤손 님으로 받거나 안 받거나 하였다. 꽃님이가 건재해야만 주막이 돈을 벌 수 있기 때문이다. 이렇게 주모는 나름대로 지혜롭게 꽃님이를 관리하였다. 아무튼 주막집은 예전에 비해서 대여섯 배 이상의 돈을 벌게 되어서 주모와 아저씨는 연일 싱글거리면 서 술 담그기에 바빴다.

17. 수상한 사내들

세월은 흐르는 유수(流水: 흐르는 물)처럼 쉬지 않고 흘러서 2년 이 흘러갔다. 꽃님이는 이제 열 아홉살이 되었고 그동안 모아 둔 돈도 꽤 되었다. 하지만 이 정도 가지고는 주막집을 열기에 는 부족하였다. 혹시 누가 아주 싸게 집을 빌려준다면 몰라도 집 한 채를 사기에는 턱없이 부족했던 것이다.

뜨거운 여름철이 다 갈 즈음,
어느 날 저녁에 삼십여 세로 보이는 네 명의 사내들이 와서 술을 마시면서 다소 큰소리로 떠드는데 어찌된 일인지 꽃님이 를 부르지 않았다. 주막에 와서 꽃님이를 부르지 않은 사람은 이제껏 보지 못하였기에 다소 의아해했지만 마침 술을 담그느 라 일손이 바빠서 꽃님이도 주모를 거들고 있었다. 그렇게 오 가면서 얼핏 보니 전에 본 적이 있었나 없었나 긴가민가한데, 듣자 하니 좋지 않은 소리가 들리고 있었다.
"이 동네 엽전은 다 이집으로 왔다. 젊은 놈이나 늙은 놈이

나 죄다 꽃님이 치마폭에 감싸였다. 이러다간 동네가 망할 것
이다."

"맞아, 여기 계족리(鷄足里)에 암탉 한 마리가 들어와서 땅을
파헤치더니 뿌리째 거덜 내고 있어."

이런 식으로 말을 하지 않는가. 그 순간 꽃님이는 얼음이 되
다시피하여 등골이 오싹하였다.

'자칫하다간 필시 무슨 일이 터질 거야.'

꽃님이는 매우 불안해지기 시작했다. 크게 놀란 꽃님이가 가
만히 생각해보니 이 근처 사내들이 여기 주막집에 와서 탕진한
돈이 많다는 것을 깨닫게 되었다.

'정말로 이대로 있다가는 쥐도 새도 모르게 칼침 맞아 죽게
될 것이다. 아니면 돈이라도 강탈당할 것이다.'라고 판단을 하
였다. 눈치 빠르고 영리한 꽃님이는 정확히 앞을 내다보았다.
그 네 명의 사내들은 오늘 염탐을 온 것이었다. 술을 마시는 척
하면서 집 구조를 잘 보아두었다가 날짜를 잡아서 깊은 밤에
돈을 강탈할 속셈이었던 것이다.

떠나기로 마음을 먹은 꽃님이는 지체하지 않고 그날 밤에 주
모를 찾았다.

"언니, 이제 여길 떠날 때가 되었어요. 친척을 찾아나선다는
것이 이 년이나 여기에 있었으니 너무 지체되었어요."

이러니 주모와 아저씨는 마른하늘에 번개를 맞은 양 펄쩍 뛰면서 왜 갑자기 그런 생각을 했느냐면서 적극 만류하기 시작하였다.

　"아닙니다. 너무 오래 있었어요. 당장 내일이라도 가야 합니다."

　"아이고야, 이게 웬 청천벽력 같은 소리냐. 아무 탈 없이 잘 지내왔는데, 혹시 누가 너에게 해코지를 한 게냐?"

　"아닙니다, 손님들 모두 저에게 잘 대해주었어요, 해코지한 사람 한 명도 없었어요."

　"아이고, 이런 노릇을 보았나. 그럼 왜 갑자기 떠나려고 하느냐?"

　"말씀드렸잖아요. 친척을 찾아 나선다는 것이 여기에서 너무 오래 지냈다구요."

　주모가 아무리 말려도 꽃님이가 간다는데 더 이상 어찌할 도리가 없었다. 마침내 아저씨도 "충청감사도 제가 하기 싫으면 안 한다."라는 말을 또 하면서 언제 갈 것이냐고 물었다.

　"내일이라도 가야 합니다."

　"그래도 길 떠나는데 여장(旅裝: 여행할 때의 차림)을 잘 꾸려야 한다. 무거운 엽전 꾸러미도 금붙이로 바꾸어서 가지고 다녀야지. 마침 내일 오라버니가 장에 갈 테니 필요한 거 있으면 부탁해라."

"예, 그럼 그렇게 해서 모레 떠나겠습니다."

18. 뛰는 놈 위에 나는 놈 있다

다음날 아침,

"꽃님아, 오늘 오라버니께서 장에 간다고 하니 행장(行裝: 여행할 때 쓰는 물건과 차림)에 필요한 것을 사다달라고 하자."

"아이고머니, 잘 되었네요."

"이삼 년만 더 있다가 떠나면 좋으련만 굳이 떠난다니 할 수 없지, 그래 필요한 것들이 무엇인지 말해보거라."

"그러지요. 고어텍스 재킷, 30리터 메쉬 등판 배낭, 파이론 창 누벅가죽 트레킹화."

"아니 뭐라고? 그게 무슨 말이냐. 금시초문(今時初聞: 바로 지금 처음으로 들음.)이다. 듣기에도 어지럽다."

"호호호, 언니, 장차 이 땅에 나타날 물품들이지요. 호호호."

"네가 그걸 어떻게 알아?"

"언니 몰랐어요? 제가 천안통(天眼通)이라는 것을."

"에구, 농담 그만하고 어서 필요한 물품을 말해보거라, 우선 먼저 엽전 꾸러미를 허리에 찰 전대가 필요할 게다."

"그렇지요. 전대, 바랑, 그리고 질긴 가죽신이 꼭 필요해요. 그리고 물 담을 호리병."

"그래 그 정도면 되겠다. 그런데 엽전 꾸러미가 너무 무거우니 금붙이로 바꾸어야 한다."

"금붙이요? 그거 좋지요. 어떤 것으로 바꿀까요?"

"제일 손쉬운 게 금가락지(금반지)다. 엽전 한 꾸러미라고 해봐야 금가락지 한두 개밖에 더 되겠냐."

"호호호, 맞아요, 언니, 오라버니에게 바꾸어 오라고 해야겠네요."

이렇게 해서 그날 주인아저씨는 장에 갔다 왔다. 엽전 꾸러미는 금가락지 일곱 개로 바꾸어오고 일부 엽전 꾸러미는 노잣돈(路資: 먼 길을 오가는데 드는 돈)으로 쓰라고 했다.

금가락지는 폭이 넓고 두툼한 것이 손가락에는 끼기에는 너무 컸다. 즉, 이 금가락지는 손가락에 끼는 패물(佩物)용이 아니라 부피가 큰 엽전 대신의 재물(財物)인 것이었다.

주인놈은 금가락지 열 개를 바꿀만 한데 물가를 잘 모르는 꽃님이를 속이고 세 개 분량의 엽전꾸러미는 착복했다. 어찌 되었든 이제 내일이면 길 떠나는 날이다.

그날 저녁, 그러니까 주막 아저씨가 장에 갔다 온 날 저녁이다.

어떤 낯모르는 사내 두 명이 저녁때 와서 얼쩡거리는데, 꽃님이는 그게 누군지 얼굴은 보지 못하였다.

"이상하다, 여기 주막집에 와서 나를 찾지 않는 사내가 없는데 정말 이상하다. 저번에도 네 명의 사내가 나를 본숭만숭하더니……."

꽃님이는 자기를 마다하고 얼쩡거리다가 사라진 두 사내가 의심스러웠다. 그런데 잠시 후 안방에서 두런두런하는 소리가 나길래 살며시 가보았더니 그 사내 두 명과 주모와 주인아저씨가 함께 술을 마시면서 담소를 하고 있었다.

"어디 멀리서 친척이 왔나? 친척이라도 서로 아는 체하고 인사를 하는데, 그거 참 이상하다."

꽃님이는 별로 대수롭지 않게 생각을 하면서도 뭔가 은밀한 이야기를 하는 듯한 생각은 떨쳐버릴 수가 없었다.

한편,

안방에는 주모와 주인장 아저씨, 그리고 두 사내가 있다.

"여차저차해서 꽃님이가 길을 떠나 율령고개를 넘을 터이다. 그 전에 주막집에서 하루 자고 갈 테니 저녁 늦게 주막집에 들려서 하룻밤 자고 다음날 아침에 동행을 해라. 그리고 고개에 올라가다가 한적한 곳이 나타나면 허리에 찬 전대에 금가락지 일곱 개와 엽전 꾸러미가 있고 바랑에도 엽전 꾸러미가 있으니 가지고 와라. 내가 그 금액이 얼마인지도 다 안다. 그걸 가져오면 각자 100냥씩 주마. 술도 거나하게 줄 테다."

이런 식으로 지시를 하고 있었다.

이런 사실을 전혀 모르는 꽃님이는 그날 밤에 길 떠날 채비를 하였다. 주인아저씨가 사다준 전대에 금가락지와 얼마간의 엽전을 넣고 그리고 바랑에 옷가지 등을 넣고 나머지 엽전 꾸러미를 넣었다.

꽃님이는 다음날 아침에 조반을 먹고 곧바로 길을 떠났다.

"언니, 오라버니 그동안 신세 많이 졌습니다. 안녕히 계세요."

"그래, 고생 많았어, 오고 싶으면 언제든지 와."

"몸조심하여 잘 가거라."

꽃님이가 여기에서 2년 정도 있었으나 이번에는 헤어지면서 눈물이 나지 않았다. 서운하긴 했는데도 눈물이 흐르지는 않았다. 꽃님이는 하루 종일 걸어서 저녁 무렵에 율령고개 들머리의 주막에서 하룻밤을 유숙해야 했다. 그러지 않아도 주막집 언니와 오라버니가 밤에 고개를 넘을 수도 없고 밤에 자칫하다간 십중팔구 강도를 만난다고 하였기에 별 생각없이 주막집에서 묵기로 했다.

다음날 아침,

"주모, 여기 혹시 고개 넘어갈 동행이 있나요?"

"글쎄, 어제 밤늦게 두 남자들이 투숙했는데 고개를 넘어가려나, 넘어가겠지. 우리 집에 온 사람들은 거진 고개를 넘는 손님이니까. 새댁 잠깐만 기다려봐요. 내가 가서 물어보고 올 테니."

주모는 객방으로 가서 그 남자들에게 물어보았는지 곧바로 돌아왔다.

"새댁 잠시만 기다려요. 저네들이 어젯밤 늦게 도착해서 이제서야 일어나니까. 조반 먹고 바로 고개를 넘는다고 합디다. 그러니 저쪽 들마루에 앉아서 잠시만 기다려요."

"예, 고맙습니다."

잠시 후,

그 두 남자가 조반을 먹고 떠날 채비를 하였다. 셋은 겉치레 인사를 하고는 곧바로 고개를 올라가기 시작하였다. 율령고개는 어떻게 생겼는지 초반부터 경사가 심하여 헐떡이면서 올라가야 했다. 그렇게 반 시진 정도 올라가니 비교적 순탄한 길이 나오고 또 얼마간 가니까 약간 경사진 길이 나오기도 하였다. 하지만 아주 높은 고개는 아니었다.

그렇게 대략 한 시진 반(3시간) 가까이 올라와서 거의 정상에

다다랐다고 생각을 할 무렵이었다. 같이 오던 남자 두 명이 강도로 돌변하여 칼날이 한 자 가량이나 되는 칼을 들이대었다.

"야~ 너 돈 많지? 다 내놔."
"없는데요. 엽전 몇 냥밖에 없습니다."
"이년이 다 알고 왔는데 어서 내놓아."
꽃님이가 벌벌 떨면서 두 놈을 살펴보니 길 떠나는 행장 차림도 아니고 그냥 평복차림이다.

그때,
한 놈이 느닷없이 꽃님이를 넘어트리고 허리에 찬 전대를 뺏고, 다른 놈은 바랑을 뒤져서 엽전 꾸러미를 꺼내 들었다.
"아이고, 그거 다 가져가면 난 굶어죽어요. 엽전 꾸러미라도 내주세요."
꽃님이가 금세 울상을 지으면서 애원하였다. 그러자 그놈들은 엽전 꾸러미에서 몇십 냥을 빼내어 땅바닥에 던져주고는
"어서 빨리 가거라. 또 누구에게 봉변당하지 말고 어서가."
이렇게 말하고는 고개 아래로 내려가기 시작하였다. 그놈들이 그러면서 저편으로 가더니 저희들끼리 히죽거리면서 무슨말을 지껄이는데 분명히 "쌍둥이."란 말이 들려왔다. 평상시잘 쓰지 않는 쌍둥이란 말에 꽃님이는 정신이 퍼뜩 들었다.

"저 두 놈이 엊그제 밤에 주막에 와서 안방에서 주모와 아저씨와 술을 처먹던 놈이 분명하다."

꽃님이는 이렇게 결론지었다. 그때 얼굴은 제대로 보지 못했지만 체구가 그러했다.

"이 잡것들이 주모와 짜고 돈을 강탈했구나."

그렇지 않아도 주모가 해웃값을 속이면서 은밀히 착복하더니 이젠 모든 돈을 강탈하는구나. 꽃님이는 분노가 극에 달했다. 옆에 있었더라면 당장 쳐 죽이고 싶은 생각이 불현듯 떠올랐다.

"이런 괘씸한 것들, 내가 그동안 술 팔아주고 웃음과 몸을 팔아서 적지 않게 축재를 했음에도 불구하고 욕심이 끝이 없구나. 이제 그 욕심을 강제로 버리게 해주마."

그 돈이 어떤 돈인가. 술과 웃음을 팔고 다리(脚)밑에 떨어진 돈을 줍기 위해 그동안 얼마나 많은 치욕(恥辱: 수치와 모욕)을 인고(忍苦)하면서 한푼 두푼 모아둔 돈이 아닌가. 이제 예전의 순진한 꽃님이가 아니었다. 마침내 꽃님이는 무언가 비장한 결심을 하였는지 머리가 쭈뼛거리고 온몸에 소름이 끼치면서 부르르 떨었다.

몸을 추스른 꽃님이 콧노래를 부르면서 내려가는 그놈들의 뒤를 아주 멀찍이서 따라 내려갔다. 길도 외길이라 볼 것도 없다. 산기슭에 내려온 꽃님이는 그놈들이 보이지 않을 때까지 기다렸다가 발걸음을 재촉했다.

그날 밤 해시경(밤 9~11시)

손님이 잠든 별채 지붕에 느닷없이 불길이 피어오르고 객방에서 잠을 자던 사람들이 "불이야~"하고 외치면서 혼비백산하여 뛰쳐나오고 주인집 내외는 불을 끈다고 물동이를 들고 물을 뿌리는 등 난리를 쳤다. 이날 객방에는 지난번에 주막에 와서 불평불만을 늘어놓으면서 큰소리로 떠들던 네 명의 사내들도 있었다. 이들은 오늘밤 꽃님이와 주인집의 돈을 강탈할 목적으로 온 것이다. 그런데 막상 와보니 꽃님이가 어제 떠났다고 했다. 그럼 오늘밤에 주인집이나 강탈하자고 모의를 하고, 거나하게 술을 마신 후 객방에 들어가 있다가 불을 만난 것이다.

그 순간,

꽃님이는 안방에 들어갔다. 거기엔 방금 전까지 술을 마셨는지 주안상에 술잔이 네 개, 수저도 네 벌이 올려져 있었고, 탁주 사발에는 마시다 만 탁주도 있었다. 그러니까 돈을 강탈한 사내 두 명과 주모와 아저씨가 여기에 있다가 불을 끄러 나간 것이다. 그 옆에는 꽃님이의 전대와 엽전 꾸러미가 방바닥에 그대로 있다. 그걸 챙겨든 꽃님이는 나오면서 부시로 불을 붙여 안채 지붕에도 불을 질렀다.

그러고는 불 붙은 짚단을 빼내어 양식이 있는 광과 헛간에도 불을 붙이고는 고양이 만난 쥐처럼 빠져나왔다. 이제 주막집 전체에 불이 붙었다.

멀리서도 "불이야~" 소리가 들리고 "화르륵~" 거리면서 타오르는 불길이 보이나, 꽃님이는 조금도 죄책감이 들지 않았다. 오히려 속이 다 시원했다.

꽃님이는 남쪽의 율령고개 방향이 아닌 서쪽으로 방향을 바꾸어 부지런히 걷기 시작하였다. 서쪽 길은 거의 평지길이라는데 이쪽으로 가면 사나흘에 율령고개를 돌아서 갈 수 있다는 것을 알기 때문이다.

그리고는 꽃님이가 어느 주막집에서 하룻밤 유숙할 때 길쭉하게 작은 주머니를 만들어 그 안에 금가락지 일곱 개를 나란히 넣고 빈틈은 헝겊으로 채우고는 단단히 꿰매어 마감하고는 치마 말기에 꿰매어 붙여버렸다.

꽃님이는 길을 가면서 예전처럼 노숙할 필요가 없었다. 왜냐하면 돈이 있었기 때문이다. 남쪽으로 걷다가 어느 농가에 들어가서 일손을 도우면서 한 달여를 보내고, 또 길을 떠났다. 이렇게 하루하루 남쪽으로 발걸음을 옮겼다.

19. 들병장수

안창현(安昌縣) 마두리(馬頭里: 마을 뒷산의 모양새가 말머리를 닮았다고 해서 붙여진 지명) 어귀에 화사하게 차려입고 바랑을 멘 젊은 여자가 찾아들었다.

꽃님이었다. 꽃님이는 빠르지 않은 걸음으로 마두리 초입에 들어서서 멀리서 동네를 한번 둘러보고는 그 중 첫 집으로 향하였다. 안채가 있고 바깥채가 있었는데 둘 다 부엌에 방이 둘이었다. 집의 구조가 예전에 들병장사가 있었을 만하였다.

"계신가요? 안에 누가 계신가요?"

"…… ."

"안에 누가 계신가요?"

그때서야 부엌문이 열리면서 허리가 약간 구부러진 할머니가 나오셨다.

"누구시오?"

"안녕하세요. 지나가는 사람인데 하룻밤만 유숙하려고 합니다."

"정갈한 아낙네가 어딜 혼자 다니시우. 여자 혼자 나들이는 불안하지요."

"예, 그래서 오늘밤을 지내고 내일 떠나려고 합니다. 방이 있나요?"

"방은 여러 개가 비어있지요. 가끔 댁같이 하룻밤 자고 가는 객들이 있습지요. 석반은 하시었수?"

"아니요. 지금 막 이 동네에 도착했습니다."

"그럼 어서 들어오시우. 방은 거기 옆에 방으로 하고 우선 저녁을 먹읍시다. 내가 지금 저녁 준비를 하고 있지요."

"예, 고맙습니다. 할머니."

이렇게 하여 할머니는 부엌으로 들어가고 꽃님이는 바깥채 방에 들어가 여장을 풀고 곧바로 부엌으로 들어갔다. 할머니는 다소 놀라는 기색이었으나 꽃님이는 그에 아랑곳하지 않고 자기집인 양 금세 몇가지 반찬을 만들고 밥을 지어서 밥상을 들고 안방으로 들어갔다.

"아이고, 새댁이 붙임성이 좋으시우."

"호호호, 남들도 그런 말들을 합니다."

"붙임성도 좋고 미색도 좋은데 혹시 들병장수 아니우?"

"예에?"

꽃님이는 정말로 깜짝 놀랐다. 이제 정식으로 들병장사를 하려는데 할머니가 정곡을 찌른 것이다.

"할머니 제가 들병장수 같아요?"

"들병장수 같진 않지만 붙임성이 너무 좋아서 한번 말해본 것이외다. 왜 잘못되었수?"

"아닙니다. 아니예요. 사실은 제가 처음으로 들병장사를 해보려고 합니다."

"오호호호, 그것 봐요, 내말이 맞지."

"그런데 어떻게 아세요."

"호호호, 사실은 전에 우리 집에 들병장수가 왔었다우, 저 아래채에 말이요. 몇 년간 오더니만 오지 않은 지가 이 년 되었지요. 그런데 올해는 더 젊고 미색이 좋은 들병장수가 오게 되었으니 홀아비들은 잠 못 자게 생겼네. 호호호."

"어머나 그랬어요. 호호호. 그럼 잘 되겠네요."

이렇게 해서 할머니에게 들병장사 허락을 순탄히 받은 셈이었다. 할머니는 금년 48세이신데 삼 년 전에 할아버지가 돌아가셨다고 한다. 아이를 여섯이나 낳았는데 낳자마자 죽기도 하고 서너 살 먹어서 병으로 죽기도 하고, 홍역을 앓다가 죽기도 하여 둘째 아들만 살아남았다. 그 아들이 장성하여 혼인할 때 바깥채 집을 지어서 같이 생활하였다고 한다. 그런데 전답이 그리 많지 않아서 멀리 타동네에 가서 음식점을 한다고 하였다. 그래서 바깥채가 비어 있다가 들병장수가 오더니만 이 년 전부터는 종무소식이라고 하였다. 여자들에게는 좀 안된 것 같지만 남자들을 위해서 들병장수도 있어야 한다고 했다.

이집을 동네 사람들이 호두나무집이라고 부른다고 했다. 호두나무 옆에 커다란 은행나무도 있는데 호두나무집이라고 부른다고 했다. 아마 가을철에 호두를 따서 마을사람들에게 조금씩 나눠주었더니 호두나무가 기억되는 모양이라고 했다.

들병장사를 하려면 술을 담가서 익어야 하기 때문에 칠팔일 정도 후부터 시작해야 하는데 마침 할머니가 담근 술이 있고, 꼭 필요하면 아는 사람들에게 부탁해도 된다고 하여 그렇게 하기로 했다. 집에 쌀, 누룩 다 있다고 하며 안채에 부엌살림을 쓰라고 하셨다.

꽃님이는 다음날 술을 담그고, 삼일 후부터 할머니 술로 들병장사를 시작하였다. 발 없는 말이 천 리를 간다더니 그리 크지 않은 동네에 들병장수가 왔다고 삽시간에 소문이 퍼졌다. 젊고 미색이 좋은 들병장수라니까 처음 한 열흘간은 저녁마다 문전성시를 이루어서 술이 바닥이 났다. 마침 할머니와 자별하게 지내는 늙은 할아범 김 씨가 와서 가끔 시중도 들고 다른 집에 있는 탁주를 사서 술독을 지게에 지고 왔다.

20. 면총각

보름쯤 후,

해가 넘어갈 무렵에 젊은 장정이 혼자 나타나서 저편 한구석에서 술 한 상을 받아들고 마시고 있었다. 이 대감님집의 머슴으로 있는 장쇠였다. 꽃님이는 술상 두 개에 손님이 각기 서너 명씩 있어서 시중들기에 바쁘다. 술과 안주를 더 주문하기도 하고 농담을 받아주기도 했기에 혼자서 술을 마시는 장쇠는 눈에 들어오지도 않았다.

그렇게 한 식경(食頃: 약 30분, 한 끼를 먹을 정도의 시간) 정도의 시간까지 보내다가 문득 꽃님이는 그 젊은이에게 너무 소홀한 것 같아서 그리로 갔다.

"혼자 왔어? 누구 기다려?"

"혼자서 왔습니다."

"오 그랬구나. 누나가 지금 바빠서 그러니 잠시 동안만 술 마시고 있어, 조금 있다가 와서 말동무해 줄 테니까."

"예, 누님"

사실 따지고 보면 나이차가 많이 나는 누님 같지는 않지만 처음부터 꽃님이는 덩치 큰 장쇠를 어린애 취급하고, 이런 곳을 처음 와 본 장쇠는 주눅이 들어 제대로 운신을 못하고 있어서 꽃님이가 나이가 많은 것으로 알게 되었다.

꽃님이는 아까와 같이 손님들의 술상 옆에 앉아서 이런저런 대화와 농담을 주고받으면서 웃기도 하고, 손님들도 좋다고 맞장구를 치면서 꽃님이의 엉덩이를 예사롭게 툭툭 건드리기도 하였다.

얼마 후,

앉아있던 네 명의 술상 손님들이 왁자지껄 소리를 내면서 갔다.

그때 곧바로 들병이가 장쇠에게 다가왔다. 장쇠는 혼자서 무료하게 기다리다가 들병이가 오니 금세 반색을 했다.

"오래 기다렸지, 술 다 마셨어?"

"예."

"그럼 왜 안 가고 그래, 말동무하고 싶어?"

"누님, 저 면총각(숫총각을 면(免)하다, 총각 딱지 떼다.)하러 왔습니다."

"뭐어? 호호호, 그랬어? 호호호."

장쇠는 참다못해서 단도직입적으로 말을 하고는 얼굴이 빨개지면서 고개를 숙이고야 말았고 들병이는 큰소리로 웃기 시작하였다. 장쇠는 당장 벌떡 일어나서 꼬리가 빠지게 달아나고 싶었지만 어째 앉아있는 다리가 일어서지기는커녕 펴지지도 않는다.

"호호호, 그래서 나를 기다렸구나. 그러면 저기 앞에 있는 홰나무(회화나무, 느티나무) 아래에 있다가 여기 아래채 안방에 불이 켜지면 오거라."

"예."

그 말 한마디에 장쇠는 날아갈듯이 기뻤다. 냉큼 일어나서 홰나무 아래에 가서 섰다, 앉았다를 반복하면서 시간을 보내고 있었다.

과연 얼마 지나지 않아서 손님이 가고 잠시 후 아랫채 안방에 호롱불이 켜졌다.

장쇠는 두근거리는 마음으로 문 앞에 섰다.

"누님, 누님."

작은 목소리로 들병이를 부르는데 목소리가 약간 떨려서 나왔다.

"그래, 어서 들어와라."

들병이가 문을 열었다. 들어가면서 방안을 보니 다른 집과 별다른 것이 없었다. 한 켠에 이불이 개어져 있었고 옷가지가 걸려 있었다. 작은 화장대에 동경(銅鏡: 구리 거울)이 있고, 그 옆으로 역시 작은 자수틀과 지필묵이 정갈히 놓여있었다. 퀴퀴한 냄새가 아니라 향긋한 여자 냄새인가 화장품 냄새가 난다는 점이 다른 집과 달랐다.

"거기 앉아라."

"예."

"보아하니 장가들 나이가 되었는데 어디서 무얼 하느냐?"

"머슴입니다."

"머슴? 너 이런 데 오려면 술값 이외에도 다른 돈이 들어간다고 알고 왔어?"

"예, 동무들에게 들었어요."

"동무들? 그 동무들이 여기에 왔다갔다고 하더냐?"

"예, 며칠 전에 와서 술만 마시고 왔다고 하더군요."

"으음, 그렇구나. 이런 곳에 와서 계집과 잠자리를 하려면 해웃값이라고 해서 별도로 큰돈이 들어간다. 술값보다 훨씬 비싸다. 돈 있어?"

"있습니다."

"머슴이라면서 어디서 돈이 났어. 주인집에서 주막집 가라고 돈을 줄 리는 없을 터이다."

"주인집에서 준 것이 아니라 제가 다른 집에 품삯일을 하면 그 돈은 제 돈입니다. 그런 돈을 모아 놓은 게 있어요. 여긴 시골이라 다른 데 돈을 쓸 데가 없습니다. 옷도 주인 대감집에서 다 주니까요."

"호호호, 그렇구나, 나도 대강은 알고 있다. 그래 면총각이라면 계집 맛을 아직 못 보았다는 거니?"

"예."

"호호호, 순진하구나."

이렇게 하여 장쇠는 해웃값 열 냥을 먼저 내고 첫 방사를 치르는데 매우 서툴기 짝이 없었다.

"호호호, 몸은 황소만 한데 마음은 토끼 같구나. 왜 이렇게 파르르 떨어?"

"아이구, 자꾸 떨리네요."

"호호호, 그럴 테지 총각이라면, 어서 네 양물을 내 옥문에 잘 넣어라."

그러나 장쇠는 숨을 헐떡거리기만 했지 옥문을 찾질 못한다. 마침내 들병이가 거들어서 양물을 옥문에 진입시켰다.

"어어억~"

"으응응, 양물이 장대하고 아주 실(實)하구나. 거기에서 네 양물을 진퇴(進退)시켜봐라."

"예, 누님, 으으윽."

"기분 좋지? 정신이 아득할 게다."

"예, 으허허, 허헉."

장쇠는 그렇게 몇 번 진퇴시키더니 몸의 한구석이 터지면서 정신이 아찔해졌다.

"호호호, 총각이 맞긴 맞는 모양이구나, 어떠냐? 면총각한 기분이."

"누님, 너무 좋아요. 아찔합니다. 얼떨떨하네요."

"호호호, 그러니 사내가 계집을 찾는 거야."

장쇠는 날아갈 듯한 기분으로 집으로 돌아왔다. 그런데 잠이 오질 않는다, 계집의 부드러운 속살 맛에 취해서 정신이 몽롱한 채 밤새 뒤척여야 했다.

내일 밤도 들병이를 찾아가고 싶었으나 현실은 그리 녹록치 않았다. 해웃값 열 냥도 큰돈이거니와 머슴 주제에 들병이를 찾는다 게 매우 부담스러웠다. 아무리 양반 상민 가리지 않는 들병이라고 해도 머슴이라는 신분은 종과 마찬가지로 미천한 신분이기 때문이었다. 들병이가 왔다해서 동네 사내들이 모두 들병이와 잠자리를 하는 것도 아니었다. 대개가 홀아비나 나이 먹은 총각들이 찾는 모양인데 이들도 비싼 해웃값 때문에 그리 용이하게 잠자리를 함께할 수 없었다. 그리고 처자식이 있는 남자들도 서슬 퍼런 마누라 때문에 함부로 밤 시간을 들병이와 함께 보낼 수 없었다.

다만 일이 끝나고 저녁 무렵에 들병이에게 찾아가서 탁주 몇 잔을 마시는 것이 최고의 위안이었다. 여윳돈이 있으면 닭이라도 한 마리 잡아 안주 삼고 없으면 들병이가 잘 만드는 녹두 빈대떡이면 최고였다. 들병이는 탁주를 아주 잘 담근다는 소문이 퍼져서 시오 리 정도 떨어진 아랫마을 사람들 윗마을 사람들도 일부러 와서 탁주를 마시기도 하고 일부는 잠자리도 같이 하는 모양이었다. 장쇠는 들병이를 포기할 수 없었기에 또 다른 구실을 찾아야 했다.

며칠 후,

저녁 해가 막 넘어갈 무렵에 장쇠가 토끼 한 마리를 들고 나타났다.

"누님, 누님."

"엉, 그래 또 왔냐?

"누님, 토끼고기 요리할 줄 아세요?"

이러면서 토끼 한 마리를 불쑥 내밀었다.

"아이고, 토끼고기가 얼마나 맛있다고, 이거 네가 잡았니?"

"예, 가끔 올가미에 걸려드는 토끼가 있어요. 주인 대감집에 갖다 주어서 요리해서 한 그릇 얻어먹기도 하고, 동무들과 모여서 술과 함께 먹기도 합니다."

"아무리 산중에 토끼가 많다 해도 토끼는 귀한 음식이다. 내가 잘 요리해주마."

"누님, 토끼 가죽을 잘 벗겨야하는데요."

"왜, 칼로 막 잘라내면 안 돼?"

"안 됩니다. 그러면 토끼 털가죽을 쓸 수가 없어요."

"오홍, 그렇지, 넌 할 줄 알아?"

"예, 제가 금방 해드릴께요."

장쇠는 작은칼을 하나 받아들고는 우물가에 가서 능숙한 솜씨로 토끼 털가죽을 벗겨내고 내장도 손질하여 들병이에게 건넸다.

그때 막 손님들이 들어오면서

"꽃님아! 꽃님아!"

하고 부르는 소리를 듣게 되어 장쇠는 그제야 들병이 이름이 '꽃님이'란 것을 알게 되었다. 지난번에 왔을 때도 누군가 꽃님이라고 불렀을 텐데 그때는 경황이 없어서인지 들리지 않더니만 오늘은 꽃님이란 소리를 듣게 되었던 것이다.

'이쁜 이름이다. 꽃님이, 꽃님이 누님이라고 불러야 하나.'

장쇠는 혼잣말을 하면서 잠시 들마루에 걸터앉았는데,

"어어~ 이게 누구야? 장쇠 아니냐?"

"예에?"

장쇠가 고개를 돌려보니 차돌이 아버지와 간난이 아버지였다. 조금 아까 꽃님이라고 불렀던 사람인데 장쇠가 누군지 확인을 하지 않고 있었던 것이다. 아니, 장쇠는 일부러 남의 시선을 피하고 있었던 것이다.

"예, 안녕하세요."

"여기 술 마시러 왔어?"

"아닙니다. 다른 일로 왔습니다."

"여긴 들병장사집인데 일은 무슨 일이야, 술과 계집밖에 없는데, 하하하."

"아, 그럼, 말은 바른대로 해야지, 사내가 부랄이 커졌으면 술도 알고 계집도 알아야 해."

이렇게 넘겨짚고 자기들끼리 묻고 대답을 다 해버리니 아직 어린 장쇠는 고개를 숙이다시피하고 말대답도 제대로 못하고 있었다.

이때,

들병이인 꽃님이가 나타나서 호들갑을 떨기 시작하였다.

"아유, 또 오셨어요. 오라버니들 기다리느라 목이 빠질 뻔했습니다."

"하하하, 웬 목이 빠져, 눈이 빠져야지."

"아이참, 학수고대(鶴首苦待: 학의 목처럼 목을 길게 빼고 간절히 기다림)란 말도 있잖아요. 눈이 빠지는 것이 아니라 목이 빠지는 거예요. 호호호."

"어허허허, 그런가, 허허허, 어서 탁주 한 병 가져와라. 여기 꽃님이가 담근 술이 최고라고 벌써 백 리는 소문났을 게다."

"아이고 과찬이십니다. 어떻게 백 리까지 소문났겠어요, 윗 마을 아랫마을까지는 소문이 난 모양입디다. 그 동네에서도 가끔 술손님이 오더라구요."

"어허 그래? 밤손님은 안 오고."

"아이, 부끄러워요. 저 그렇게 막나가는 계집이 아니 와요, 호호호."

"아 그래그래, 어여 술상이나 봐와,"

"아이 그럼요, 오늘은 제가 특별한 안주를 올리겠습니다, 토끼고기탕을 올리겠어요."

"어엉, 토끼를 잡았어?"

"옆에 앉아있는 장정이 잡아왔기에 지금 익히고 있어요. 다 익으면 같이 나눠먹어도 됩니다. 안 그래, 장정?"

꽃님이와 장쇠는 지난번에 살을 섞은 사이지만 통성명을 하지는 않아서 피차간에 이름을 잘 모르고 있었다.

"어엉? 여기 장쇠가 가져왔어?"

간난이 아버지가 놀란 듯이 장쇠를 쳐다보았다.

"장쇠야, 네가 토끼 잡았냐?"

"예, 산에다 올가미를 몇 개 놓았다가 오늘 저녁때 올라가보니 한 마리 잡혀있더라구요. 아직 숨도 다 끊어지지 않은 것을 잡아다가 여기 누님에게 요리해달라고 가져왔습니다."

"호호호, 맞아요. 조금 전에 왔어요. 그러고 보니 이름이 장쇠네. 장쇠."

꽃님이는 무엇이 우스운지 연신 웃음소리를 그치지 않았다.

"아하, 그랬군, 장쇠가 힘이 세지. 지난 단옷날 씨름에 기술만 쪼금 더 알았어도 장원은 따놓은 건데 아쉽게 몇판째 가서 졌지 아마."

"예, 두 판 이기고 세 판째 졌어요. 내년에 다시 나가렵니다. 내년에 꼭 장원해서 황소 한 마리를 타겠어요."

"오호, 그래, 포부가 좋다, 그런데 기술을 좀 배워야 할 텐데."

"예, 봉삼이 형님에게 조금씩 배우고 있어요."

"봉삼이? 봉삼이가 누군가."

"아 봉삼이를 몰라? 작년에 장원한 씨름꾼이지."

"아하, 그게 봉삼이 이었던가. 맞아, 봉삼이 기술이 대단했지. 암만, 들배지기하고 호미걸이가 일품이지. 황소, 곰 만한 장정도 봉삼이가 호미걸이를 하면 그냥 맥없이 주저앉더라고, 하하하."

"맞아, 들배지기는 더 대단했어, 큰 놈들이 번쩍 들려서 뒤로 나자빠지는데 참말로 굉장한 기술이더라고, 내가 해마다 단옷날 씨름구경을 해왔지만 봉삼이의 들배지기같이 하는 장정들이 없었어. 암튼 대단해."

간난이 아버지가 궁금해 하자, 차돌이 아버지가 얼른 대답을 했다.

"그럼 그 봉삼이에게 기술을 배운단 말이냐?"

"예, 그렇지 않아도 단옷날 씨름에서 져서 상심하고 있던 차에 봉삼이 형님이 먼저 제안을 하더라구요. 저에게 기술을 가르쳐준다고, 그래서 고맙다고 하고선 시간 나는 대로 제가 봉삼이 형님 댁에 가서 배우고 있습니다. 몇 가지 기술을 배우긴 하는데 잘 안돼요."

"하하하, 그렇게 쉽게 배우면 세상 사람들 죄다 씨름꾼 되게? 그냥 열심히 하다보면 배우는 거야."

이렇게 이런 얘기 저런 얘기하는 중에 들병이가 토끼고기탕을 해와서 장쇠는 얼떨결에 그들과 합석하여 공술을 얻어먹게 되었다. 이야기는 이렇게 씨름으로 시작되어 농사 이야기, 집안 이야기 등으로 이어졌는데 장쇠는 딱히 할 말도 없이 앉아 있으려니 점점 바늘방석 같았다.

"장쇠야, 여기 한 그릇 더 가져왔다. 토끼가 생각보다 고기점이 많질 않아. 그래도 네가 잡아왔으니 한 그릇 더 먹어."

"아, 그래야지. 우리도 오늘 장쇠 덕을 톡톡히 보내, 여기 탁주 한 사발 쭈욱 들이켜고 안주 먹어라."

"예, 고맙습니다."

그래도 자리가 영 마땅치 않아 거북하기 짝이 없어서 장쇠는 탁주 한 사발 마시고 토끼고기점을 두어 개 집어먹고 말았다.

마침내 장쇠는 자리에서 일어서서 집에 가려고 하였다.

"저 먼저 가겠어요."

"왜? 아직 술과 안주가 남았는데."

"두 분께서 다 드세요. 집에 오늘 할 일이 좀 있어서요."

"어어, 그런가. 그럼 먼저 가봐라."

장쇠는 그 두 분에게만 인사를 하고 부엌에 들어가 있는 들병이는 보지 못한 채 무거운 발걸음을 옮기어 막 사립문을 나서려고 할 때 들병이가 조급히 다가왔다.

"장쇠야, 왜, 가려구?"

"가야지요. 뭐 여기서 할 일도 없고, 술과 고기도 다 먹었는데요."

"너 진짜 할 일 없어서 가려구해?"

"……."

"저기 홰나무 아래에서 기다려, 무슨 말인지 알지?"

꽃님이는 이 말을 남기고 재빨리 안으로 들어갔다. 장쇠는 이게 웬 횡재냐 싶기도 했지만 같이 지내자니 돈도 없었다. 해웃값이 없었던 것이다. 애초부터 토끼를 갖다 주고 한 점 얻어먹으려고 왔던 것이다. 하지만 지금 돈이 문제가 아니다. 어떻게든 꽃님이의 얼굴이라도 한 번 더 보려면 홰나무 아래에서 기다려야 했다.

토끼고기 안주가 좋아서일까. 두 분의 술상 머리 대화는 길어지기만 해서 거진 한 시진(2시간)이 다 되어서야 꽃님이의 방에 호롱불이 켜졌다.

"누님, 누님."

"어서 들어와."

장쇠가 들어가자 반갑다는 듯이 꽃님이가 맞이하여 조금 전까지 기다리면서 지루했던 기분이 싹 달아나고 말았다.

"많이 기다렸지."

"예, 아뇨. 집에 가봐야 할 일도 없는데요."

하지만 장쇠는 마음이 편치 않았다. 대문 밖 외양간과 붙어 있는 바깥채에 있어서 대감님이나 마님이 밤에 찾을 일은 거의 없었으나, 가끔 문간채에 살고 있는 할머니가 드나들면서 장쇠가 있는지 확인하곤 했다. 왜냐하면 간식거리라도 생기면 밤에라도 장쇠에게 갖다 주곤 하셨기 때문이다. 어려서부터 장쇠를 키워와서 머슴이라기보다는 친자식과 다름없었기에 늘 마음에 두고 있었던 것이다. 하필이면 그날 밤에 낮에 해놓았던 인절미를 갖다 주려고 할머니가 나왔는데 장쇠가 오질 않아서 혼자서 은근히 걱정을 하고 있었다.

"그래? 잘 되었다. 오늘도 나랑 놀다 갈래?"

"저어~ 그런데 누님, 돈이 없어요."

"호호호, 그럴 테지, 머슴살이에 무슨 큰돈이 있겠어, 걱정 마, 오늘 가져온 토끼 한 마리로 대신할 테다."

"정말이에요? 누님, 고맙습니다."

"그런데 네 이름이 장쇠더라, 아까 들어보니, 몇 살이니?"

"예, 장쇠요, 올해 열여덟 살 돼지띠입니다. 을해생."

"옴마나, 그랬어? 난 열아홉 살 개띠 갑술생이다."

"어어 그래요. 나이가 나보다 한참 더 많은 줄 알았는데 한살 더 먹은 누님이네요."

"호호호, 이렇게 살다보면 겉 나이 들어 뵌단다. 한 살 차이 인데 누님 동생 할 것 없이 동무처럼 지내자. 나더러 그냥 꽃님 이라고 불러. 그래야 마음이 편하다."

"아, 예, 예, 그럼 앞으로 꽃님이라고 부르겠어요."

"그냥 말도 반말로 해. 동무라니까 그러네."

"그럼 꽃님아. 하하하."

"잠깐만 있어. 내가 술상 봐올 테니. 아까 제대로 못 먹었지."

이러면서 꽃님이는 나가자마자 금세 술상을 들고 왔다. 뜨거운 김이 모락모락 나는 토끼 고기탕을 한 그릇 올려왔다.

"자 먹자, 아까 어른들 앞이라 잘 못 먹었을 거야, 네가 잡아 온 토끼라서 내가 한 그릇 따로 퍼놓았어,"

"으응, 그래 고맙다."

둘은 쫓기듯 탁주를 두어 잔씩 들이켰다. 토끼고기도 맛이 기가 막히었다.

"장쇠야, 다음에 또 토끼 잡으면 가지고 와라. 맛있게 해줄게."

"응, 그래, 꽃님아."

술기운일까 둘은 금세 어린 시절 동무처럼 대화가 이어졌다. 호롱불빛에서 꽃님이의 볼이 발그레하고 홍조를 띠고 있으니, 하늘에서 내려온 선녀와 다름없었다.

"장쇠야, 이리 와라. 우리 사랑하자."

"어엉. 그래."

이렇게 해서 그날 밤은 진정 몸과 마음이 통하는 사랑을 나누게 되었다.

다음날 아침.

이 대감은 장쇠를 불렀다. 대개 그날 무슨 일을 시키려면 아침에 부르기에 별 대수롭지 않게 생각하고 대감 앞에 머리를 숙이고 서있었다.

"장쇠야, 너 요즘 밤에 출입을 하는 모양이다, 맞느냐?"

"예, 동무들 만나고 왔습니다."

장쇠는 속이 뜨끔했지만 둘러대어 말할 수밖에 없었다.

"으음, 그러냐. 그러면 다행이다. 요즘 저 아래에 들병이가 왔다는데 함부로 출입해서는 안 되느니라. 사내가 크면 술도 마실 줄 알아야 하고 계집도 알아야 하지만 계집은 자칫하다가는 요물로 변할 수가 있으니 항시 경계심을 가지고 있어야 한다. 계집도 계집 나름이다. 내 말 잘 새겨듣고 처신하기 바란다."

"예, 예, 알겠습니다. 대감마님, 오늘 뭐 시키실 일은 없으신지요."

"별거 없다. 곧 추수할 때가 되니 김 서방이랑 의논하면 되겠다. 이제 가봐라."

"예, 예."

어젯밤에 할머니가 인절미를 가지고 왔다가 장쇠가 없는 것을 알고는 있는 그대로 대감님께 고한 모양이었지만, 어쩔 수 없는 노릇이었다.

그날 밤, 이 대감은 막내아들 태수를 불러서 낮에 장쇠에게 했던 말처럼 "여색을 조심하라."고 훈계를 했다.

장쇠는 낮에 농사일을 하면서도 어떻게든 구실을 만들어서 꽃님이에게 가봐야 했다. 가진 돈도 얼마 안되기에 더욱 그러했다.

그렇게 한 이틀 궁리를 하다가 드디어 묘책이 생각났다. 또 토끼였다. 올가미로 토끼를 잡아서 가는 것이 아니라 그동안 토끼를 잡아서 토끼 털가죽을 모아놓은 것이 있는데 그것으로 겨울에 신을 다로기(토끼털가죽 신발)를 만들고 있었다. (다로기: 가죽의 털이 안으로 들어가게 길게 지은 것으로, 추운 지방에서 겨울에 신는다. 장화 모양)

"오호라, 이거면 꽃님이가 좋아할 것이다. 내 신발을 만들려던 것을 크기를 줄여서 꽃님이 것으로 만들자. 좋은 생각이다."

장쇠는 즉시 광으로 가서 선반에 얹어두었던 토끼털 가죽을 꺼내서 방으로 가져왔다.

몇 달 전부터 만든답시고 대충 본만 떠놓았지 아직 바느질은 시작도 하지 않았다. 장쇠는 어림짐작으로 크기를 생각하여 작은 발에 맞게 가위로 잘라내고 곧바로 큰 바늘로 꿰매기 시작하였다. 가죽신(다로기)을 만들 때는 무명실이 아니라 명주실(비단실)을 써야 질기고 튼튼하여 겨울에 신을 수 있다. 무명실로 꿰맸다가는 금세 끊어져 버린다.

신발 안쪽으로 토끼털이 있게 하여 한겨울에 버선을 신지 않아도 따뜻하다. 원래 이 신발은 일반인들에게는 잘 알려져 있지 않고 겨울에 산 생활을 많이 하는 사람들이나 사냥꾼들이 손수 만들어서 신고 다녔다. 물론 이를 아는 일반인들도 이렇게 만들어서 신고 다니기도 했다. 장쇠는 힘만 좋을 뿐 아니라 손재주도 좋아서, 낫이나 칼을 이용하여 나무로 뭘 잘 깎기도 하여 목각 인형도 가끔 만들어서 동네 꼬맹이에게 주기도 하였다.

사실 농한기인 긴긴 겨울밤에 딱히 할 일도 없었다. 낮에 가

마니 짜기, 새끼 꼬기 등을 하고 나면 다른 사람들이 그렇듯 재미삼아 투전이나 골패(예전 노름의 일종)를 하면서 시간을 보내기 일쑤였다. 그런데 이 대감님은 그런 것을 하다가 패가망신 당한다고 일찍부터 철저히 금하였다. 장쇠는 그런 것에 별 관심도 없었다. 큰 것을 만들 때는 함지박같은 것도 만드는데 장쇠는 그것보다는 작은 목각 인형을 만드는 것에 취미가 있었다. 그렇다고 거기에 매달려서 열심히 만드는 것도 아니고 시간 날 때 만들기도 하고 그냥 한 쪽에 내버려두기도 하였다.

아무튼 장쇠는 나흘 밤인가에 걸쳐서 다로기(토끼털 가죽신)를 다 만들어서 망태기에 담아 꽃님이를 찾아갔다. 그날도 칠팔 명의 술손님이 와서 술상이 세 상이나 되었다. 장쇠는 아는 사람을 만날까 보아서 아예 기다리기로 작정하곤 홰나무 아래에 가서 털썩 앉았다.

밤하늘에 별들이 총총 떠있었으나 달은 모습을 보이지 않는다.

'으음, 벌써 그믐이 다 되었나 보군.'

하늘에 떠있는 별들을 보면서 멋대로 저 별과 저 별을 이으면 바가지 같네, 저 별과 저 별을 이으면 고양이 같네, 사람 같네, 이러면서 시간을 보내야 했다.

그렇게 한 시진도 넘은 후 꽃님이가 있는 곳을 바라보니 사람들이 간 모양인데 꽃님이의 방에 불이 켜져 있다.

"누가 있나, 아니면 혼자서 자려고 그러나?"

장쇠는 약간 떨리는 마음으로 급히 그쪽으로 가보니, 희미한 호롱불에 두 사람의 그림자가 어른거렸다. 밤손님이 들어온 것이다. 그 순간 장쇠는 무언지 모를 거북함이 뱃속에서 밀려오는 것만 같았다. 머리도 혼란스럽기만 했고 배신감 같은 것이 생겼다.

'내 마누라가 아닌데 어쩔 수 없다. 몸 파는 들병이 아닌가, 내가 독차지를 할 수는 없지.'

장쇠는 땅이 꺼져라 한탄을 하면서 망태기를 들고 집으로 돌아오는 수밖에 없었다. 장쇠는 그날 밤을 제대로 자지 못한 채 엎치락뒤치락하면서 거의 뜬 눈으로 밤을 지새우다시피했다.

하지만 다음날은 내색도 못한 채 김 서방을 따라나서서 밭일을 도와야 했다. 힘없이 일을 하는 것을 본 김 서방이 일찍 들어가서 쉬라고 했지만 그럴 수는 없었다. 간신히 하루 일을 마치고 저녁을 먹자마자 잠시 쪽잠을 자고는 어제처럼 다로기가 들어있는 망태기를 어깨에 걸치고 꽃님이에게 갔다.

어제처럼 여러 명의 술손님이 있었고 꽃님이는 연신 웃음소리를 내면서 술시중을 들고 있었다. 오늘은 어제보다 바쁜지 할머니까지 나와서 거들고 있었다. 그러고 보니 어젯밤도 할머니가 나와서 같이 거들었던 것 같았다.

장쇠는 홰나무 아래에서 또 하늘의 별들만 쳐다보면서 기다리다가 문득 호두나무집이 조용해진 것 같기에 몸을 돌려서 쳐다보니 그사이에 떠들썩하던 술손님이 다 가버렸다.

얼마 후 꺼져있던 꽃님이방에 불이 켜지는 것 같아 장쇠는 급히 그쪽으로 발을 옮겼다. 불이 켜졌는데 오늘은 어른거리는 그림자가 한 명뿐이었다. 조금 더 다가가서 보니 댓돌에 남자의 짚신이 보이질 않았다.

"꽃님아, 꽃님아."

장쇠는 조용히 방문 앞에서 꽃님이를 불렀다.

"으응, 장쇠냐?"

"으응."

"어서 들어와."

곧바로 꽃님이는 문을 열고 장쇠를 맞이했다.

"왜 그동안 안 왔어? 바쁜 일 있었어?"

"아니, 그냥 못 왔어."

의외로 꽃님이가 반갑게 맞이하면서 기다렸다는 말을 했다. 장쇠는 벌써부터 가슴이 쿵쾅거리다시피 뛰기 시작했다.

"여기 토끼."

"무어? 토끼를 또 잡았어?"

장쇠가 말을 하려는데 꽃님이가 토끼를 또 잡아왔냐면서 망태기를 쳐다보았다.

"토끼가 아니라 토끼털 가죽으로 만든 신발이야. 다로기라고 한다. 겨울에 이거 한 켤레면 버선 없이도 따뜻하다."

"그으래? 그냥 이것만 신고 다녀?"

"그래도 되는데 겉에다 짚신을 신으면 잘 떨어지지 않고 더 좋아."

"오라, 정말로 진귀한 신발이구나."

꽃님이는 망태기에 들어있던 토끼털 가죽 신발을 보더니 두 눈을 휘둥그레 뜨고는 매우 좋아하는 기색이 역력하였다. 왜냐하면 전에 이 대감님 댁에서 도망쳐서 여기저기 돌아다닐 때 한 겨울에 발이 너무 시려서 큰 고생을 한 적이 있었기 때문이다.

"얘, 정말 귀물(貴物: 귀중한 물건)이다. 고맙다."

"뭘 괜찮아. 토끼를 더러 잡으니까 이런 것도 만들 줄 알게 되었어."

"호호호, 보기보다는 섬세하구나. 이런 것을 만들다니."

"토끼털로 배자(褙子: 조끼)도 만들 줄 아는데 시간이 좀 걸린다. 그거 저고리 위에 덧입으면 한겨울에 눈밭에 굴러도 춥지 않아."

"옴마나, 그러니? 그럼 그걸 팔아?"

"아니, 아는 사람에게 그냥 주지."

"아이고야, 나도 하나 얻을 수 있으면 좋겠다. 토끼털로 만들었으면 얼마나 따뜻할까. 장쇠야 나도 하나 줘라."

"으응, 지금 말려놓은 토끼털 가죽이 여러 장 되니까 네 몫으로 하나 만들께."

"호호호, 고맙다, 고마워."

정말로 꽃님이는 너무 고마워했고 곧바로 나가서 술상을 봐왔다. 오늘 안주는 꽃님이가 늘 잘 만드는 녹두부침개였다. 녹두부침개를 잘 만드니까 동네사람들도 "이 동네 녹두는 꽃님이네로 다 가서 내년에는 밭에 뿌릴 씨도 없을 것이다."라고 농담할 정도였다. 그 정도로 녹두부침은 그리 흔한 음식은 아니고 명절 때나 부쳐 먹는 음식이었다. 그런데 꽃님이가 와서 녹두부침을 하니 그 동네에 남아있던 녹두는 이미 다 사다가 쓴 형국이어서 예전부터 할머니를 도와주던 김 서방을 통해서 타동네에서 사오고 있었다.

"너 언문 아니?"

꽃님이가 불쑥 장쇠에게 물었다.

"아니, 그냥 몇 글자 알지. 내 이름 석 자."

"아이고야, 그러면 모르는 거지. 언문이라도 배워야 한다."

"왜, 우리 같은 머슴들이 평생 글을 써먹을 때가 있어야지."

"이런, 숙맥 같은 소리하네. 너 세상 돌아가는 것도 잘 모르나보다."

"왜?"

"앞으로는 양반 상민도 없어진단다. 종도 없어져. 앞으로는."

"누가 그래?"

"내가 전에 모셨던 이 대감님이 그러셨어, 누구든지 배워야 하는 세상이 온다고 말이야."

"오호, 그랬어, 넌 그럼 언문 배웠니?"

"그럼, 언문 깨쳐봐라, 이야기책이 얼마나 재미있는 것들이 많은데."

"누구에게 배웠어?"

"호호호, 난 운이 좋아서 대감님 아들에게 배웠다."

"뭐어? 대감님 아들에게 배워? 정말 그 대감님은 아량이 넓으시구나."

당시에 양반과 상민의 관계로서는 있을 수 없는 일이었다. 더구나 꽃님이는 종은 아니었지만 거의 여종처럼 생활했으니 양반 자제가 여종에게 뭘 가르친다는 것은 불가능한 일이었기에 장쇠는 크게 놀랐다.

"너도 배워라."

"난 가르쳐줄 사람이 마땅치 않은데."

"호호호. 미리 걱정하긴. 걱정 마 내가 가르칠 테니. 나도 두 달여 만에 배웠다. 마음만 먹으면 한 달 만에도 배울 수 있는게 언문이야. 당장 오늘부터 배우자."

꽃님이는 제풀에 신이 나서 지필묵을 가져다가 금세 "가나다라……." 하고 언문을 써서 장쇠에게 주고는 몇 줄을 가르치면서 암송해보라고 했다.

"너 이거 암송하면서 땅 바닥이나 손 바닥에 하루에 백 번 이상 써봐야 한다. 처음에는 어렵지만 금방 익숙해져. 잘 몰라도 이거 다 암송하고 나서 아무 이야기책이라도 읽다보면 저절로 알아."

"우웅, 그렇구나. 고맙다, 꽃님아."

꽃님이는 자기 말을 잘 듣는 장쇠가 더없이 사랑스러워졌다. 그래서 그 사랑을 몸으로 표현해야 했다. 장쇠는 어제까지만 해도 배신감 같은 것이 치밀어 올라왔으나 지금은 봄눈 녹듯다 녹아 없어지고 꽃님이를 자기 각시처럼 생각하게 되었다.

장쇠가 꽃님이의 방을 나서는데

"장쇠야, 시간 나면 언제든지 와, 돈 생각지 말고 와, 내가 언문 알려주고 한문도 조금 알려줄게. 앞으로는 배워야 먹고사는 세상이 온단다."

"으응, 고마워."

이리하여 그날부터 장쇠는 언문을 배우기 시작하여 늘 '가나다라'가 적힌 종이를 품안에 가지고 다니면서 암송도 하고 써보기도 하였다.

꽃님이가 시간이 나면 언제든지 오라고 하였지만, 그렇다고 매일 밤 갈 수도 없었다. 첫째는 동네사람들의 눈이 두려웠다. 머슴인 주제에 들병이를 자주 찾는 것은 매우 건방진 행동이었다. 둘째는 들병이에게 찾아가려면 돈이 필요했다. 장쇠가 품삯으로 받은 돈은 산속에 항아리를 묻고 그 안에 숨겨두었고 항아리 위에 돌과 나뭇잎등으로 위장을 해놓았다. 늘 방을 비우므로 방에는 돈을 놓아두지 않았다. 얼마 되지 않은 그 돈을 모두 들병이에게 갖다 줄 수는 없는 노릇이었다.

머슴 생활을 하는 장쇠가 열다섯 살부터 일한 새경을 스물다섯 살까지 모아놓았다가 대감님께서 장가를 보내주시겠다고 하였다. 머슴과 종의 신분은 달라서 머슴은 자기가 머슴 생활을 하기 싫다면 그만두어도 되는 것이다. 종은 자기가 속한 양반집에 예속되어서 마음대로 그만둘 수 없다. 하지만 대부분의 머슴들이 재산이 거의 없기에 양반집에서 일을 거들면서 살아가고 있는 것이다. 혹은 혼인하여 독립하게 되면 양반집의 전답을 부쳐먹는 소작인으로서 살아갈 수 있는데 이것도 따지고 보면 반은 머슴 생활이다.

실상을 보면 장쇠도 꽃님이 만큼이나 불쌍한 어린 시절을 보내야 했다. 장쇠의 부모는 여기에서 오륙십 리 떨어진 어떤 마을에서 살았는데 장쇠가 네 살 때 부모님이 모두 역병인 호열자(콜레라: 수인성 전염병으로 오염된 우물, 냇물, 계곡물 등에 의해서 전염되어 어느 마을에 호열자가 들어오면 마을이 없어질 정도로 사람들이 죽어나가기도 하였다.)에 걸려서 죽었다는데 당시에 그 마을은 열에 칠팔 명이 죽었다고 했다. 그래서 졸지에 고아가 되었는데 여기 이 대감님을 잘 아는 어떤 분이 장쇠를 데려와서는 머슴으로 살게 해달라고 부탁을 했다고 한다. 그때만 해도 장쇠에게는 종으로 있는 할머니 외에도 할아버지가 살아계셨다. 그러다 장쇠가 여덟살 무렵에 할아버지가 돌아가시고 그 후론 할머니와 함께 생활하게 되었다.

그때까지 행랑채에서 할머니와 같이 있다가 열두 살 무렵부터 대문 밖에 외양간과 방 한 칸이 붙어있는 곳에서 생활하기 시작하였다. 장쇠는 아홉 살 무렵부터 집 안팎의 소소한 일들을 도와주다가 열두 살 무렵부터 농사일에 따라다녔다. 그리고 열다섯 살부터는 어른 대우를 받게 되었고, 새경(1년간 머슴살이 하고 받는 노임)을 주겠다고 이 대감님이 약속하셨다. 그런데 그 새경을 일 년에 한 번씩 주는 것이 아니라 10년간 모아놓았다가 스물다섯 살이 되면 그 돈으로 장가를 보내주겠다고 약속을 한 것이다. 당시는 일반 민가에서는 돈이 없어서 혼인을 못하여 몽달귀신(총각이 죽어서 된 귀신)이 된다는 소리가 더러 들려오던 시절이다. 예전이나 지금이나 돈 없으면 사람 구실도 못하는 셈이다.

어찌 되었든 장쇠는 꽃님이를 하루라도 보지 못하면 죽을 것만 같은 심정이었다. 그러다 결국 생각해낸 것이 토끼고기와 다로기를 갖다주었듯이 무엇을 선물처럼 갖다주는 것이 제일 합당하다고 결론지었다. 꽃님이는 돈 없이 그냥 오라고 했지만 그 말을 모두 믿기 어려웠기 때문이다. 먼저 약속한 토끼털 배자를 밤에 만들면서, 낮에는 시간 날 때마다 산에 올라가서 약초를 채취하기 시작하였다. 더덕, 당귀, 마, 도라지 등을 채취해서 망태기에 담아두었다가 밤에 꽃님이를 찾아가서 주었더니 이번에도 매우 좋아하였다.

며칠 후에는 토끼털 배자를 완성하여 갖다 주었다.
"옴마나, 내 몸에 딱 맞네. 이거 입고 다니면 엄동설한에도 살아남겠다."
꽃님이는 입이 귀에 걸릴 정도로 좋아하면서 어쩔 줄을 몰라 하면서 답례로 주안상을 내어왔다. 꽃님이는 그날따라 기분이 좋았던지 장쇠와 함께 취기가 오를 정도로 탁주를 마시었다.
"얘, 장쇠야, 네가 내 신랑이었으면 좋겠다."
농담이겠지만 그 말 한마디에 장쇠는 가슴이 터질 듯하였다.
"신랑하면 되지, 같이 못 살 것도 없잖아."
"호호호, 농담이야, 농담. 이렇게 막 굴러먹는 계집이 어떻게 혼인을 하겠니. 난 돈을 벌어서 나중에 주막집 하나 차려서 먹고살려고 한다.”

“주막집도 다들 혼인해서 아들딸 낳고 잘살더라.”

“호호호, 그럴 수도 있지. 세상에 짝이 없는 게 없다고 하잖아, 젓가락도 짝이 있고 짚신도 짝이 있듯이, 주모도 오다가다 마음에 맞는 서방을 만날 수도 있겠지. 안 그래?”

“맞아, 맞아.”

“그래 그럼 지금은 내 서방이다. 서방님, 호호호.”

“좋아, 너도 내 각시다. 하하하.”

둘은 정말로 오늘 혼례를 올리고 첫날밤을 맞은 듯 서로 사랑하고 좋아하였으며, 꽃님이는 이런 현실 속에서 살고 싶은 생각이 간절하였다.

“취중발언(醉中發言) 진담(眞談)”이란 말이 있다. 용기가 없는 사람이 술에 취해서 참말을 하는 경우를 일컫는 말이다. 꽃님이는 머슴 생활을 하는 장쇠가 마음에 들었지만 자기의 처지를 비관하고 있었다. 지난번 호두나무집에 있을 때 김춘성이라는 놈에게 크게 봉변을 당한 뒤로는 남자를 함부로 믿을 수가 없게 되었다.

어찌되었든 꽃님이는 속내를 드러내 보이지 않으면서 장쇠를 좋아하고 사랑하는 형국으로 돌아가고 있었다. 둘은 시간가는 줄 모르고 대화를 속삭이다가 축시쯤에야 장쇠는 집으로 돌아왔다.

그날 밤,

둘은 이상동몽(異床同夢: 잠자리는 다르지만 같은 꿈을 갖고 있다는 의미)을 꾸고 있었다. 꽃님이는 꽃님이대로 "장쇠와 같이 살 수 있을까?"라는 상상에 사로잡혔고, 장쇠는 장쇠대로 "꽃님이와 살림을 차릴 수 있을까?"라는 상념(想念)으로 밤잠을 설쳤다.

21. 살인하고 도망치는 장쇠

이후로 장쇠는 며칠간 꽃님이를 찾지 못하다가 하루는 대감님의 심부름을 가게 되었다.

"장쇠야, 너 저기 윗마을 강진사댁 알지?"

"예."

"내일 거기 좀 갔다 와라. 여기 서신 한 통을 전해주고 와라. 거기는 멀어서 왕복 백 리(40km)가 넘으니까 일찍 출발해야 한다."

"예."

전에도 몇 번 편지 심부름을 한 적이 있는 윗마을에 사는 강 진사 댁에 갔다 오는 것이다. 이런 일은 크게 힘이 들지는 않았다. 그냥 주변 경치 구경하면서 부지런히 걷기만 하면 되는 것이다.

다음날은 기온이 내려가서 다소 추워졌고 하늘은 잔뜩 찌푸리고 있었다.

"비가 지금은 오지 않지만 이따가 오려나."

장쇠는 잠시 망설였으나 부피가 크고 무거운 도롱이(짚으로 만든 비옷)를 가지고 갈 수도 없어서 그냥 길을 나섰다.

장쇠는 부지런히 걸음을 걸어서 윗마을 강진사 댁에 가서 서신을 전해주고 점심도 얻어먹고는 곧바로 걸음을 재촉했다. 하늘에선 비가 내리려는지 아직도 먹구름이 가득했다. 장쇠는 비를 피할 목적도 있었지만 오늘 밤에는 꽃님이를 꼭 보러가려고 벼르고 있었다. 지난 며칠 동안 농사일도 바쁠 뿐더러 이러저러한 일이 생겨서 가지 못했기에 꽃님이의 얼굴이 어른거렸다.

마두리의 들머리는 들입 자(入)를 옆으로 써놓은 형태로 되어 있었다.

즉, ⟩ 이런 모양으로 생겼다. 아래쪽 들머리에는 꽃님이가 있는 호두나무집이 있었고 이쪽 들머리에는 길에서 조금 떨어진 곳에 물레방아가 있었다.

장쇠가 윗마을에 심부름을 갔다 왔을 때는 마을 가까이부터
비가 내리더니 곧바로 빗줄기가 굵어지면서 소낙비처럼 내리
기 시작하였다. 장쇠는 뛰는 걸음으로 비를 피할 겸, 물레방앗
간로 들어갔다. 만약 비가 오지 않았다면 곧바로 집으로 들어
갔을 것이다. 물레방아는 곡식을 찧지 않아도 계속 돌아서 "덜
컹덜컹, 삐거덕." 하는 소리가 요란하여 밖에 내리는 비오는
소리보다 훨씬 시끄러웠다.

물레방아 안쪽은, 한쪽에는 아궁이와 솥이 걸려있었고 그 위
로는 구들장이 있어서 방처럼 되어있었다. 한참 일거리가 많을
때는 여기에서 먹고 자고 일을 해야 하기 때문이다.

장쇠가 잠시 숨을 돌리고 있는데 어디선가 남녀의 감창소리
(성교할 때 내는 신음 소리)가 나는 것 같았다. 장쇠가 귀를 쫑긋하
고 소리 나는 방향으로 조심스럽게 다가가보니 구들장 위에 벌
거벗은 사내와 계집이 뒤엉켜있었다. 그때 번쩍이는 번갯불에
누워있는 계집의 얼굴이 확연히 드러나 보였는데 분명히 꽃님이
였다. 위에 올라타서 씨근벌떡거리는 사내는 엎드려있는 상태
여서 얼굴을 볼 수 없었지만 바닥에 누운 계집은 꽃님이었다.

또 한 번 번갯불이 번쩍이자, 꽃님이의 얼굴이 더욱 자세히
드러났다.

장쇠는 일순간 정신이 돌아갔다. 마침 옆에 세워놓은 쇠스랑
(기역자 모양의 농기구)을 들더니 몇 발짝을 성큼 내달아서 꽃님이
의 배 위에 올라타서 씨근벌떡거리는 놈의 등짝을 그대로 찍어
버렸다.

"으악~"

그놈은 비명도 제대로 못 지르고 옆으로 굴러 떨어졌고, 꽃
님이 역시 "아악!" 하고 미친 듯이 소리를 질렀다.

"너 장쇠 아니냐?"

"응, 나야."

"너, 사람을 죽였다. 사람을 죽였어, 그것도 이 대감집 막내
도련님을 죽였다."

"뭐어?"

장쇠도 기겁을 하면서 엎어져 죽어있던 사내를 돌려보니, 그
놈은 대감집 막내아들로 열여섯 살 먹은 이태수(李泰修)였다.

"아~ 큰일 났다. 나도 죽게 생겼다. 꽃님아, 같이 도망치자."

"왜 내가 도망쳐? 난 죄 없어. 너나 어서 빨리 도망쳐. 빨리."

"어엉? 그런가?"

장쇠는 더 이상 대답도 못하고 그길로 줄행랑을 쳐서 산속에
숨겨놓은 단지 속의 엽전 꾸러미를 들고는 비를 맞으면서 산속
으로 그대로 도망쳤다. 늑대에 쫓기는 여우처럼 요리조리 산속
을 헤집어가면서 무조건 내달렸다.

22. 문초(問招)당하는 꽃님이

다음날 아침,

이 대감집 큰 마당에는 큰 널판자와 곤장이 준비되었고, 그
옆으로는 화덕에 숯불이 준비되어 있었다.

"여봐라. 그년을 끌어내라."

"예이."

이 대감의 추상같은 명령에 젊은 장정 두 명이 포박을 한 꽃
님이를 끌고 와서 댓돌 앞에 꿇어앉혔다.

"네 이년, 누가 우리 태수를 죽였느냐?"

"대감님, 저는 모릅니다. 누가 죽였는지는 모릅니다."

"어허. 이년이 죽기로 작정했구나. 어제 저녁 무렵에 물레방
앗간에서 우리 태수를 만났느냐 안 만났느냐? 어서 이실직고
(以實直告: 사실 그대로 고함)하렷다."

"도련님을 물레방앗간에서 만난 것은 사실이옵니다."

"그럼 만나서 무얼 했느냐."

"도련님이 저를 사랑하시어 방사를 치르고 있던 중 갑자기 비

명을 지르고 쓰러지셨나이다."

"그래, 비명을 지르고 죽었다더라. 벌거벗은 몸으로, 그럼 누가 무슨 흉기로 죽였는지 네 두 눈으로 똑똑히 보았을 것이다."

"어두컴컴하여 누군지 모릅니다. 소녀도 너무 놀라서 황망 중에 정신을 잃을 뻔하여 통 기억이 없습니다."

"에라이, 이년이 아직도 입을 열지 않네. 우리 집에 있던 머슴 장쇠는 어디 있느냐?"

"제가 그걸 어떻게 아나요?"

"장쇠란 놈이 저녁마다 너를 찾아 다녔다고 하더라."

"아닙니다, 날마다가 아니라 대여섯 번 왔습니다."

"으음, 그래, 장쇠가 범인이지?"

"모릅니다. 정말 모릅니다."

"에라이, 이년 보게. 안 되겠다. 저년을 형틀에 엎어놓아라."

이러니 힘센 장정 두 명이 득달같이 달려들어서 꽃님이를 널판자에 엎어놓았다. 두 손을 머리 위로 향하여 널판자에 묶고 다리를 묶었다. 큰대 자가 아니라 한일 자 모양이었다. 태형(笞刑)을 하려고 하는데 여자이기 때문에 옷을 벗기지는 않았다.

"저년의 볼기를 우선 열 대만 쳐라."

이렇게 호령이 떨어지자, 한쪽에 있던 장정이 준비된 곤장이 없었기에 곤장 같은 나무 토막으로 때리기 시작하였다.

"하나요. 따악."

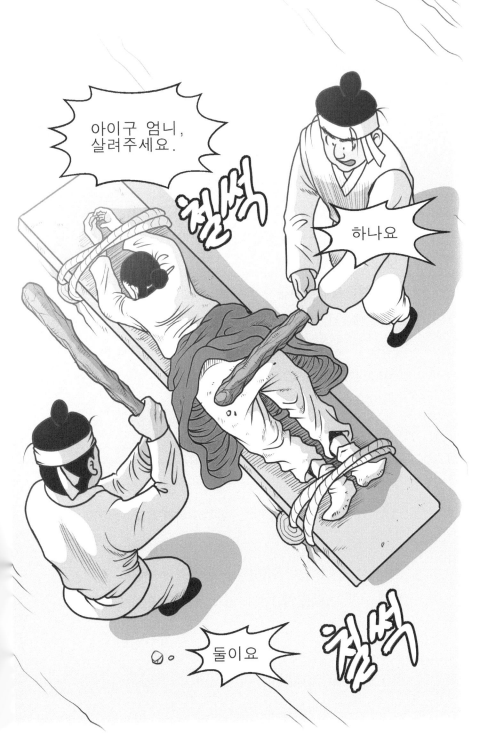

"아악, 아이고 엄니"

"둘이요 .따악."

"아악, 살려주세요. 대감님."

"셋이요. 따악."

"아악~"

꽃님이는 정말로 죽기라도 할 듯한 비명을 질러대었다.

여섯 대를 맞더니

"아악, 대감님, 누군지 알아요, 그만 때리세요."

"뭣이라고, 그만 쳐라."

"그래 매를 맞으니 누군지 생각나느냐?"

"예에. 대감님, 장쇠입니다. 장쇠, 흐흐흑."

"오라, 내 그럴 줄 알았다. 그럼 장쇠가 쇠스랑으로 태수를
죽이고 도망친 게지. 맞느냐?"

"예, 맞습니다. 저하고 함께 도망치자고 하였으나 저는 죄가
없기에 도망치지 않았습니다. 그만 살려주세요."

"에라이, 이것들이 나를 가지고 노는구먼. 모든 화근은 너 때
문이다. 네가 이 동네에 들병이로 왔기에 이런 사태(事態)가 났
다. 알았느냐?"

"예, 속히 이곳을 떠나겠습니다. 목숨만 살려주세요."

"이런 이런, 죗값은 치러야지. 거기 육 서방, 인두로 이년의

음탕한 음문을 지져라. 모든 화근이 거기서부터 시작됐으니 음문을 막아놓으면 아무 탈이 없을 게다.”

　이렇게 호령을 내리니 거기에 모여 있던 이십여 명의 사람들이 수군대기 시작하고 한쪽에서 벌써부터 비명소리 비슷한 소리가 나기 시작하였다. 육 서방이란 사람은 백정 출신은 아니지만 돼지나 소를 잡는 일도 도맡아하고는 수고비를 돈으로 조금 받기도 하고 아니면 고기를 얼마간 받기도 하였다. 그 외에도 동네에서 돈만 주면 온갖 궂은일을 다하는 사람이었다. 뿐만 아니라 전답이 많은 이 대감에게 얼마간의 전답을 부쳐먹고 있었고, 이 대감집의 온갖 허드렛일도 도맡아하는 사람이었기에 이 대감의 말 한마디면 죽으라면 죽는 시늉까지도 해야 했다.

　곧바로 두 명의 장정이 달려들어서 꽃님이를 바로 눕히고 다리를 벌렸다.
　“아이고, 대감님 살려주세요. 살려주세요.”
　“에라이. 몹쓸 년. 죽이지는 않는다. 어서 시행하거라.”
　이러니 육 서방이 달려들어서 치마를 걷어 올리고 속곳을 내린 후 그대로 벌겋게 달아오른 인두로 음문을 지져대었다. 머리털이 타는 냄새와 살 타는 냄새가 순식간에 퍼져나왔다.
　“아악! 아악!”

꽃님이는 그대로 혼절하고야 말았고, 주변에 서 있던 사람들도 거의 대부분이 같은 비명을 질렀다.

"아이구머니."

"아이구."

"사람 죽이네,"

이 끔찍한 광경에 순식간에 아수라장으로 변했다.

"다 했느냐?"

"예, 이정도면 음문이 막힐 것입니다. 꽃님이가 혼절했습니다."

"에잉, 내 아들이 죽었는데 죽지 않은 것만도 다행이다. 에잉."

마침내 이 대감도 못 볼 것을 본 모양으로 고개를 돌렸다.

"여봐라. 그년을 들것에 실어서 있던 곳에 팽개쳐라. 그리고 그년이 그 구멍으로 번 돈도 더러운 돈인즉 집안을 수색하여 모두 압수해 오거라."

이 대감의 명령에 두 장정이 가마니로 만든 들것에 혼절한 꽃님이를 싣고 나갔고, 동네 사람들 모두 수군대기도 하고 눈물을 찔끔거리기도 하면서 뿔뿔이 흩어졌다.

23. 세상에 이럴 수가

들것은 동네 끄트머리에 있는 할머니 집으로 향하여 꽃님이가 묵고 있던 방안에 꽃님이를 내려놓았다. 이때까지도 꽃님이는 깨어나지 못하고 있었다.

"아니, 이게 어쩐 일이여?"

할머니는 대경실색하고 말았다. 아침에 장정 두 명이 와서 대감님께서 꽃님이를 보자고 한다고 하여 데려갈 때만 해도 할머니는 무슨 일이 있었는지 전혀 모르고 있었기에 그냥 대수롭지 않게 생각하고 있었던 것이다.

할머니가 꽃님이를 붙잡고 혼줄을 놓다시피할 때, 장정 두 명은 방안 구석구석을 뒤지더니 엽전 꾸러미를 챙겨서 가지고 나갔다.

할머니는 대성통곡을 하면서 꽃님이를 위로하였으나 도무지 정신을 차리지 못하였다. 그러다가 문득 치마를 보니 피 같은 벌건 물이 배어있기에 화들짝 놀라면서 치마를 들추고 보니 거긴 불인두로 지져서 빨갛게 데어 살끼리 엉겨붙은 하문이 보였다.

"으악, 대명천지에 무슨 짓을 한 거야. 여길 불인두로 지졌나 보네. 아이구, 꽃님아, 불쌍한 꽃님아. 어서 정신 차려라."

꽃님이는 그로부터 한 시진이 넘어서야 겨우 실눈을 뜨고 할머니를 알아보았다. 하염없이 흐르는 눈물 뿐이지 말할 기력도 없었다. 할머니는 사설을 늘어놓으면서 울기만 할 뿐이다. 잠시 후 꿀물을 타와서 숟가락으로 꽃님이의 입안에 흘려넣었다. 꽃님이는 정신이 오락가락하는 중에 그간의 사연을 대강 말씀드렸다.

다음날 새벽같이 어제의 장정 두 명이 찾아왔다.

"할머니, 지금 당장 꽃님이를 동구 밖으로 내쫓으라고 합니다."

"누가 그래, 이 대감이 그래?"

"예."

"이런 피도 눈물도 없는 인간을 보았나. 가서 들여다보게나. 열이 펄펄 끓고 눈도 제대로 못 뜨네. 어제부터 밥 한 숟가락도 먹지 못해서 산 송장이나 다름없는데 어디다 내 쫓아. 쫓더라도 걸을 힘이라도 있어야지. 아무리 이 대감이 시킨 일이라도 나는 못하네."

"그렇게 심한가요?"

"아무렴, 문이라도 열고 들여다보라니까."

두 장정은 쭈뼛거리면서 방문을 비긋이 열고 들여다보니 꽃님이가 죽은 듯 누워있고, 방안에서 열기가 후끈하고 내뿜어졌다.

"이를 어쩌지?"

"뭘 어째, 가서 그대로 말씀드려야지."

할머니가 또 사설을 늘어놓으면서 훌쩍거린다.

"아이고, 세상천지에 이런 일이 있단 말인가. 불쌍하다 불쌍해, 부모형제 없이 천애 고아가 먹고 살겠다고 탁주 몇 사발 팔다가 이 꼴이 났네 그려. 흐흐흑."

두 장정도 측은하기는 마찬가지였으나 어쩔 도리가 없었다. 그들도 여기에 몇 번 와서 탁주를 마신 적이 있었고, 꽃님이의 해사하게 웃는 모습이 가물거렸다.

"할머니, 가보겠습니다. 이 대감님께 본 대로 말씀드리겠습니다."

"그러게, 그리고 이 말도 토씨 하나 빠트리지 말고 전하게."

"예에? 무슨 말씀이신가요?"

"가만히 있는 꽃에 벌 나비가 찾아들지, 꽃이 벌 나비를 찾아다닌다든가? 들병이가 왔건 어떤 화냥년이 왔건 찾아온 놈이 잘못이지 들병이가 무슨 잘못이 있는가 말이다. 먹고 살겠다고 탁주 몇 잔 판 것이 대죄인가? 어엉?"

"예에? 저희들은 잘 모릅니다."

"잘못이 있으면 법도에 따라야지. 법도를 무시하고 사형(私

刑)으로 여자의 목숨과도 같은 하문을 불인두로 지져서 불구자로 만든단 말인가. 내 오늘 관가로 가서 고발해야겠소. 그리고 웃음을 팔아서 몇 푼 모은 돈까지 강탈해가니 누가 죄인인가 물어보시오. 관가에 고발하면 아무리 이 대감 할아비가 와도 면책 받지 못할 것이오. 가서 똑똑히 전하시오."

할머니가 억울함을 울면서 조목조목 토로하니 두 장정들도 움찔하지 않을 수 없었다.

두 장정은 헐레벌떡 뛰어서 이 대감께 그대로 고(告)했다.

"으흠, 듣고 보니 사리에 맞는 말이기도 하다. 하지만 내 아들이 죽었는데 그년 책임도 있지."

이 대감은 혼잣말로 중얼거리더니 방안으로 들어가서 보자기에 싸인 엽전 꾸러미를 들고 나왔다.

"흐흠. 내가 홧김에 그러긴 했다만 사실 그년에게 대죄(大罪)가 있는 것은 아니다. 찾아다닌 놈들이 먼저 잘못이지. 여기 그년의 엽전 꾸러미가 있다. 그리고 의원 집에 들러서 자초지종을 이야기하고 약을 지어다 주거라. 약값은 내가 준다고 하고."

"예, 대감님."

이렇게 하여 두 장정은 엽전 꾸러미를 들고는 먼저 의원 집에 갔다. 의원은 어제 대감집에 오진 않았지만 소문으로 어제 있었던 일을 소상히 알고 있었다.

"쯔쯧, 여자로 태어난 게 죄지. 듣고 보니 혈혈단신 고아라던데, 불쌍하구먼."

의원도 안타까운 듯 혼잣말을 해가면서 한약을 한 제(20첩)를 짓고, 흑(黑)연고도 주었다.

"여기 한약은 달여먹는 것이니까. 할머니 주면 잘 아실 게다. 그리고 이 흑연고는 화상을 입은 데에 하루에 한 번씩 잘 도포하라고 일러주게나."

"예, 예."

두 장정은 할머니가 관가에 가기 전에 가야 했기에 헐레벌떡하면서 할머니를 찾았다.

"할머니, 여기 엽전 꾸러미 돌려주셨습니다. 그리고 약도 지어왔어요."

"뭐어? 피도 눈물도 없는 그 작자가 약을 보내와?"

할머니는 미심쩍어하면서도 약을 받아들었다.

"여기 이 흑연고는 화상 입은 곳에 하루에 한 번씩 발라주라고 했습니다."

"알았다. 알았으니 어서 가봐라."

"할머니, 관가에 안 가실 거죠?"

"그건 내가 더 생각해보마. 어서 가서 일들 하거라."

할머니는 약탕기를 들고 와서 숯불을 지피고 약탕기를 올려놓았다. 그러곤 흑연고를 가지고 꽃님이 방으로 들어갔다.

"꽃님아, 꽃님아, 정신 차려라."

할머니가 몇 번 부르면서 흔들어 깨우자 꽃님이가 퉁퉁 부은 눈을 힘겹게 떴다.

"할머니, 제가 살았나요?"

"살았다. 어서 정신 차려라. 에구 불쌍한 것."

꽃님이는 또 눈을 감더니 뜨거운 눈물을 주르르 흘렸다.

"할머니, 배가 아파요. 아래가 아파요. 죽을 것 같아요."

"그럴 게다. 조금만 참아, 여기 바르는 약 가져왔다. 쳐죽일 놈의 이 대감이 약을 보내왔다."

"흐흐흑, 이 대감도 억울하니 저에게 화풀이했지요. 귀한 아들이 죽었는데."

"그렇긴 하다, 예로부터 치정살인이 있다고 얘기는 들었다만 이게 현실이 될 줄이야 누가 알았겠니. 도망친 장쇠를 잡아다가 혼구멍 내든지 형벌을 주든지 해야지. 애꿎은 너만 희생당하는구나. 동에서 뺨 맞고 서쪽에다가 화풀이하는 격이다. 에고에고, 황소같이 커도 순진하기 짝이 없는 장쇠가 살인을 저지르다니 믿을 수가 없구나. 에구. 흐흐흑."

"할머니, 배가 아파요. 소변을 보아야 하는데 움직일 수가 없어요."

"어엉? 그러냐, 기저귀가 있어야겠는데 이를 어쩌나, 아이참, 그렇지 내가 헌옷이라도 가져오마."

할머니는 후딱 나가서 곧바로 헌옷을 가져오고 꽃님이를 옆
으로 눕히고 소변을 보게 하였으나 꽃님이는 아프다고만 할 뿐
소변은 불통이었다.

"에이그, 인두로 지졌으니 거기가 무슨 고장이 난 모양이다."

할머니는 꽃님이의 양다리를 벌리고 하문을 유심히 살펴보
았다.

"아이구, 이런 쳐죽일 놈들 소변 구멍이 막힌 모양이다. 녹은
살이 붙어있어, 퉁퉁 부었고. 이런 이런 아예 하문도 막혔다.
이러다간 달거리도 못하여 속으로 살이 썩어 죽겠다. 아이구,
아이구, 불쌍한 꽃님아. 이를 어쩌냐."

"울지 마세요. 할머니, 이대로 죽어도 괜찮아요. 제 팔자가
기구한 것을 어떻게 할 수 있나요."

정신이 조금 돌아온 꽃님이는 모기 소리로 할머니를 달래고
있었다. 할머니와 꽃님이는 한참을 그렇게 흐느끼고 있었다.

"안 되겠다. 이열치열이라는 말도 있잖니, 한 번 더 욕을 보
아야겠다."

24. 이 방법밖에 없다

잠시 후,

할머니는 안방 화로(작은 화로)에 뻘건 숯을 담아가지고 들어오고, 밖에 나가서 대야에 찬물을 떠왔다. 그리곤 창칼을 숯불 사이에 꽂았다.

"할머니, 무얼 하시게요. 무서워요."

"할 수 없다. 화타*가 온다한들 이 짓 말고는 다른 방법이 없을 게다."

"무슨 짓인데요?"

"막힌 두 구멍을 뚫어야지. 조금만 참아라."

---

* 화타(華佗): 중국 한나라 말기의 의학자로 전설적인 신의(神醫)로 불린다. 관우가 독화살을 맞았는데 화타가 화살을 뽑고 독이 퍼진 뼈를 긁어내는 동안 관우는 태연하게 바둑을 두었다는 이야기가 전해진다.

그러면서 할머니는 꽃님이 입에 버선을 물렸다.

"아프면 소리쳐라. 버선 물고 있으면 이빨 부러지지는 않을 게다."

곧바로 할머니가 시뻘겋게 달아오른 창칼을 대야에 담그니 "치이익~" 하는 소리가 요란하다.

"이래야 소독되지, 자칫 잘못하면 쇠독 올라 명줄 끊어져."

할머니는 혼잣소리처럼 말하고는 창칼을 오른손에 들고는 꽃님이의 하문을 유심히 들여다보면서 칼을 놀렸다. 꽃님이는 또 혼절할 듯이 비명을 질렀다.

"됐다. 이제 통할 게다. 이 흑연고를 바르면 쾌차할 게다."

"흐흐흑, 할머니 고마워요. 이 은혜 잊지 않겠습니다."

"그래라. 은혜는 무슨 은혜야. 네가 살아남는 게 은혜다. 에구 불쌍한 것."

할머니는 느닷없이 꽃님이를 끌어안아 무릎에 올려 안고는 눈물을 펑펑 쏟기 시작했다. 할머니의 눈물과 꽃님이의 눈물은 그칠 줄 모르게 흘러내려서 온 방안을 다 적실 정도였다.

죽음을 목전에 두었던 꽃님이는 아직 살아야 할 명(命)이 남았는지 조금씩 호전되기 시작하여 대여섯째 되는 날부터는 소변이 제대로 통하고, 열흘이 지나 보름이 다 되어서는 걸음도 걷기 시작하였다. 아직도 찢어질 듯 불에 타는 듯이 사타구니가 아팠지만 가까운 곳은 겨우겨우 왕래할 수 있었다. 물론 이렇게 치유되기까지 할머니의 지극한 간병 덕분이었다.

그럭저럭 거진 한 달이 다되어서야 꽃님이는 느린 걸음을 걸을 수 있게 되어 떠날 차비를 하였다.

"할머니, 이제 떠나야겠어요. 그동안 신세를 많이 졌어요."

"에구, 이제 날도 추워질 텐데 어디로 떠난단 말이냐. 아이구 ~ 불쌍한 것. 그냥 여기서 살아도 되련만은."

"그렇게는 할 수 없어요. 할머니, 저는 어딜 가서 살든지 떠돌든지간에 이 동네는 떠나야 합니다."

그러면서 꽃님이는 미리 준비한 엽전 한 꾸러미를 할머니에게 건네었다.

"할머니 그동안 방값이에요. 더 많이 드려야 하는데 형편이 안되네요. 이거라도 받아두세요."

"아이고, 애야, 그런 걱정 말거라. 여기에 와서 곤경을 치르고 목숨 붙어 살아나가는 것만도 감지덕지이다. 어서 이 엽전 다시 챙겨 넣어라."

꽃님이도 안 된다면서 방세를 받으라고 하였으나, 할머니는 끝내 받지 않았다. 둘은 그렇게 옥신각신하면서 마을 끝까지 왔다.

"어여 가거라. 어디로 간다니?"

"남녘으로 가려고 합니다. 남녘땅이 따뜻하다고 해서요."

"그래, 죽지만 말고 어서 가거라. 가다가 주막집에서 들러서 끼니는 꼭 챙겨먹어야 한다."

"예에. 할머니, 그동안 너무 감사했습니다. 안녕히 계세요."

꽃님이와 할머니는 눈물범벅으로 작별인사를 했다. 꽃님이는 조심조심 한걸음 한걸음을 걸으면서 길이 난 대로 걷기 시작하였다.

스님들이 등짐 지듯 다소 커다란 괴나리봇짐이 꽃님이의 뒷모습을 채우고 있었다. 그 속에는 옷가지 몇 벌과 혹시 노숙할지 몰라서 얇은 이불 한 채, 장쇠가 만들어준 가죽신발과 토끼털 배자, 그리도 엽전 꾸러미와 마른 음식이 약간 있었다.

25. 따뜻한 남녘땅으로

이날이 시월 열나흘 날이다. 이 동네에 온지 열흘이 빠진 석달밖에 되질 않았지만 사연은 만리장성을 쌓을 만큼 남기고 떠나는 것이다.

꽃님이는 운 좋게 첫날은 객주 집에서 저녁도 사먹고 하룻밤을 유숙할 수 있었으나 돈이 들어갔다. 다음날 아침 식사는 주인집과 한 상에서 얻어먹고 길을 떠났다. 주인집 내외는 뭐가 그리 궁금한 게 많은지 이것저것 물었으나 꽃님이는 건성으로 대답하고야 말았다. 결혼 후 남편이 죽고 시댁과 친정이 모두 갑자기 폐가가 되어 남녘땅으로 일자리를 구할 겸 새서방을 얻을 겸해서 떠난다고 둘러대고야 말았다.

"아유 얼굴도 반반한데, 화장만 하면 뭇사내들이 꼬일 텐데, 아깝네. 어떻게 마음 돌려서 우리와 같이 지낼 생각 없는가?"

"아닙니다. 저는 가야 합니다."

주인집 내외는 어떻게든 구슬려서 데리고 있으려 하였으나 꽃님이는 그럴 수가 없었다. 만약 자기가 고녀(鼓女)*라서 사내들을 받지 못한다면 온갖 행패를 부릴 것임을 알고 있었기 때문이다.

---

* 고녀(鼓女: 북고, 음문이 북처럼 막히었다는 뜻으로 생식 기관의 기능이 완전하지 못한 여자. 작은 틈은 있어서 달거리는 한다. 또는 자궁이 부실하여 아이를 낳지 못할 때도 고녀라고 한다. 남자가 생식기능을 못할 때는 고자(鼓子)라고 함)

그렇게 꽃님이는 길을 떠나서 남쪽으로 향하였다. 남쪽이라고 해서 길이 꼭 그 방향으로 나있는 것은 아니어서 어느 때는 동쪽, 어느 때는 서쪽으로 가다가 남쪽으로 가야 했기에 물어물어 발길을 돌리면서 길가나 밭에 수확하고 남은 배추줄거리나 무 등을 뽑아먹으면서 길을 재촉했다.

저녁때는 가급적 외딴집을 찾아서 하룻밤만 재워달라고 간청하여 되는 대로 기물이 쌓여있는 건넌방이나 아니면 헛간이라도 들어가서 밤을 보내야 했다.

며칠을 그렇게 가는데 얼핏 밭을 보니 고구마 줄거리가 눈에 들어왔다.

"어머나, 여기 고구마 밭이었네. 여기에 잔 줄거리 고구마가 붙어있을 거야."

꽃님이는 매우 반색을 하면서 고구마 밭에 뛰어 들어갔다. 과연 고구마 줄거리에 작은 고구마가 달려있기도 하고 흙속에도 작은 가래떡만 한 고구마들이 더러 있었다. 꽃님이는 손바닥만 한 돌을 주워서 밭을 헤집으면서 고구마를 캐기 시작하였다. 그러면서 고구마 한 개는 입속에 넣고 씹기 시작하였다. 무우나 배추 줄거리를 먹는 것보다는 백 배는 맛이 있었고 속이 든든했다. 꽃님이는 거의 반 말 정도 고구마를 캐서 등짐에 넣었다. 등짐은 조금 무거워졌으나 마음은 가벼워졌다.

"이 정도 고구마면 열흘도 더 먹겠다. 천운이 나를 돕는구나."

그러면서 길을 재촉하는데 이번에는 길이 앞산으로 연결되어 있었다.

즉, 고개를 넘어가야 했는데 아주 큰 고개였다. 그때는 해가 벌써부터 서쪽으로 기울어져서 저녁이 다 될 무렵이었다. 꽃님이는 낙심을 하고는 또 외딴집을 찾았다. 마침 고개 들머리 부근에 작은 초가집이 보이길래 무작정 그리로 향하였다. 가까이 가서 보니 근처에 주막집도 눈에 띄었으나 꽃님이는 초가집으로 갔다.

"계세요? 누구 계신가요?

벌써 날이 어두워지기 시작해서 안방에서 호롱불빛이 흔들거렸다.

"누구시오?"

어떤 할머니가 나오면서 의아해 한다.

"지나가는 사람인데 하룻밤만 유숙하려고 그럽니다."

"여긴 주막집이 아닌데, 저기에 가면 주막집이 있잖우? 거기로 가시우."

"알고 있습니다. 하지만 여자의 몸으로 주막집에 들어가기가 어렵습니다. 주막집에선 대개가 여럿이서 함께 잠을 자던데요."

"그렇긴 하네, 여자 혼자서 방을 달라고 할 수도 없고, 방도 없을 테고. 이를 어쩌나."

"아무데서나 하룻밤 보내기만 하면 됩니다. 헛간이라도 좋아요, 할머니."

그때, 문을 열리면서 할아버지가 나오셨다.

"뉘시우?"

이에 할머니가 여차저차 말하니 할 수 없다는 듯이

"사정이 딱한데 정 그렇다면 우리 건넌방에서 하룻밤 보내시우. 거긴 창고나 마찬가지인데 여인네 한 몸은 눕힐 자리가 있다우."

"예, 예, 고맙습니다.

의외로 할머니 내외분은 친절하여서 저녁도 갖다 주고, 창고로 쓰인다는 방에 요와 이불도 갖다 주었다.

"아직은 불 없어도 지낼 만하니, 하룻밤 보내시우."

"아이고, 고맙습니다. 할머니."

이렇게 좋은 분을 만나서 그날 밤을 마음 편히 잠을 자고 다음날 아침까지 얻어먹고 나왔다. 꽃님이는 머리가 땅에 닿도록 인사를 했다.

"저 고개 이름이 추마고개인데 길이 험하다오. 가끔 산적인지 강도들이 나타나서 객들의 돈을 강탈해 간다는 소문이 있소이다. 그러니 혼자서 넘지 말고 저기 주막집에 가면 아침에 고개를 넘어가는 길손이 있을 거요. 거기에서 그들과 합류하면 별 탈 없을 것이오."

할아버지가 친절하게 설명해주었다.

"예, 예, 그렇게 하겠습니다. 너무 감사합니다."

26. 강탈당하는 꽃님이

꽃님이는 작별인사를 하고는 주막집으로 가보았으나 그날따라 고개를 넘는 사람은 아무도 없었다. 어젯밤에 여기에서 숙박한 손님도 없었다.

"주모, 여자 혼자서 고개를 넘어도 아무 일 없을까요?"

"글쎄다. 전에는 강도들이 가끔 출몰하여 벗겨갔다는 소릴 듣긴 했는데 요 근래에는 그런 소리 못 들었다."

사십 정도 먹은 주모가 별일 없을 것이라고 답변했다.

"정 불안하면 오늘 하루 더 여기서 자고, 동행하는 객이 있으면 내일 같이 올라가든가."

"그럴까요. 그런데 근래에 강도들이 출몰하지 않았다면 아예 없어지지 않았을까요?"

"글쎄 말이야. 낸들 알 수가 있나. 아마 괜찮을 거야."

"그럼 그냥 혼자서 올라가보겠습니다. 하루면 고개를 넘어간 다니까. 산속에서 잘 일은 없겠지요."

"그럼, 젊은 사내 같으면 미시나 신시면 넘어갈 게야. 여자 걸음도 저녁때면 넘어가니 크게 걱정 안해도 돼."

"예, 그렇군요. 그럼 저 혼자서 올라가겠습니다."

"그래도 조심해서 가."

꽃님이는 이런 대화를 나누자마자 혼자서 고개를 오르기 시작했다. 여기 고개는 들머리에는 경사가 그리 급하지 않아서 그런대로 오를 만했다.

거진 두 시진(4시간) 남짓 올라가니 정상이었다. 꽃님이는 크게 안도했다.

"희유, 간신히 올라왔네. 주모 말대로 요즘은 강도가 없는 모양이다."

꽃님이는 거기서 잠시 숨을 돌리는데 갈증이 몹시 났다. 정상이라 주위를 아무리 둘러보아도 물을 찾을 수 가 없었다.

"할 수 없지, 조금만 더 참자. 내려가는 길목에는 샘이나 계곡이 있을 거야."

이런 생각을 하면서 반 시진 정도 내려왔는데 계곡물 소리가 들려왔다. 꽃님이는 땀을 흘려서 갈증이 심하던 터라 그리로 향해서 엎드려서 물을 몇 모금 마시고 있었는데, 갑자기 뒤에서 인기척이 느껴졌다. 꽃님이가 깜짝 놀라서 몸을 일으키면서 고개를 돌리니, 네 명의 건장한 사내가 꽃님이를 내려다보고 있었다.

"으흐흐, 오늘 횡재했다. 복덩이가 굴러왔네."

"그러게, 오늘 일석이조로 횡재하겠다."

꽃님이는 겁에 질려서 움찔거리면서 걸어나가려고 했다. 그렇게 몇 발짝 옮겼는데,

"너, 반반하게 생겼다. 오늘 오라버니들에게 봉사 좀 해라."

"예, 무슨 말씀이신지요. 저 빨리 가봐야 합니다."

꽃님이가 슬금슬금 발걸음을 옮기면서 어떻게든 달아나려고 했는데, 불안하기만 했다. 뛰어서 도망가도 저놈들에게 붙잡힐 것만 같았기 때문이었다. 그 네 놈들은 잠시 자기들끼리 히죽거리면서 뭐라고 말들을 하는데, 꽃님이에겐 들리지 않았다. 아무튼 그놈들이 잠시 허점을 보이자 꽃님이는 냅다 뛰기 시작하였다. 그러나 스무 걸음도 안되어 머리채를 잡히고야 말았다.

"이년이 여기가 어디라고 제멋대로 날뛰어, 너 죽고 싶어?"

그러면서 한 놈이 칼날 길이가 한 자 가량 되는 칼을 목에다 대었다.

"아이고, 살려주세요. 살려주세요."

"그러니까 가만히 있어, 여기서 죽어도 쥐도 새도 몰라. 시키는 대로 가만히 있으란 말이야, 이년아."

"예, 예."

"그럼 옷 벗어봐"

이놈들이 겁탈할 모양인데, 꽃님이는 매우 혼란스러워졌다.

"제가 고녀예요. 고녀."

"뭣이라고 고녀라고? 이년이 거짓말까지 하네."

그러면서 두 놈이 달려들어서 치마를 올리고 속곳을 내렸다.

아~ 거기엔 한 송이 꽃이 있어야 했는데 화상을 입어서 얼기설기 살이 눌어붙은 흉터가 있었다.

"어어, 이년 진짜네. 서방질하다 들켜서 제 서방한테 낙형을 당한 모양이네. 에이 재수 없다."

"그러게 이런 년 보면 삼년 재수 없다는데."

이렇게 불만을 토로하자마자, 한 놈이 꽃님이의 옆구리를 세게 걷어찼다.

"아악~ 아이쿠 엄니, 아이구, 나 죽네."

"야 이년아 시끄러. 소리 질러봐야 올 사람 아무도 없어. 입 다물어, 이년아."

"아이고, 아이고."

꽃님이는 몸을 새우처럼 구부린 채 아파서 쩔쩔매었다. 당장이라도 죽을 것 같았다.

"야, 이년아, 소리치지 마. 안 그러면 한 대 더 걷어차서 아예 죽게 만든다, 어엉?"

"으음음……."

꽃님이는 죽을 것 같은 고통 속에서 비명도 못 지른 채 고통을 참아야 했다. 그러더니 그놈들은 저희들끼리 뭐라고 또 했는지 느닷없이 달려들어서 허리에 찬 전대를 쏙 빼어들고 바랑 속에 든 엽전 꾸러미도 꺼내었다.

"아이구, 몇 푼 안됩니다. 노잣돈이예요."

"이년아, 그냥 가, 가다가 얻어먹고 다녀."

"아이고 조금이라도 주고 가세요. 그것밖에 없어요. 흐흐흑."

하지만 그놈들은 그냥 저쪽 편으로 걸어갔는데, 그중 어떤 놈 하나가 뒤돌아서더니

"옜다!" 하고는 엽전 십여 개를 꽃님이 앞에 던져주었다.

"아이고, 고맙습니다. 흐흐흑."

"빨리 가거라."

꽃님이는 하늘이 무너질 듯했지만 그래도 치마말기에 숨겨둔 금가락지는 그대로 있었다. 어찌 되었든 꽃님이는 죽지 않았다. 거기에서 한참을 주저앉아 울면서 쉬다가 다시 발길을 옮기어 고개를 넘기 시작하였다. 얼굴은 눈물범벅으로 얼룩져 있었다. 꽃님이는 어찌어찌하여 고개를 넘었는데 벌써 해가 기울었고 밤이 찾아왔다.

거기에도 주막집이 한 채 있었으나 이제는 주막집에서 잠을 잘 수가 없었다. 돈이 없기 때문이었다. 치마 말기에 숨겨둔

금가락지는 써서는 안 될 큰돈이었고, 이런 곳에선 엽전으로 바꿀 수도 없었다.

꽃님이는 할 수 없이 걸인으로 변모하여 고개를 숙인 채 배가 고프니 먹을 것 좀 달라고 간청을 했다. 그랬더니 주모가 힐끔 보고는 그릇 하나에 밥과 찬을 쏟아부어서 주었다.

점심도 먹지 못한 꽃님이는 게걸스럽게 밥과 찬을 마구 우겨넣었다. 그러나 차마 잠을 재워달라고까지 부탁할 수는 없었다. 한참을 걷다보니 밭 옆에 수숫단을 세워놓은게 보여서 그 안을 비집고 들어가 잠을 청하였다.

천신신명의 도움인가, 그해는 그렇게 심하게 춥지 않아서 견딜 만하였다.

다음날부터는 길을 따라 걷다가 마을이 나타나면 구걸을 하면서 돌아다녔다. 깨진 바가지를 하나 주워 들고서 돌아다니니 영락없는 걸인이었다. 어느 집은 식은 밥이라고 주고 어느 집은 엽전 하나라도 주고, 어느 집은 부지깽이를 들고 나와서 내쫓기도 하였다.

27. 식모(食母: 가정부) 노릇

그럭저럭 달이 기울고 차면서 날짜가 지나갔다.

하루는 아침부터 싸락눈이 오기 시작하여 눈송이가 점점 커지더니 오후부터는 함박눈처럼 내리기 시작하였다. 이제 매일같이 돌아다니면서 노숙하기가 어려워졌다.

꽃님이는 어느 동네에 들어가서 눈을 맞으면서 구걸을 시작하였다. 그러면서 집안 분위기를 살피고 있었다. 한겨울을 보낼 만한 집을 찾기 위해서였다.

그렇게 이집 저집을 문전걸식하면서 걸어다니는데, 어느 집에서 갓난아기 울음소리가 났다.

"이집에 갓난 아기가 있네. 여기에서 집안일을 도와주면서 겨울만 보내게 해달라고 간청을 해보자."

이렇게 생각한 꽃님이는 그 집 사립문 앞에 서서 조금 큰소리로 물었다.

"주인어른 계신가요?"

"······."

"누구 계신가요?"

방안에선 여전히 아기 울음소리가 들려왔다. 곧바로 이십대 후반으로 보이는 남자가 나타났다.

"누구신가요?"

"지나가는 사람인데 간곡히 부탁드릴 일이 있어서 찾아왔습니다."

"걸인이오?"

"예, 걸인은 맞습니다만 한겨울에 문전걸식을 하기 어려워 이 겨울만 보낼 곳을 찾고 있습니다."

꽃님이는 가급적 정중하게 부탁을 했으나 남자는 싸늘했다.

"다른 집에 가 보슈, 우리 집엔 안 됩니다."

그러면서 방으로 들어가려고 하기에 꽃님이가 얼른 나섰다.

"주인어른, 제가 부엌일, 집안일 다 할 수 있어요. 제발 저를 받아주세요."

꽃님이는 어느새 저절로 울음소리로 바뀌었다.

"그냥 있는 것이 아니라 집안일과 부엌일을 해주겠다는 게요?"

"예, 빨래 같은 집안일과 밥 짓는 부엌일 다 할 테니 이 겨울에 먹고 자게만 해주세요. 방이 없으면 헛간이라도 좋습니다. 한풍(寒風: 겨울에 부는 차가운 바람)만 막아주면 됩니다."

이렇게 울음소리로 간청을 하니 그 남자 주인은 잠시 서 있다

가 아무 말도 하지 않고 안방으로 들어갔다. 아이 울음소리가
나는 방이었다.

'안주인과 상의하러 들어갔나. 아니면 무시하고 들어갔나.'
꽃님이는 착잡한 심정으로 발을 동동거렸다.

잠시 후,
안방 문이 열리면서 주인 여자가 나타났다. 이십대 중반으로
보이는 평범한 여자로 보였다.

"이리 와봐라. 너."

"예."

주인 여자가 대뜸 명령조로 말하여 약간 움찔했다.

"너 걸인 같은데 무슨 연유로 한겨울을 보낼 집을 찾아다니느
냐?"

이에 꽃님이는 늘 하던 대로 왜구 때문에 조실부모하고 객지
에서 떠돌다가 남녘땅에 사신다는 먼 친척을 찾아 가던 중이라
고 얼버무리고 말았다. 하지만 주인 내외는 그런 것에 별 관심
이 없어 보였다.

"그럼 집안일 부엌일 중 무엇을 할 수 있느냐, 떠돌아다녔다
면 아는 게 없을 터이다."

"아닙니다. 마님, 제가 예전에 대감집에 있을 때 여종으로 있

는 할머니에게 많이 배웠습니다. 밥 짓기, 찬 만들기, 술도 담글 줄 알아요. 바느질도 합니다."

"그래? 그럴 수도 있겠다."

"술을 잘 담그느냐?"

주인아저씨가 술에 관심이 있는 모양인지 되물었다.

"예, 제가 담근 술맛이 모두들 맛있다고 했습니다."

그러더니 두 내외는 자기들끼리 무언가 상의를 하고는 마님이 입을 열었다.

"혹시 병은 없느냐? 노숙을 하였다면 건강이 좋지 않을 텐데."

"없습니다. 먹지 못하고 씻지 못해서 그렇습니다."

"으음, 그러냐. 우리 집에서 아기 울음소리가 나는 것을 들었을 터이다. 이제 낳은 지 삼칠일(21일)이 막 지났다. 그래서 조금이라도 질환이 있는 사람이 출입하면 안 되기에 물었다."

두 내외는 자기들끼리 소곤거리더니 꽃님이에게 올라오라고 했다.

"아이고, 마님, 감사합니다."

입에서 저절로 이런 소리가 나왔고 몸은 저절로 기역자로 구부러지면서 인사를 하게 됐다. 마님은 먼저 씻어야 한다면서 부엌으로 연결된 뒤쪽 광으로 안내하였다. 그리곤 손수 부엌에서 뜨거운 물을 퍼서 나무로 된 물독에 넣어주면서 찬물은 그 옆에 있으니 잘 씻으라고 하였다. 그리고 마님이 입던 옷 한 벌을 들고 와서 이 옷으로 갈아입으라고 했다. 꽃님이는 그저 고마워서 "예, 예." 하고 대답을 했다.

"이따 다 씻고서 안방으로 들어와라."

"예."

잠시 후, 꽃님이가 안방으로 들어섰는데 두 내외가 깜짝 놀란다.

"어머나 굉장히 이쁜 애로구나."

"어~ 미모가 상당하군."

둘이서 감탄을 했다.

"이렇게 이쁜 애가 문전걸식을 하다니 딱하다. 저녁은 먹었어?"

"아직 못 먹었습니다."

"그럼 잠시만 기다려라. 우린 먹었다. 내가 저녁상 가져올게."

그러면서 마님은 나가고 어린 딸과 아들이 제 아버지 무릎에 앉아서 호기심어린 눈으로 쳐다보았다. 갓난아이는 잠들어 있었다. 곧바로 마님이 저녁상을 가져와서 꽃님이는 될수록 조심스럽게 밥과 국을 다 비웠다.

잠시 후, 늘 그렇듯이 왜 그렇게 돌아다니냐고 해서 다시 똑같은 대답을 해야 했다.

왜구부터 시작해서 어쩌구저쩌구…….

"오, 그랬구나, 우린 바닷가에 살지 않으니 얼마나 행복하냐."

마님이 이러면서 자기 집안에 대해서도 대강 설명하기 시작하였다. 남편은 28세로 '김주필'이고 자기는 25세로 '송인자'라고 했다. 큰딸은 여덟 살인데 매화라고 부르고, 둘째 아들은 여섯 살된 석철이, 셋째도 있었는데 돌 전에 죽었다고 했다. 지금 살았다면 세 살이고, 갓난아이는 머슴애인데 낳은 지 24일 되었다고 했다.

"저는 꽃님이라고 해요. 금년 열아홉 살입니다."

"호호호, 이름도 이쁘구나. 원래 이름이냐?"

"아닙니다. 본명은 따로 있는데 쓰질 않고 어려서부터 꽃님이라고 불렀어요."

"나이 차이도 많이 나질 않는데 앞으로 마님이라고 부르지 말고 친근하게 언니라고 불러라. 그리고 애기 아버지도 그냥 아저씨라고 불러, 그게 편하지."

"예, 그렇게 하겠습니다."

그때 여덟살 먹은 큰딸 매화가 입을 열었다.

"우리는 그럼 뭐라고 불러, 이모라고 부르나?"

"이모? 그것도 괜찮겠다. 아니 실제 이모랑 헷갈리니까 너도 그냥 언니라고 불러. 석철이는 사내니까 누님이라고 부르면 되겠다."

이렇게 해서 피차간에 가족사항이 다 설명되었고, 꽃님이는 건넛방으로 안내되었다. 거긴 곡식들과 온갖 기물들이 쌓여있어서 사람 두 명이나 겨우 누울 만한 자리가 있었다.

"여긴 건넛방이라 불길이 잘 닿질 않지만 그런 대로 훈훈하다. 화롯불 있으면 따뜻해, 내가 화롯불 가져오마."

주인아저씨가 이렇게 말하고는 나가더니 잠시 후 빨간 숯불이 이글거리는 화롯불을 가져오고 이불도 한 채 가져왔다.

"화롯불은 이쪽 문간에다 두어야 한다. 숯불연기 많이 마시면 죽을 수도 있어. 알았지?"

"예."

"드나들다가 발로 차지 말고, 불난다."

아저씨는 무뚝뚝한 말투와는 달리 친절했다. 손수 호롱불에 불까지 붙여주었다.

"오늘은 피곤할 테니 일찍 자라. 낼은 늦어도 묘시(오전 7~9시) 이전에 일어나야 한다."

"예, 고맙습니다. 아저씨."

꽃님이는 오래간만에 따뜻한 이불 속에 들어가니 온몸이 녹는 듯이 녹아서 깊은 잠에 빠지고 말았다.

얼마나 잤을까. 꽃님이는 첫 닭 울음소리에 깜짝 놀라면서 일어났다. 밖으로 나오니 밤사이에 눈이 많이 내려서 온 세상이 하얗게 변하였다.

"천지신명이 나를 도우시는구나, 죽지 말라고 이집에서 한겨울을 보내게 해주시는구나."

꽃님이는 이렇게 감사한 마음을 가지고 곧바로 부엌에 들어갔다. 아궁이에 남아있는 숯 불씨로 벽에 걸려있는 호롱불에 불을 붙이고는 여기저기 살펴보았다. 먼저 밥을 짓고 찬을 만들어야 하는데 처음 들어와 보는 부엌이라 어리둥절하였다. 그냥 이것저것 들추다보니 "떨그렁, 떨그렁." 소리가 났다. 이런 소리를 들은 안방에서 곧바로 언니가 나왔다.

"애, 꽃님아 벌써 일어났어? 해 뜰려면 아직 멀었다."

"어젯밤 일찍 잤더니 저절로 눈이 떠졌어요. 그래서 먼저 밥이라도 안치려고요."

"그래, 그럼 일어났다니 조금 일찍 밥을 하자."

언니는 부엌살림에 대하여 설명을 하기 시작했다, 먼저 광에 데리고 가서 여기에 쌀, 보리쌀, 밀가루가 독 안에 있는데 꼭 뚜껑을 덮어놓고 넓적한 돌로 잘 눌러놓아야 한다고 했다. 쥐들이 드나들기 때문이다. 광문도 자물쇠는 아니지만 함부로 열지 못하도록 걸쇠를 만들어서 구부러진 쇳조각으로 걸어놓았다.

그 외에도 그릇이며 찬거리 등이 어디 있다고 자세히 설명하였다.

"언니, 생각보다 음식재료가 많네요. 부자인가봐요."

"호호호, 그래, 부자는 아니지만 먹고 살만하다. 전답도 꽤 있다."

이렇게 대화를 하던 중 언니는 마침 아기가 울어서 방으로 들어갔고 꽃님이 혼자서 밥과 찬을 만들기 시작하였다.

이집의 좋은 점은 부엌 앞쪽 마당에 바가지 샘이 있어서 매우 편리하다는 것이다. 바가지 샘이란 샘물이 솟아올라서 두레박이 아닌 바가지로 물을 뜰 수 있는 샘이다. 며칠 후에 알고 보니 이집 바가지 샘이 좋아서 동네 아낙네들이 물동이를 이고 와서 퍼가기도 하였다.

아무튼 꽃님이가 밥과 찬을 다 만들어 밥상을 들고 안방으로 들어갔더니, 집안 식구들 모두 눈을 휘둥그레 뜨고 놀라워한다.

"이야, 부엌살림 솜씨가 굉장하다."

"어허, 이거 아침부터 잔칫상을 받네."

그렇게 칭찬받고 애들도 많이 좋아하였다.

"재료가 있기에 만들어 보았습니다. 재료가 없으면 만들 수 있나요?"

"재료가 있어도 애 에미는 못 만들더라, 하하하."

"아이참, 나도 하면 잘 만들어요. 호호호."

이러면서 식사를 시작하였다. 꽃님이는 같이 밥상에 마주하기 어려워서 상을 물린 후 먹겠다고 하였다. 그러자 그게 무슨 말이냐고 두 내외가 펄쩍 뛰고 아이들까지 나서서 같이 먹어야 한다고 하여 할 수 없이 곁에 앉아서 조심스럽게 밥을 먹었다.

'이렇게 가정을 이루고 살면 얼마나 행복할까.'

꽃님이는 이런 생각을 하면서 밥을 먹는데 어쩐지 자신이 없었다. 남들 다 꾸리는 가정을 꾸릴 수 있을 것인가 하는 반문이 머릿속에서 뱅뱅 돌았다.

주인아저씨는 한겨울인데도 동네사람들과 어울려서 가마니도 짜고 새끼도 꼬느라 집을 비웠다. 어쩌다 토끼나 멧돼지, 노루를 잡으러 산에 가기도 했다. 한번은 산토끼를 잡아와서 꽃님이가 토끼탕을 만들어 주었더니 모두들 맛이 기가 막히다면서 크게 칭찬을 했다. 그런 일 이외에는 하루하루가 똑같은 생활이 연속되었다. 꽃님이는 안방에서 애들과 놀아주기도 하고 간난 아기를 돌보기도 하면서 며칠이 지났다.

"매화야, 언니가 옛날이야기 들려줄까?"

"예, 해줘요."

"옛날 옛날에…… ."

꽃님이는 구성지게 옛날이야기를 시작하였다. 도깨비 이야기, 우렁 각시, 선녀와 나뭇꾼, 혹부리 이야기 등등.

예전에 이 대감집에 있을 때 할머니로부터 들은 옛날이야기도 많았지만 여기 저기 돌아다니면서 얻어들은 옛날이야기도 많았다.

"애, 매화야. 너 '삼천갑자 동방삭'이 알아?"

"몰라요."

"모르지? 그럼 언니가 삼천갑자 동방삭이 나오는 옛날 얘기 해줄까?"

"예. 그런데 삼천갑자가 뭐예요?"

"한 번의 갑자가 60년이란다. 너 생각해봐라. 갑자를 삼천 번 살았다는 얘기여."

"잘 모르겠어요."

"호호호, 그냥 무지하게 오래 산 사람이란다."

아주 오랜 옛날에 삼천갑자나 살았다는 사람이 있었는데, 이 사람이 하두 오래 살다보니 인간세상, 저승세상을 훤히 알고 있었다고 한다. 이제 삼천갑자를 다 살아서 저승사자가 데리러 갔으나 피해 다니는 동방삭이를 도무지 찾을 수가 없었다.

그러던 하루는, 염라대왕이 꾀를 내어 저승사자를 이승에 보내어 큰 하천에서 검은 숯을 돌에다 갈게 했다. 하루 이틀이 아니라 수십여 년을 그렇게 하도록 했으니 드디어 동방삭이의 귀에도 이런 얘기가 들어가고야 말았다.

호기심이 많은 동방삭이가 그 하천을 찾아보니 정말로 어떤 남자가 숯을 돌에다 갈고 있지 않은가? 동방삭이는 기가 차고 어이가 없어서 한마디 했다.

"숯을 뭐하려고 돌에다 갈고 있으신가요?"

"이 까만 숯을 돌에 갈아서 하얗게 하려고 한다오."

"뭐여? 까만 숯을 돌에다 갈아서 하얗게 한다고요. 허허, 참, 내가 삼천갑자를 살았어도 숯을 돌에 갈아서 희게 만든다는 사람은 처음 보오."

이에 저승사자는 벌떡 일어나 동방삭이의 두 손목을 꽉 잡으며

"예끼, 요놈, 동방삭이를 잡았다."

라고 큰소리를 치면서 잡아갔다고 한다.

이와 동시에 꽃님이는 매화의 손목을 갑자기 꽉 잡으면서 큰소리로 "예끼. 요놈, 동방삭이를 잡았다."라고 말하니 매화는 "엄니야!" 하고 큰소리를 치면서 놀라고 옆에 있던 석철이와 주인 언니도 동시에 비명을 지르다시피하면서 놀랐다.

"아이참, 깜짝 놀랐잖아요."

매화가 눈을 흘기면서 꽃님이의 품에 안겼다. 석철이는 제에미품에 안기고, 주인 언니는 "호호호, 아이구, 간 떨어질 뻔했다."라고 하면서 배꼽을 잡고 있었다.

이러니 꽃님이가 옛날이야기를 한다고 하면 매화와 석철이가 매우 좋아하였고 주인언니도 못 들은 옛날이야기를 아주 재미있게 들었다. 그렇게 삼사 일 지났을 때였다.

"매화야, 너 글자 아니? 언문 모르지?"

"몰라요. 누가 가르쳐 주어야 알지요."

"그으래? 그럼 언니가 언문 가르쳐 줄까?"

"언니가요? 언니가 진짜 언문 알아요?"

"그럼, 그럼."

이런 대화를 하는데 옆에 있던 주인 언니도 깜짝 놀라듯이 묻는다

"꽃님아, 너 진짜 언문 알아?"

"예, 알아요, 언문도 다 알고 한문도 쉬운 글자는 알아요."

"엄마나, 그러니? 놀랍다."

"언니도 언문 모르나요?"

"호호호, 까막눈이지, 애 아버지도 까막눈이고, 호호호."

"언문이라도 배워야지요."

"우리 같은 사람들이 평생 써먹을 일이 있어야 배우지."

글자 모르는 사람들의 대답은 한결같이 똑같았다. 글자 배워야 써먹을 데가 없다는 것이다.

"아니에요. 언니, 앞으로는 양반 상민도 다 없어지고, 종도

없어진답니다. 누구나 글자를 알아야 한답니다. 그런 세상이 온답니다."

"뭐어? 누가 그랬어?"

"전에 제가 있던 이 대감님께서 그러셨어요. 언문도 대감집 도련님에게 배웠어요."

"뭐어? 도련님이 가르쳐주었다고?"

정말로 주인 언니는 크게 놀랐다.

"매화야, 지금 말하는 거 다 들었지? 오늘부터 언문 배우자. 쉬워. 빠르면 한두 달, 늦어도 아마 석 달이면 다 배울 거야. 언문 배우면 이야기 책에 옛날이야기보다 더 재미있는 이야기도 많이 읽을 수 있단다."

"그래요? 언니, 당장 배울게요."

"그럼 잠시 기다려라, 여기 붓이 없으니까 내가 나가서 붓 대신 배울 도구를 마련해 올 테다."

이렇게 대답하고 꽃님이는 나갔다가 잠시 후 들어왔다. 작은 사발에 물이 약간 담겨있고, 나뭇가지 두 개, 작은 널판자 한 장이었다.

"이걸로 언문을 배우나요?"

매화가 다소 의아하다는 듯이 물었다.

"그럼, 여기에다 글자를 써보는 거야."

이렇게 해서 꽃님이는 막대기에 물을 묻혀서 널판자에 '가'

자를 써보였다. 물로 썼지만 금세 마르지는 않았다.

"이게 '가' 자야. 따라 해봐 '가'."

"가."

꽃님이가 이런 식으로 가나다라 한 줄을 다 써보이면서 매화를 가르치기 시작하였고, 옆에 있던 주인 언니도 손바닥에 따라하면서 흉내를 내었다.

다음날도 언문을 가르쳤다. 며칠 후에는 주인아저씨도 아는지 어디서 지필묵을 구해 와서 꽃님이는 종이 한 장에 가나다라를 다 써놓고는 벽에 붙였다.

"매화야, 이제 저걸 보고 하루에 백 번 이상 읽어보고 백 번 이상 써봐야 한다. 처음엔 힘들지만 곧바로 익숙해져서 안 보고도 다 읽고 쓸 줄 알게 돼."

"아이구야, 백 번이나요?"

"아이참, 처음에는 어려워보이지만 금방 배워."

이렇게 타이르니 매화는 고개를 끄덕였다. 매화는 계집아이라 그런지 애교도 있고 붙임성이 좋아서 꽃님이에게 안기기도 안고 볼을 비비기도 하면서 좋아하였다.

이러니 주인 언니도 얼떨결에 매화와 같이 언문을 배우기 시작하였다. 꽃님이는 이렇게 매화에게 언문을 가르치는 데 큰 자부심을 갖게 되었고 행복한 나날을 보내게 되었다.

이집은 부엌 뒤 광 옆으로 텃밭처럼 꽤 넓은 밭이 있었는데, 여기는 땅속 창고였다. 땅속을 파서 토굴처럼 만들어 놓고 그 속에 무우, 배추, 고구마, 감자 등을 저장해놓고 먹는데 그 양이 상당히 많았다. 꽃님이가 본 대감집보다도 양이 많아서 어쩌다가 사람들이 사러오기도 하였다. 고구마가 많아서 겨우 내내 고구마를 삶아서 간식으로 먹었다.

꽃님이는 이집에 오면서 날이 가는지 오는지도 모르고 즐겁게 하루하루를 보냈다. 그러던 중, 설이 가까워졌다. 주인 언니는 꽃님이에게도 설빔이라면서 예쁜 색동저고리를 선물하였다. 입어보라고 하여서 입었더니 모두들 깜짝 놀라고 매화는 언니가 하늘에서 내려온 선녀 같다면서 아주 좋아하였다.

설이 지나고 정월 보름이 지나고 입춘도 지나고 개구리가 겨울잠에서 깨어난다는 경칩을 지나자마자 진달래가 피기 시작하였다.

그동안 매화와 주인 언니는 언문을 다 배워서 떠듬떠듬 이야기책을 읽기 시작하였다. 주인아저씨도 언니를 통해서 언문을 배우고 있었다. 이제 꽃님이가 떠나야 할 때가 되어서 이것저것 봇짐을 대강 꾸렸다.

며칠 후,

아침부터 햇살이 가득한 날 꽃님이는 작별인사를 했는데, 의외로 주인아저씨가 그동안 글 값이라면서 엽전 한 꾸러미를 주었다. 예상치 못한 일이었다. 꽃님이는 먹여주고 재워준 것만도 고마운데 안 주셔도 된다고 하였다. 그러나 주인아저씨는 그것과는 별도로 매화와 언니에게 언문을 가르쳐 주었으니 글 값은 별도라고 하였다. 주인 언니 역시 받으라고 하면서 가다가 먹으라고 인절미와 찐 고구마를 주었다.

"언니, 언니 가지마! 여기서 살아,"
매화가 울음소리를 내면서 치마를 붙잡으며 가지 말라고 했고, 그 아래 남동생도 덩달아서 옆에 와서 치마를 붙잡고는 "누님, 가지 마요, 가지 마요."라면서 훌쩍였다.
"가야 된단다. 언니는 다른 데 갈 데가 있어."
아이들이 이러니까 언니와 아저씨가 애들을 품에 안았다.
"언니, 아저씨 그동안 신세 많이 졌습니다. 안녕히 계세요. 매화야, 석철아, 잘 있어."
어느덧 꽃님이의 눈에도 눈물이 그렁그렁 맺히더니 떨어져 내렸다.
그렇게 얼마간 걷다가 매화가 손에 건네준 쪽지를 읽어보았다.

언니 덕분에 언문을
배웠어요
너무 고마워요
행복하게 살아야 해요
우리집에 꼭 오세요

괴발새발 쓴 글씨지만 마음이 찡하였다.

꽃님이는 또 다시 정처 없이 남쪽으로 걸어갔다. 주인집에서
준 돈으로 주막집에서 밥을 사먹기도 하고 예전처럼 문전걸식
을 하기도 하면서 걸어나갔다.
'들병장사를 하여 돈을 모아서 작은 주막집이라도 하나 차려
서 먹고 살려 했는데, 그마저도 이루기 어렵구나.'
꽃님이는 남들이 다 꾸리는 가정을 꾸리기도 어렵고 작은 주
막집을 차리기도 어려웠다. 돈을 모으려면 들병장사라도 해야
하는데 고녀가 된 지금은 불가능했기 때문이다.

그럭저럭 몇 달 지나다 보니 여름철이 되었다. 어느 마을에 들어갔는데, 참외 농사를 여기저기에서 많이 짓고 있었다. 그런데 어느 참외밭에서만 유독 할머니 혼자서 호미로 풀을 뽑고 참외를 따서 광주리에 이고 비척비척거리면서 나르기도 하여 꽃님이는 참외라도 하나 얻어먹을 요량으로 그쪽으로 갔다.

"할머니, 혼자서 일하시네요."
"응, 할아범이 작년에 죽었어."
"어머 그래요? 자제분들은요."
"애들은 어려서 많이 죽고, 몇몇은 타지에 살지, 나더러 오라는데 난 여길 떠나기 싫어. 할아범 산소가 저쪽 산에 있는데 어떻게 떠나. 여기서 묻혀야지."

이렇게 말문을 트기 시작하여 꽃님이는 그 할머니 집에 가서 밭일, 집안일을 도와주면서 여름, 가을, 겨울을 보내고 그 다음해에 가을걷이까지 하고는 그 집에서 더 이상 오래 머물 수가 없어서 그 집에서 떠났다. 그러니 여기에서 2년을 보낸 것이다.

그런데 그해 가을은 이상하게 금방 쌀쌀해지기 시작하였다.
'금년에는 겨울이 빨리 올 모양이다. 그 할머니 집에서 그냥 저냥 눌러앉아 겨울을 보낼 것을 그랬나. 할머니도 혼자라 적

258

적하다고 했는데.'

꽃님이는 혼잣말을 하면서도 발길은 남쪽으로 향하고 있었다.

꽃님이는 예전처럼 문전걸식도 하고 남의 집에서 일을 도와
주면서 얼마동안을 같이 지내기도 하면서 이 동네 저 동네를
유랑하였다.

28. 헤어진 동생들

한편, 꽃님이가 아홉살 때 헤어진 동생들은 어떻게 되었을까.

왜구들이 쳐들어와서 마을을 초토화시키고 물러갔을 때 살아
남은 사람은 모두 뿔뿔이 흩어지게 되었다.

꽃님이(上順)는 어느 나이 많은 할아버지 같은 사람의 손에 이
끌려서 먼 동네로 가서 여종처럼 생활하다가 들병이가 되었고,
둘째 남동생은 이름이 중달(中達)이와 셋째 여동생 미순(美順)이
는 다른 운명을 걷게 되었다.

상순이(꽃님이)가 할아버지 손에 이끌려서 떠날 때 또 다른 할머니 할아버지가 중달이와 미순이 앞에 왔다.

"얘들도 우리가 데려가야지, 다들 고아가 되었는데 어쩌겠어. 어디 데리고 가서 의탁해야지."

이렇게 하여 중달이와 미순이는 또 다른 곳으로 가게 디었다.

할아버지는 진작부터 나이 어린 머슴애를 수양아들로 삼을 테니 소개해 달라고 부탁을 받았기 때문이다. 어촌이라 어쩌다가 배가 풍랑을 만나서 사공들이 죽고 아이들이 졸지에 고아처럼 되는 수가 있었기에 그런 아이들 중에 참한 아이 있으면 양아들로 삼겠다는 것이다.

미창현(美昌縣)의 송달성(宋達聖) 댁인데 지금 나이가 사십이 넘었는데도 아이가 생기지 않아서 알음알음으로 여기 할아버지에게까지 부탁을 한 것이다. 대궐 같은 집에 두 내외만 있고, 하인과 종들도 있었다. 전답도 많아서 부잣집 송 대감이란 소릴 듣고 있었다. 할아버지와 할머니는 중달이와 미순이를 데리고 길을 떠나서 천천히 발길을 옮겼다.

그들 네 명은 한 파수(派收: 장날에서 다음 장날까지의 동안. 즉, 닷새 정도) 걸려서 미창현의 송 대감집에 다다랐다.

송 대감 내외는 두 아이를 보자마자 기겁을 하듯 좋아하였다.

"아이고 그 먼 길을 애들 데리고 오느라 고생 많으셨소. 내

노잣돈은 두둑이 드리리다."

"그냥 천천히 가다 쉬다 쉬엄쉬엄 왔지요. 애들이 어려서 걸음을 잘 못 걸어요. 애들아, 인사하거라. 송 대감님이시다. 앞으로 여기에서 살 것이다."

"예, 안녕하세요."

어린 두 아이는 얼떨결에 인사를 하면서 높고 큰 기와집을 쳐다보느라 두리번거렸다. 이런 집은 바닷가에는 구경도 못했기 때문이다.

"오빠, 여기에서 우리가 사는 거야. 집 좋다."

"으응, 그런 모양이다."

중달이도 잘은 모르지만 그렇다고 대답을 해야 했다.

"애들이 똘망똘망하구만, 공부시키면 잘하겠어."

"형편이 어려운 어촌이라 아직 글공부는 못했습니다. 아마 가르치면 잘할 것입니다."

"그렇지, 잘하게 생겼어, 얘 너희들 이름은 뭐고, 몇 살 먹었는고?"

"저는 이중달이고 여섯 살입니다. 여동생은 이미순이고 네 살입니다."

"오호라, 이 씨네? 으음……. 그냥 내 앞으로 올려도 별 탈 없겠어."

"예, 그렇지요."

이렇게 하여 중달이와 미순이는 송 대감의 호적에 올라서 송 중달, 송미순으로 수양아들과 수양딸이 되었다. 이 대감 내외는 둘을 정말로 친자식처럼 돌보았다.

쓴 약을 먹고 입가심으로 단 사탕을 먹으면 쓴맛을 잊어버리고 단맛만을 알게 된다.

어촌에서 빈한하게 살고, 왜구에게 부모님이 돌아가셨건만 이런 슬픈 내용은 몇 달 지나지 않아서 잊어버리게 되고 이삼 년이 지나자 여동생 미순이는 지난 일들이 거의 기억도 나지 않는다. 중달이는 간혹 희미하게 생각이 났으나 여기 송 대감의 아들로 살면서 호의호식하고 낮에는 서당에 다니면서 글공부를 하게 되자 어렸을 때 가슴 아픈 과거는 이제 남의 일인 양 되어버렸고 생각해보지도 않았다.

당연히 송 대감 내외에게 "아버님.", "어머님."이라고 불렀고 정말로 걱정근심 없이 행복한 나날을 보내게 되었으며 앞으로 과거시험에 응시할 일만 남았다.

어느덧 세월이 흘러서 중달이는 스무 살 나이에 건장한 청년이자 선비로 변모하였고,

미순이는 열여덟 살의 부잣집 규수로 변모하여서 진작부터 혼처를 알아보고 있었다.

29. 마을엔 못 들어간다

꽃님이가 스물세 살 되던 해였다. 가을걷이가 끝나고 모두들 편히 쉴 수 있는 농한기이자, 겨울이 찾아오기 시작하여 날씨가 점점 추워지기 시작하였다.

그해에 조선 땅 여기저기에 역병(전염병, 돌림병)이 돌기 시작하여 마을 입구에 금줄을 치고 일체의 외부인을 들어오지 못하게 하였다. 여기저기 유랑하던 꽃님이가 이 마을에 나타났다.

꽃님이는 그동안 먹지 못하고 씻지 못하여 얼굴은 헬쑥해졌고, 남루한 옷차림에 병색이 완연한 병자처럼 보였다.

하지만 '나는 역병환자는 아니다. 마을에 들어가서 겨울을 보낼 수 있게 도움을 청해보자.' 하고 한적한 이 마을에 들어섰다.

"누구냐? 누가 함부로 이 마을에 들어오는 것이냐?"

느닷없이 체구가 큰 장정 두 명이 포졸들이나 가지고 다니는 아주 기다란 창(長槍: 대략 4m 정도)을 들고 나와서 위협을 하기 시작하였다.

"저는 지나가는 걸인인데 추워서 지낼 데가 없습니다. 어디 헛간이라도 좋으니 추위를 피하게만 해주세요."

"안 된다. 지금 조선 땅에 돌림병이 돌기 시작하여 열에 대여 섯 명은 죽어나간다고 한다. 그래서 어떤 사람도 이 마을에 들 어갈 수 없다."

"저는 역병환자가 아닙니다. 먹지 못해서 환자 형색입니다. 도와주세요."

"안 된다고 했잖느냐? 이년아! 어서 가! 기다란 창으로 찔려 서 죽어나가겠느냐?"

이러면서 두 장정이 창으로 마구 찌르는 시늉을 하면서 위협 을 하였다. 꽃님이는 더 이상 말해봐야 소용없다는 것을 알고 는 발길을 돌려서 마을 입구에서 한참 떨어진 곳으로 향하였 다. 거긴 논이었는데 거기에 볏짚 단을 쌓아놓은 것이 눈에 띄 었기 때문이다.

이렇게 해서 꽃님이가 도착한 곳이 미창현의 마을 들머리 근 처이다. 곧바로 해가 떨어지기 시작하여 꽃님이는 짚가리 쌓아 놓은 곳을 비집고 들어가 잠을 청하였다. 허기진 배에 기운이 없어서일까 꽃님이는 깊은 잠에 빠지고야 말았다.

다음날 아침에 주변이 어수선하고 말소리가 들려서 꽃님이는 엉거주춤 앉은 채로 볏짚단을 헤집으면서 밖으로 나오려는데 갑자기 마을 아이들이 돌을 던지면서 "문둥병이다.", "빨리 다른 데로 가라."라고 외치기 시작하였다.

"애들아, 난 문둥병환자 아니다. 지금 먹지 못해서 기력이 없어서 그래, 돌 던지지 마!"

꽃님이가 애원을 하면서 말했으나 마을 아이들은 듣지도 않고 돌 던지기에 재미를 붙인 모양인지 마구 돌을 던졌다. 그러던 중 주먹만 한 돌이 날아와서 꽃님이의 이마에 맞았다.

"아악. 아이고머니, 나 죽네."

곧바로 꽃님이의 이마에서 피가 흘렀다. 피를 본 아이들은 그제야 떠들면서 물러갔다.

다음날 낮에는 어른들이 몰려와서 어서 빨리 다른 데로 가고 재촉하였다.

"저는 문둥병환자가 아닙니다. 갈 데가 없으니 여기서라도 겨울을 보내게 해주세요."

꽃님이가 울면서 간곡히 부탁을 하니 그중 나이 먹은 할아버지가 천천히 다가오더니 두세 걸음 떨어져서 꽃님이를 유심히 관찰하기 시작하였다.

"문둥병환자는 아니네. 이마의 상처는 어제 애들이 돌을 던져서 생긴 상처야. 무슨 역병에 걸린 것은 아닌 것 같소."

이렇게 말하자 몰려왔던 사람들이 모두 제각기 뭐라고 한마디씩 하다가 돌아갔다. 꽃님이를 내쫓을지 여기에 있게 할지 결정을 하지 못한 것이다. 꽃님이는 볏짚에 붙어있는 나락을 손으로 뜯어서 씹어 먹으면서 간신히 하루를 넘겼다. 그날 오후부터 눈발이 흩날리고 바람이 불면서 점점 추워졌다. 꽃님이는 볏짚단을 겹겹이 세워놓고 그 속에 들어가 웅크리고 앉아있을 수밖에 없었다.

그러면서 잠이 들었다 깨었다 하는데 밖에서 누군가 부르는 소리가 났다.

"언년아, 언년아, 이리 나와 봐라."

"……."

"언년아, 언년아, 이리 나와."

분명히 자기를 부르는 소리 같아서 볏짚단을 벌리고 밖을 내다보니 눈이 오는 중에 어떤 중년부부가 밥상을 들고 서있다. 이름을 모르니까 그냥 되는 대로 '언년'이라고 부르고 있었다. 꽃님이는 반가움에 펄쩍 내달았다.

"언년아, 여기 밥 가져왔다. 천천히 먹어라. 밥상은 내일 아침에 찾으러오마."

"예, 감사합니다."

꽃님이는 절을 하다시피 고개를 숙여서 인사를 하는데 저절로 눈물이 주르르 쏟아져 내렸다. 그들은 십여 발짝 떨어진 곳에 밥상을 놓고는 갔다. 꽃님이가 밥상을 보니 보리와 쌀이 섞인 밥에다가 콩나물 국, 김치, 새우젓이 찬으로 올라왔다. 이게 얼마 만에 먹어보는 밥인가. 목이 메었지만 게 눈 감추듯 순식간에 모든 그릇을 깨끗이 비웠다. 꽃님이는 짚을 꺼내어서 닦을 필요도 없는 빈 그릇을 다시 한 번 닦고는 그 자리에 밥상을 놓았다.

밤새 눈이 내려서 온 세상이 하얗게 변했다. 눈이 오면 포근하다더니 바람이 불지 않아서 그런지 아니면 배가 불러서 그랬는지 꽃님이는 아침이 오는지도 모르게 깊은 잠에 빠져서 깨어나질 못하였다. 그러다 문득 잠에서 깨어 밖을 내다보니 하얗게 내린 눈에 밥상은 보이질 않았다. 아침결에 그 부부가 가져간 것이다.

그 부부는 저녁때 또 와서 꽃님이를 불렀다.

"언년아, 언년아, 여기 밥 가져왔다."

그들은 정말로 부처님 같은 사람이었다. 이번에는 꽃님이가 아예 절을 올리고는 고맙다고 하면서 밥상을 받았다. 하지만 그들도 아직 꽃님이가 역병환자인가 미심쩍었던지 멀찍이 밥상을 놓고 갔다.

부처 같은 그들은 마을 사람들 모르게 꽃님이를 도와주고 있었던 것이다.

꽃님이는 그렇게 오륙 일 지나면서 이곳에서 겨울을 보낼 수 있겠다고 생각했다.

그날 저녁쯤, 부처 같은 부부가 밥상을 가져올 쯤이었는데, 갑자기 바깥이 왁자지껄해지면서 돌이 마구 날아오기 시작하였다.

"문둥병 걸린 년아, 빨리 나와!"

"이집 불태운다고 한다."

불이라는 말에 화들짝 놀라서 꽃님이가 볏짚을 벌리고 나갔더니 동네 꼬맹이들이 십여 명도 넘게 몰려와서 마구 돌을 던지면서 빨리 도망치라고 한다.

"애들아, 나 문둥병환자 아냐."

꽃님이가 큰소리로 말했으나 이십여 걸음 저편에서 떠드는 아이들에게는 잘 들리지 않았다.

"나 역병환자 아니다. 애들아, 돌 던지지 마."

이번에는 다행히도 큰 돌은 아니었지만 적어도 호두알만 한 돌들이 마구 날아와서 여기저기 떨어지고 꽃님이의 머리와 몸에도 마구 맞았다.

꽃님이는 어떻게든 이 아이들을 돌려보내려고 두 손으로 얼굴을 가리고 악을 쓰면서 역병환자가 아니라고 소리쳤건만 아이들은 막무가내였다.

30. 남동생 중달이 아닌가?

그때,

어떤 갓을 쓴 점잖은 선비가 젊은 여자를 데리고 나타나자마자

"애들아 그러면 못 써. 병에 걸렸다 해도 나쁜 사람은 아니다. 어서 가거라."

이렇게 한마디 하니까 모든 애들이 고개를 숙이면서 일제히 슬금슬금 물러나고 말았다.

"도련님, 고맙습니다. 저는 역병환자가 아닙니다. 걸인입니다."

그 도련님도 가까이는 못 오고 십여 걸음 밖에서 딱하다는 듯이 쳐다보았다.

선비의 얼굴이 눈에 들어왔다. 약간 큰 눈, 갸름하면서도 코

끝이 방울진 코, 아랫입술이 약간 두터운 입. 저 모습은……. 저 모습은 아버지의 모습 아닌가. 꽃님이는 만감이 교차하면서 심장이 마구 뛰기 시작했다.

"언년아, 지금 역병이 돌아서 각 고을마다 금줄을 치고 아무도 못 들어오게 한다. 속히 떠나라. 여기 엽전 몇 푼 있다. 가지고 속히 떠나라."

도련님은 엽전 몇 개를 멀찍이서 던졌다.

그 순간, 꽃님이는 머리카락이 쭈뼛했다. 어디선가 들어보았던 목소리, 그게 누굴까. 이 대감도 아니고 장쇠도 아니고 누구의 목소리일까. 그러다가 꽃님이는 온몸에 경련을 일으키듯 파르르 떨려왔다. 어려서 돌아가신 아버지의 목소리와 매우 비슷했다.

"애야, 미순아 가자!"

'미순이라고? 미순이라면 여동생 아닌가, 그러면 저 도련님은 남동생 중달이가 맞다.'

그런 순간 꽃님이는 정신이 아득해지면서 몸이 휘청하더니 옆으로 풀쩍 쓰러졌다. 간신히 정신을 차리고 앞을 바라보니 도련님은 벌써 저만큼 삼사십여 걸음 앞에서 미순이라는 여자를 데리고 가고 있었다.

"어어~ 도련님! 아니 중달아, 미순아!"

꽃님이는 갑자기 눈물이 왈칵 쏟아져 나왔지만 어찌된 노릇인지 그들의 뒤를 쫓아가진 못하였다. 꽃님이의 마음이 통해서일까 도련님과 미순은 잠시 멈춰 서서 뒤를 돌아보고는 다시 발걸음을 옮겼다.

"아아~ 중달아, 부잣집에 와서 잘 컸구나. 미순이랑 같이 왔구나. 나는 팔자가 기구하여 거지꼴로 산다."

꽃님이는 자신의 몰골이 너무 험하여 중달이이게 다가가지 못하고 있었던 것이다. 쉬지 않고 흐르는 눈물이 옷깃을 적시고 있었다.

그날따라 저녁상을 가져다주는 중년부부도 오지 않았다. 만약 그 부부가 왔다면 뭐라도 물어볼 참이었는데 말이다. 꽃님이는 볏짚단 속으로 들어가서 밤새 흐느끼기만 하였다.

다음날,

해가 막 떴을 때, 그제야 꽃님이는 잠시 잠깐 눈을 붙인 모양인데 밖이 또 떠들썩하다.

"언년아, 언년아, 빨리 나와"

꽃님이가 얼굴을 빠끔히 내밀자.

"빨리 나와, 보퉁이 챙겨서 빨리나와, 여기 불 사른다고 한다."

십여 명 넘은 마을 장정들이 나와서 벌써 막대기에 불을 붙이고는 꽃님이가 나오기만을 기다리고 있었다. 꽃님이가 깜짝 놀라서 옷가지와 보퉁이를 챙겨서 밖에 나오자 그들은 무슨 더러운 벌레라도 본 듯이 길을 터주면서 저리로 가라고 지시하였다.

"저리가, 어서 저리 가서 다른 마을로 가거라."

그렇게 이십여 걸음 걸어 나오면서 뒤를 돌아보니 벌써 볏짚단은 "화르륵~" 하면서 불길이 솟아올랐다.

31. 산속 생활

꽃님이는 이제는 마을 근처에도 가지 못한다고 판단을 하고는 또 다시 정처 없이 걷다가 해가 저물기 시작하자 산속으로 스며들었다.

꽃님이는 조금 내린 눈이 쌓였기 때문에 미끄러지면서 산에 오르기 시작 했다. 전에 장쇠가 만들어 주었던 토끼털 가죽신은 해질 대로 해지고 여기저기 기운 흔적이 보였다. 하지만 가죽신을 버릴 수는 없었다. 그렇게 생겼어도 짚신보다는 훨씬 따뜻했기 때문이다. 토끼털 배자도 겨울이면 늘 입어야 했다.

그걸 입을 때마다 장쇠가 간간히 생각났지만 차츰 세월이 흐르면서 생각나는 횟수도 줄어들었다. 그보다는 당장 오늘 내일 지낼 곳이나 당장 먹을 것이 급했기 때문이다.

물을 떠나서는 살 수 없기에 가급적 계곡 옆을 따라서 오르고 올랐다.

이제 해가 완전히 떨어져 컴컴하고 하늘에 별빛과 달빛에 의존해야 했는데, 내린 눈 때문에 주위가 훤하니 다 보였다

그런데 아무리 찾아보아도 은신할 만한 후미진 곳이 나타나지 않았다.

'아이고, 큰일이다. 마을 근처에 있으면 짚가리라도 있는데, 여긴 산중이라 아무것도 없다. 이런 데서 있다간 자칫하면 짐승 밥이 되거나 아니면 얼어 죽을 텐데. 이를 어쩌나.'

마음이 조급해진 꽃님이는 이리저리 헤매면서 큰 바위를 찾았다. 전에도 바위 틈에서 지낸 적이 있기 때문이다. 그렇게 위로 올라가면서 계곡 근처에서 큰 바위를 찾을 수가 없었다. 그러다가 문득 위를 올려다보았는데 저쪽 편에 병풍처럼 엄청나게 큰바위가 우뚝 솟아있었다. 꽃님인는 지체하지 않고 그쪽으로 가기 시작하였는데 눈으로 볼 때보다 상당히 먼 거리였다. 한참을 걸려서 큰 바위에 도착하였는데, 거긴 틈바구니는 없고 바위 전체가 앞쪽으로 약간 기울면서 지붕처럼 생기었다. 그 아래에는 눈도 없고 마른 낙엽들이 날아와서 수북이 쌓여있

었다. 더이상 이동할 수 없다고 판단한 꽃님이는 그중에서 조금 후미진 곳을 골라서 낙엽을 더 주워서 깔려고 하였다.

그런데 근처를 보니 도토리가 엄청나게 많이 떨어져 있었다.
"어머나, 여기 도토리가 지천이네. 도토리는 다람쥐들이 다 물어간다고 하더니만 여긴 다람쥐가 없나. 이거 사람이 먹어도 되는데."
도토리는 쓴맛이 나기 때문에 사람이 먹으려면 물에 한동안 담가놓았다가 먹어야 한다. 하지만 지금은 그럴 시간도 없기에 이거라도 먹으면 굶어죽지는 않겠다고 생각하고 되는 대로 주섬주섬 도토리를 주워 모았다. 그리고는 안쪽으로 들어가서 낙엽 속으로 들어갔다. 그런데 자다가 갈증이 나서 물을 먹어야 했는데, 물을 먹으려면 저 아래 한참을 내려가야 하기에 급한 대로 주위에 약간 쌓여있는 눈을 집어먹었다. 조금 집어먹어봐야 여전히 갈증이 가시질 않아서 아예 손으로 뭉쳐서 뜯어 먹다시피하였다. 그런데 이때 크게 잘못되는 줄 꽃님이는 몰랐다. 왜냐하면 눈을 먹으려면 많이 쌓인 눈의 위쪽을 먹으면 그런대로 괜찮은데 지금 꽃님이가 먹은 눈은 거의 흙과 낙엽이 쌓여서 오염된 눈인 것이다.

과연 한 시진이 조금 넘자, 배가 슬슬 아파오더니 설사를 하기 시작하였다.

"아이구, 나죽네, 아이구 배야."

꽃님이는 밤새 잠 못 자고 아픈 배를 끌어안고 식은땀을 흘려야 했다. 뒤틀리는 배 때문에 당장 죽을 것만 같았고, 구역질까지 하여 내장이 입으로 빨려 나오는 듯하였다.

"아이구 엄니, 아이구 나 죽네, 죽어."

밤을 꼬박 새우고 나서도 복통은 가라앉지 않았다.

"밤에 눈을 먹은 것이 잘못된 것 같다. 계곡물을 먹었어야 하는데."

꽃님이의 판단이었다.

"아참, 도토리가 배 아픈 데 효험이 있다고 했지."

다 죽어가던 꽃님이에게 어떻게 이런 생각이 떠올랐는지 모르겠다. 그래서 도토리 몇 개를 입에다 넣고 꼭꼭 씹기 시작하였다. 그러고는 짐을 다시 메고 계곡 쪽으로 내려갔다. 물이 있는 곳을 찾기 위해서였다. 배가 어찌나 아픈지 허리가 낫처럼 구부러지다시피하고 입에서는 신음소리가 저절로 났다. 그래도 할 수 없이 고통을 참고는 아주 천천히 계곡 쪽으로 내려갔다.

거의 계곡에 다 내려왔을 때였다. 지성이면 감천이라더니. 마침내 꽃님이는 커다란 바위를 발견하였다. 이 바위는 틈이 아니라 바위가 지붕처럼 있고 그 아래에 한두 사람 겨우 누울 만한 공간이 있었다.

"하이고, 살았다. 여기라면 눈은 맞지 않겠다."

마침 그곳에는 날아온 낙엽들이 수북이 쌓여있었는데 계곡 옆이라 그런가 날라온 눈발 때문에 그런가 축축해서 그냥 누울 수가 없었다.

그때 꽃님이는 무슨 생각을 했는지 부시를 꺼내어 불을 붙였다. 낙엽들이 물기가 있었지만 금세 불이 붙어서 활활 타올랐다. 그렇게 낙엽을 태우면서 마른 나뭇가지를 던져 넣었다. 얼마 후 불이 꺼졌다. 이번에는 꺼진 불에 들어가서 발로 꾹꾹 밟아가면서 불씨를 완전히 없애고는 근처에 있는 낙엽을 다시 모아다가 바닥에 깔고는 누웠다.

"아이고야. 온돌방 못지않네."

배가 아픈 중에 꽃님이의 입에서 감탄이 저절로 나왔다. 살아남기 위한 좋은 방법을 저절로 터득한 것이다. 낙엽을 태우면서 바닥이 따뜻해진 것이다. 이후로도 꽃님이는 이런 방법으로 바닥을 따뜻하게 데우면서 잠을 잤다.

하지만 아픈 배는 금세 가라앉지 않고 여전히 설사와 복통과 구역질이 간간이 났다.

꽃님이는 주워온 도토리를 까서 계곡에 작은 웅덩이를 만들고는 거기에다 넣었다. 쓴맛도 없앨 뿐만 아니라 딱딱해진 도토리를 부드럽게 하기 위해서이다.

아무튼 이때 꽃님이는 삼사 일간을 큰 곤경을 치르고 죽지 않고 살아남았다. 그동안 먹은 거라고는 도토리밖에 없었다. 그러나 만약 도토리를 먹지 않았다면 죽었을지도 모른다. 며칠 사이에 꽃님이의 얼굴은 더욱 핼쑥해졌고 몸도 수척해지고 힘도 없어서 비척대어야 했다.

"아이구, 이제 조금 살 것 같다. 죽는 줄 알았네. 여기에서 도토리나 주워 먹고 적당히 지내다보면 겨울은 보내겠다."

이런 생각을 하고 하면서 낮에는 근처에서 도토리를 주우러 돌아다녔다. 그렇게 오륙 일이나 지났을까, 꽃님이가 도토리를 주워서 은신처로 돌아왔는데, 주변에 많은 발자국이 찍혀있었다. 다행히 나뭇가지로 잘 가려놓은 은신처는 그대로였다.

"아이고야, 사람들이 여기까지 왔구나. 나를 찾으러왔나? 나를 보면 또 역병환자라면서 죽일 듯이 달려들 게다. 아이고머니, 이를 어쩌나."

누군지는 몰라도 서너 명의 사람들이 근처까지 와서 서성이다가 간 모양이었다. 산꼭대기가 아닌 저편으로 발자국이 나 있었다.

"안 되겠다. 여기도 위험하다. 더 깊은 산속으로 들어가야겠다."

꽃님이는 즉시 그 자리를 떠나서 산속으로 들어갔다. 지난번 도토리가 많았던 산이 아닌 다른 방향으로 올라갔다. 꽃님이는 앓고 나서 체력이 많이 떨어져서 비척걸음으로 쉬엄쉬엄 산을 올랐다. 그렇게 한 시진이 조금 넘게 올라갔을 때였다. 꽃님이는 무엇을 잘 못 밟았는지 미끄러지면서 앞으로 넘어졌다.

"아이고, 아야. 여기 미끄럽다."

그러면서 발 아래를 내려다보니 거긴 떨어진 밤들이 여기저기 있었다. 밤톨을 밟아 미끄러진 것이었다.

"엄마나, 이게 모두 밤이네."

꽃님이가 급한 마음에 얼른 하나를 주워서 이빨로 깨물어보니 이번 가을에 떨어진 밤이었다. 상한곳도 없이 싱싱했다.

"이게 웬 횡재냐. 여기에 밤나무가 있구나."

꽃님이가 고개를 들어서 보니 여기저기에 밤나무가 많았고 저편으로는 잣나무도 눈에 띄었다. 반가운 마음에 되는 대로 밤을 주워서 바랑에 담고 몇 개는 입에 넣고 먹기도 하였다.

"히야, 요 근처에 잠잘 만한 곳이 있다면 한겨울 나기에 최고이다."

꽃님이의 간절한 마음이 통해서일까. 큰 바위는 아닌데 앞에 나무에 가려진 동굴같은 것이 눈에 띄었다. 자세히 들여다보니 짐승들이 드나들었던 흔적은 없기에 조심조심 안으로 들어갔다. 입구에서는 허리를 숙여서 들어가야 했지만 곧바로 서있어도 머리가 위에 닿지 않는 크기의 동굴이었다.

"으음, 자연 동굴은 아니네. 여기저기에 정으로 쫀 자국이 있어. 그런데 짐승이 정말 없을까."

길이가 석장(丈: 1장은 사람의 키 정도의 길이로 대략 150cm 내외) 안팎으로 보였다. 안에까지 들어가 보니 무슨 짐승털이 있긴 한데 먼지가 쌓여있는 것이 지금은 짐승이 살고 있지 않는 모양이었다. 꽃님이는 크게 만족하고 여기에서 지내기로 하고는 다시 밖으로 나와보니 가까운 근처에 땅에서 솟는 샘물도 있었다.

"아~ 천지신명이 나를 살려주시는구나."

꽃님이는 합장을 하고 하늘에 예를 올렸다. 꽃님이가 발견한 동굴은 무엇일까. 거긴 오래전에 노다지꾼(금 채굴자)이 금맥이 있어보여서 석장만큼 파고 들어갔다가 노다지(금)가 나오지 않자 포기했던 굴이다. 이렇게 버려진 굴에 한동안 곰 한마리가 들어와서 살다가 작년에 사냥꾼에게 잡혀서 죽고 말았다.

그런데 이런 사실을 잘 모르는 사람들은 아직도 곰이 있는 줄 알고 있었다. 그래서 사람들은 여기에 곰이 있으니까 밤이나 잣을 채취하지 못하고 있었던 것이다. 아무튼 꽃님이에는 큰 행운인 셈이다.

꽃님이는 눈에 보이는 대로 밤과 잣을 주워다가 굴 한편에 쌓아놓았는데 밤이 서너 말 가량, 잣도 두세 말 가량이나 되었다. 이걸 삼사일만에 다 주워온것이다.

"이제 되었다. 밤하고 잣만 먹어도 겨울이 아니라 일 년은 먹겠다. 저편으로 가면 아직도 밤, 잣이 수두룩하다."

정말로 꽃님이는 그렇게 크게 만족하면서 동굴 한편에 마른 나뭇가지를 주워다가 불을 피웠더니, 작은 동굴 안이라서 금세 후끈하니 열기가 퍼졌다. 그리곤 입구에는 나뭇가지를 칡넝쿨로 얼기설기 엮어서 사립문처럼 만들어 세우니 훌륭한 집이 된 셈이었다.

그런데 또 호사다마 같은 일이 일어났다.

지난번에 복통을 크게 앓고 나서 체력이 많이 떨어진 채로 여기로 왔는데, 먹거리를 준비해놓으니 몸이 아프기 시작한 것이다. 처음에는 몸살 감기증세로 온몸이 쑤시는 것 같더니 곧바로 열이 치솟기 시작하였다.

꽃님이는 동굴 속에 누워서 끙끙 앓아야 했다.

"내가 역병에 걸렸나? 역병에 걸리면 둘 중 하나는 죽는다던데."

온갖 망상 속에 정말로 죽을 듯이 정신이 오락가락했다.

"아이고 진짜 죽는 모양이다. 정신이 오락가락하고, 아이고 엄니, 중달아, 미순아 누나는 먼저 죽게 생겼다. 아이고 아이고, 도망친 장쇠는 어디에 살아있나. 아마 붙잡혀서 죽도록 매를 맞다가 죽었을 거야. 아니야, 잘 도망쳐서 어디서 잘 살고 있을 거야. 아이고 장쇠야, 보구 싶다. 죽던 살던 그때 같이 도망쳐야 했는데. 내 몸 하나 편하자고 거절했다가 날벼락을 맞았다. 장쇠야. 살아있다면 죽기 전에 얼굴이나 한번 보자. 아이구 나 죽게 생겼네. 엄니~"

꽃님이는 사설(辭說: 잔소리나 푸념을 길게 늘어놓음)을 늘어놓으면서, 앓는 소리가 저절로 났다. 그러나 아직도 살아야 할 명(命)이 남아있었던지 꽃님이는 열흘인가를 앓고 나서 조금씩 정신을 차리기 시작하였다.

"내 목숨이 질긴 모양이다. 살아날 모양이다."

꽃님이를 살려낸 것은 동굴 때문이었다. 과거 조선시대나 일정시대에 역병(돌림병, 전염병)이 돌면 대개가 열을 수반하는 병이 많았는데, 당시에는 이열치열(以熱治熱: 열은 열로써 다스림)이라고 하여 이불을 덮어주고 방에 불을 지피는 등의 방법을 썼다고 한다. 그래서 이런 환자들이 아침에 일어나보면 죽어있더라는 것이다. 필자가 어렸을 때도 일정시대에 사셨던 할머니에게 이런 말씀을 들었다. 자고 나니 애들이 죽었다고. 뿐만 아니라 60~70년대 군에서도 열나는 병사에게 모포를 많이 덮어주었다가 아침에 일어나보니 밤사이 죽었다고 한다. 그런데 꽃님이는 열이 많이 나는 독감이나 폐렴을 앓은 것으로 추정되는데 동굴에 있다 보니 더 이상 열은 오르지 않고 기사회생했던 것이다.

 꽃님이는 죽지는 않았으나 체력이 많이 떨어져서 늘 피로감에 휩싸이게 되었다. 조금만 움직여도 힘들고 피곤하고 지쳐서 잠을 자야 했다. 하루이틀이 아니고 연이어서 이런 증세를 보이니까 꽃님이는 또 다른 무슨 병에 걸린 것 같아서 두렵기만 했다. 꽃님이가 잘 모르고 있었지만 이미 얼마 전 전쯤부터 역병(疫病: 전염병, 돌림병)이 아닌 어떤 위중한 병환의 씨앗이 꽃님이에게 침투하여 나날이 성장하고 있었다.

 어찌되었든 꽃님이는 힘겹게 겨울을 보내고 봄을 맞이하였다. 봄이 되자 먹거리가 더 생겼다. 계곡의 가재와 가끔 눈에 띄는 산개구리가 나타났고 먹을 수 있는 산나물도 지천에 널려있었다. 할 일도 없고 먹을거리는 많고 몸은 자꾸 피곤하기만 해서 양지 바른쪽에 앉아서 꼬박꼬박 졸기가 일쑤였다.
 봄이 지나고 초여름이 되었다. 주변에 밤나무에서 밤꽃이 조금씩 피기 시작하더니 어느 날인가 새벽부터 지독한 밤꽃 향기가 나기 시작하였다.

"아이구야, 사내 냄새가 너무 심하여 머리가 아프다."
 꽃님이가 투덜대면서 하얗게 피어있는 밤꽃을 바라보았다.

"어머나, 하얀 꽃이 꼭 함박눈이 내려서 쌓인 것 같네. 보기는 좋다만 냄새가 지독하여 머리가 지끈거린다. 이제 여름이 시작되니 역병이 사라졌을 게다. 내려가 보자."

이렇게 마음먹은 꽃님이는 산에서 내려와서 또다시 전처럼 문전걸식을 하면서 이 동네 저 동네를 떠돌아다니기 시작하였다.

32. 도망친 장쇠

한편 장쇠는 어떻게 되었을까?

주인 이 대감은 꽃님이에게 사형을 가하고 음문에 낙형을 한 후, 장쇠가 자기 아들을 죽인 범인인 것을 알고는 백방으로 잡아오라고 명령하였다.

동네의 젊은이 열서너 명을 동원하여 사방으로 보내고 산을 잘 타는 산꾼들에게는 산속을 뒤져보라고 했다. 또 말을 타는 사람들에게 말을 타고 다니면서 사방 백리를 찾아보라고 지시하였으나, 아무런 단서도 찾지 못하였다. 그들이 백 리쯤 찾아다닐 때 장쇠는 벌써 이백 리쯤 달아나고 있었다. 생존의 유일한 밑천은 늘 가지고 다니는 주머니칼과 부시뿐이었다. 가재, 개구리, 뱀등 닥치는대로 잡아먹고 때 마침 여물어 떨어진 밤이나 개암을 먹고 그 외에도 산에서 먹을 수 있는 것들은 따먹고 나물로 먹을 수 있는 것들은 그대로 뜯어서 입에 넣었다.

산속에서 삼 일 밤을 보내고 나흘째 되는 날 점심때쯤이었다. 장쇠가 허기져서 주변을 두리번거리면서 먹을거리를 찾던 중이었는데, 느닷없이 커다란 개구리 한 마리가 펄쩍 뛰어 달아난다.

"어어~ 큰 개구리다. 요기는 되겠다."

장쇠는 회심에 찬 미소를 지으면서 개구리를 뒤쫓아갔으나, 그 놈이 워낙 커서 그런지 대번에 펄쩍펄쩍 뛰더니만 갑자기 눈앞에서 사라졌다.

장쇠 역시 펄쩍 뛰어가면서 개구리를 찾아보니 작은 계곡의 웅덩이에 "풍덩." 하고 개구리가 빠졌다. 웅덩이의 위쪽은 작은 폭포여서 물이 쏟아져 내려와서 둥그런 물웅덩이를 만들고 있었는데 둘레는 적어도 삼사십여 걸음은 되어 보이고 물은 깊어 보였다.

'저런, 깊은 물속으로 들어갔네. 할 수 없다. 가재는 있을 거야.'

장쇠는 실망감을 감추면서 돌을 들추어 가재를 찾기 시작하였다.

그때,

"웬 놈이냐?"

쭈그리고 앉아있던 장쇠의 등 쪽에서 벽력같이 소리치는 남자가 있었다. 장쇠는 너무 놀라서 물에 거꾸로 처박힐 뻔하였지만 메뚜기 뛰듯 벌떡 일어났다.

"예에? 누구신데요?"

"이놈 봐라. 네놈이 누구냔 말이다."

"지나가다가 배가 고파서 가재를 잡고 있었습니다."

"어라, 배가 고파서? 너 지금 도망 다니는 놈이지? 너 머슴이지?"

"아, 예. 아이구 아닙니다."

하지만 이미 엎질러진 물이었다. 도망 다니는 머슴이라고 대답을 한 셈이다.

"너 잘 만났다. 네놈이 주인 대감집의 아들을 죽이고 도망 다니는 놈이렸다."

"아닙니다. 아닙니다."

장쇠는 자기의 본색을 알고 있는 이 남자에게 목줄을 잡힌 셈이었다. 키를 보니 둔덕에 있긴 하지만 자기보다 키도 작고,

체구는 호리호리한 것이 마른 편이었다. 호미 같은 농기구를 들고 있는 것 보니 약초꾼이 분명하였다. 나이는 얼추 삼십 정도로 보였다.

"아~ 여기에서 이 약초꾼에게 붙잡히는구나."

"네 이놈, 순순히 나와서 잡힐 테냐? 아니면 죽어서 나올 테냐. 네놈 목에 수백 냥의 현상금이 걸려있다더라. 내가 오늘 횡재를 했다."

약초꾼은 큰소리로 말하면서,

"이보게들, 이리 오소. 여기에 살인자 머슴이 있소."

하고 쩌렁쩌렁 울리는 목소리로 외치는 것이 아닌가. 장쇠는 두말할 것도 없이 일어나서 도망치려고 하였다.

그때 그 약초꾼은 뛰어내리면서 장쇠를 세게 밀치었다.

"어어~ 억!"

장쇠는 뒤로 넘어지면서 물속에 머리를 처박히고야 말았다. 그런 장쇠 위로 그놈이 올라타더니 두 손으로 목을 조르기 시작하였다. 그렇지 않아도 물속에 머리를 처박힌 장쇠는 숨을 못쉬는데 목까지 조르고 있으니 당장 죽을 것만 같았다. 물속에서도 눈을 떠서 쳐다보니 약초꾼이 입을 씰룩거리고 두 눈을 부라리면서 있는 힘껏 목을 조르는 모습이 어른어른 보였다.

하지만 장쇠는 힘이 센 사내다. 농사일을 하면서 근력이 세

졌으며, 남자로서도 가장 힘이 셀 나이인 열여덟 살이었다. 장쇠는 이런 상황은 처음이었지만 어떻게든 그 약초꾼의 손에서 벗어나서 숨부터 쉬어야 했기에 좌우로 몸을 비틀어 보았다. 그랬으나 약초꾼은 자기 몸에 엎어진 채로 요지부동이었다.

그 순간,

장쇠가 두 다리를 급히 구부리면서 무릎을 세우니 약초꾼도 어쩔 수 없이 배와 사타구니쪽이 약간 들떴다. 장쇠는 씨름을 여러 번 해본 터여서 들배지기라는 기술을 알고 있었다.

물속에 누워있는 자세로 허리를 등 쪽으로 활처럼 굽혔다. 그러면서 양다리로 약초꾼의 사타구니와 넓적다리를 세게 걷어차듯이 밀어올림과 동시에 굽혔던 허리를 힘차게 펴면서 양손으로 약초꾼의 허리춤을 잡고 세게 들어 올리니 그 약초꾼은 공중을 한 바퀴 돌아서 장쇠의 머리 쪽에 떨어지고야 말았다.

"어어어~ 억!"

이번에는 약초꾼이 비명을 지르고, 물속에 머리를 처박으면서 버둥대었다.

장쇠는 일순간의 틈도 주지 않고 일어서서 약초꾼의 몸을 뒤집으면서 양발을 잡아서 각각 왼쪽 겨드랑이와 오른쪽 겨드랑이에 끼었다. 약초꾼은 엎어진 모양새로 양발을 장쇠의 겨드랑이에 끼었으니 아무리 발버둥쳐도 빠져나올 수가 없이 물속에 머리를 처박고 손을 허우적거렸다.

잠시 후,
약초꾼이 죽었는지 살았는지 미동도 하지 않자. 장쇠는 또
겁이 났다.
"내가 사람을 또 죽였구나. 아니 아직 죽지는 않았을 게다.
아마 혼절해 있을 거다."
어쩔 수 없는 노릇이었다. 약초꾼이 살자니 장쇠가 죽어야
했고, 장쇠가 살자니 약초꾼이 죽어야 했다. 장쇠는 급히 약
초꾼을 물 밖으로 꺼내어 반듯이 눕히고는 아까 개구리가 뛰어
달아나듯이 산속으로 뛰어서 달아났다.
멧돼지가 한 번 뛰어서 도망치는데 백 리를 쉬지 않고 뛰어
도망친다는 말이 있듯이 장쇠는 밤이 이슥해질 때까지 산속을
뛰어서 도망쳤다.

이때 크게 놀란 장쇠는 민가 근처에도 못 내려오고 거진 한
달 가량을 산속으로만 도망 다녔다. 절벽을 기어오르고 낭떠러
지를 내려가면서 무조건 도망쳤다.
허기져서 죽을 것만 같았던 장쇠에게도 딱 한번 운이 좋은
날이 있었다. 아니 두 번 있었다. 한 번은 어떤 사람이 쳐놓은
올가미에 걸린 토끼 한 마리를 발견하여 허리춤에 매달고는

마구 내달렸다. 아주 멀찍이 도망쳐서 토끼 한 마리를 거의 다 구워먹고 남은 것은 나뭇 잎새에 싸고 칡넝쿨로 묶어서 허리에 찼다.

또 한 번은 산삼을 캔 것이다. 뇌두가 울퉁불퉁한 것으로 보아 백 년은 안 되었어도 수십 년은 족히 되어보였다. 만약 이것을 의원에게 갖다 주었다면, 어쩌면 송아지 한 마리 값을 쳐주었을지도 모른다. 그러나 지금은 그런 생각을 할 수조차 없었다. 허기를 채우기 위해서 날로 마구 씹어 먹었다. 온통 입안에 쓴맛이 돌았지만 몸에 최고라는 산삼이기에 잔뿌리까지 모두 먹었다. 장쇠는 약초꾼은 아니지만 대강 약초를 알았다. 웃어른들이나 동무들에게 배운 것이다. 어떤 것은 집에 가져오기도 하고 어떤 것은 모아두었다가 의원에게 가져가면 돈으로 쳐서 얼마간의 엽전으로 바꾸어주기도 하였다.

아무튼 장쇠는 타고난 체력 덕분에 죽지 않고 남쪽으로 도망쳤다. 바위틈에서 자기도 하고 덤불속으로 들어가서 자기도 하였다. 불행 중 다행인 것은 곳곳에 솔가리와 낙엽이 쌓여있었다는 것이다. 장쇠는 그걸 많이 모아다가 요처럼 깔기도 하고 이불처럼 덮기도 하였다. 쌓아놓은 낙엽과 솔가리가 껄끄럽고 따끔거렸지만 워낙 힘들고 피곤한 탓에 잠에 빠지고야 말았다.

33. 대장간에서 일하게 된 장쇠

날짜가 가는지 오는지도 몰랐지만 떠나올 때 초열흘께의 달이 보름, 그믐을 지나서 다시 초열흘께의 달 모양을 보였을 때쯤에야 장쇠는 마을로 내려왔다. 어느 큰 고을(보은현(報恩縣)에) 왔는데 그날은 장날이었다. 배가 고픈 나머지 장쇠는 길바닥에 떨어진 것을 주워 먹기도 하고 걸식을 하다시피 하면서 어느 대장간에 왔다.

장쇠의 외모는 몰라볼 정도로 변하였다. 머슴으로 있을 때는 삼시세끼를 잘 먹어 살집이 있는 몸에 얼굴이 통통했으나 지금은 양볼이 우묵하게 들어갔고 몸도 야윈데다가 꼬질꼬질한 옷이 영락없는 걸인 형색이었다. 장쇠는 대장간을 처음 보아서 그런지 호기심 어린 눈으로 시간 가는 줄도 모르고 쳐다보고 있었다. 대장간 주인은 혼자서 열심히 풀무질도 하고 빨갛게 달궈진 쇳조각을 망치로 두드리면서 호미도 만들고 괭이도 만들고 있었다.

"너 누군데 안가고 있어?"

"예에? 저 걸인입니다."

느닷없는 질문에 장쇠가 입에서 나오는 대로 말하였다.

"배고프냐?"

"예."

"그럼 부지런히 돌아다니면서 뭘 얻어먹어야지 왜 여기서 오래 있느냐?"

"신기해서요, 연장 만드는 게 신기해요."

"허허허, 이놈 보게나, 너 부모는 없느냐?"

"안 계십니다. 어려서 역병에 돌아가셨어요. 저는 다른 집에 맡겨져서 지냈는데 너무 힘들어서 무작정 뛰쳐나오고 보니 딱히 할 일도 없어서 걸인이 되었습니다."

"오호, 그럴 수도 있지."

당시에는 역병이 들면 서너 명에 한 명꼴로 죽기도 해서 대장장이는 그 말을 곧이들었다.

"너 정 갈 데가 없다면 여기서 일을 도와줄래?"

"예에? 아이고 감사합니다. 먹여주고 재워만 주시면 무슨 일이든지 하겠습니다. 주인어른."

"허허허, 내가 아직 허락은 하지 않았다."

이 말에 지레 겁을 먹은 장쇠는 그 자리에 엎드려서 절을 올렸다.

"주인어른 저를 써주신다면 무슨 일이든지 하겠습니다. 제가 원래 힘도 셉니다."

"어라, 이놈 보게. 먼저 한 술 더 뜨네. 그래 네 이름이 뭔가?"

"장쇠라고 불렸습니다."

"장쇠? 영락없는 머슴 이름이군 그래. 성씨는 없어?"

"없습니다. 아니 모릅니다. 어려서부터 장쇠라고 부르더군요. 주인 대감님께서요."

"그럴 수도 있지. 이리 와봐라. 대장간 일은 힘이 좋아야 하고 병이 없어야 한다."

대장장이의 그 말에 장쇠는 쭈뼛거리면서 안으로 들어섰다.

"아이구, 옷이 이게 뭐냐. 냄새가 풀풀 난다."

그러면서 장쇠의 팔과 다리를 살펴보고 입을 벌리어 치아도 살펴보는 등 나름대로 신체검사를 하였다.

"네가 걸인생활을 하느라 못 먹어서 그렇지 골격은 좋다. 그래 대장간 일을 배워볼 테냐?"

"예, 거둬만 주신다면 수족노릇을 하겠습니다."

장쇠는 정말로 절박했다. 어떻게든 대장장이 눈에 들어야 했기에 몸을 숙이면서 애원하다시피했다.

"여긴 기술을 배우는 데라 머슴처럼 새경은 없다."

"예, 없어도 됩니다. 먹고 자기만 하면 됩니다."

"허허허, 이놈 보게, 요즘에도 이런 녀석이 다 있네. 암튼 여기 있으면 걸인 생활은 면하게 된다."

"아이구 감사합니다. 주인어른."

"으음, 너 글은 아냐?"

"글요? 언문은 알아요."

"언문이면 되었다. 장부에 기록해야 할 일이 있거든. 누가 무슨 연장을 주문했는지 언제까지 만들어줘야 하는지 등을 기록해야 한다. 요즘은 언문은 많이들 알지. 아무튼 잘해볼 테냐?"

"예, 예."

장쇠는 또 머리가 땅에 닿도록 인사를 했다.

"잠은 여기 대장간 저 구석에 한 사람 잘 만한 곳이 있다. 구들도 있어서 불을 지피면 한겨울에도 지낼 만하다. 밥을 해먹어도 되나 번거롭고 어려우니 내가 집에서 가지고 온다. 아침에 한 번 가지고 오면 저녁까지 먹어야 하는데, 나도 그 밥을 점심으로 먹는다. 이래도 괜찮겠느냐?"

"괜찮아요. 괜찮아요."

장쇠는 너무나 좋은 나머지 눈물까지 찔끔거렸다.

이리하여 그날부터 장쇠는 대장간에서 조수 역할로 일을 하게 되었다. 아침 일찍 일어나서 대장간 밖에까지 넓게 빗자루로 쓸고, 대장간도 청소하고 온갖 농기구들을 종류별로 가지런히 놓았다. 그날그날 써야할 석탄도 알맞게 준비해서 화덕 옆에 갖다놓았다. 주인이 풀무질을 하라고 하면 열심히 풀무질을 했다. 또 불에 달군 쇠조각을 집게로 집으라면 집었고 마주 보면서 메질(망치질)을 하라고 하면 메질을 했다. 이러자니 모든 일에서 주인 눈치를 살펴야 했지만 농사일이나 대감집에 있는 것에 비하면 천국이나 다름없었다.

'하늘이 나를 살려주시는구나. 죄인인 내게 이런 혜택을 주시다니, 앞으로 열심히 살아서 하늘에 은혜를 보답해야 한다.'

대장간 일이 무엇인지는 잘 몰랐지만 장쇠는 아주 성실히 일을 도왔다. 주인도 매우 흡족해 했다. 원래 열세 살 먹은 사내가 있었는데 갑자기 다른 데로 이사간다고 하여 그 녀석이 그만둔 지 지금 오개월나 되었다고 했다. 그래서 조수 역할을 할 사내아이를 찾고 있었는데 장쇠가 나타난 것이다. 처음에는 나이가 조금 많아서 망설였으나 장쇠가 너무 매달리는 바람에 조수로 쓰게 되었는데 지금 매우 만족하는 듯했다.

'허허허, 생각보다는 성실하고 힘도 세군 그래.'

대장장이가 혼잣말로 흡족해 했다.

한 달 정도 지난 후,

"얘, 장쇠야, 할 만하냐?"

"아이구, 농사일보다는 훨씬 쉽습니다."

"그래? 허허허, 네가 아직 힘든 일을 배우지 않아서 그런다. 허드렛일만 하니까 쉬워보이지, 진짜 기술은 쇠를 다룰 줄 알아야 해. 저 무쇠 덩어리를 어떻게 연장으로 만드는가 하는 기술을 배워야 한다. 그게 어려운거야. 농사일처럼 때에 맞추어 씨뿌리고 거두고 그런 일이 아니다."

"예, 그런 줄은 알고 있습니다. 언제쯤 저도 쇠를 다루는 기술을 배우게 되나요?"

"그거야 네가 할 나름이다. 곁눈질이라도 잘 보아두면 쉽게 배우는 거고, 관심 없으면 십 년 백 년 지나도 못 배운다."

"아, 그렇군요."

"아참, 그리고 장쇠야 너 이름을 좀 바꾸어야겠다. 아무래도 머슴 같은 이름이 마음에 안 든다."

"예, 뭐라고 바꿀까요?"

"장민, 어떠냐? 길장(長)에 백성민(民)자."

"장민이요? 좋아요, 부르기도 쉽고 듣기에도 장쇠보다는 훨씬 낫습니다."

"허허, 그래, 오늘부터는 장민이라고 부르자."

이렇게 하여 장쇠는 '장민'으로 이름이 바뀌었다. 그날부터 장쇠는 주인의 말대로 곁눈질을 해가면서 쇠를 달구어서 메질(망치질)을 어떻게 하고 담금질을 어떻게 하나 하고 유심히 살펴었다.

세월은 금세 가기 시작하여서 곧 겨울이 오고가고 봄이 되었다.

주인어른이 친척 중에 혼인이 있다고 하면서 하루만 혼자서 대장간을 보라고 하였다. 뭘 만드는 것이 아니라 사람들이 오면 얼마얼마에 팔라고 한 것이다.

연장이나 농기구의 가격은 이미 다 알고 있기에 별달리 할 일도 없었다.

그래서 그냥 우두커니 서있기도 하고 앉아있기도 하다가 장민이는 불현듯 일어났다. 그리곤 화로에 불을 지피고 풀무질을 해서 석탄을 빨갛게 달군 다음에 주인어른이 하던 대로 쇳조각을 넣어서 빨갛게 달구었다. 그런 다음에도 주인어른이 하던 대로 똑같이 메질을 하고 담금질을 하는 등 혼자서 땀을 뻘뻘 흘리면서 호미 한 개와 괭이 한 개를 만들었다. 호미와 괭이 만드는 게 제일 쉬운 일이었기 때문이었다.

다음날 아침,

"주인님, 어제 제가 만들어본 호미와 괭이입니다."

"어엉? 그래? 내가 기술을 다 알려주지도 않았는데 만들었어?"

"예, 곁눈질로 배우라고 하셨잖아요."

"허허허, 그랬었지."

대장간 주인은 호미와 괭이를 이리저리 살펴보고 모루(대장간

296

에서 불린 쇠를 올려놓고 두드릴 때 받침으로 쓰는 쇳덩이)에 "땅! 땅!" 두
드려보았다.

"어허, 잘 만들었다. 이 정도면 훌륭하다. 훌륭해."

이렇게 해서 그때부터 장민이는 간단한 농기구를 만들기 시
작하였고, 주인도 기술을 가르치기 시작하였다.

만들기 제법 어려운 게 칼이라고 하는데 담금질과 메질을 교
대로 해야 하면서 담금질을 아주 잘해야 한다고 했다.

"칼 만드는 건 어려워, 부엌칼이야 그래도 쉬운 편이지, 병
사들이 쓰는 검(劍)은 나도 잘 못 만든다. 흉내는 내겠지만 아마
부러질 거야. 검은 쇠도 좋은쇠를 써야하는데 몇가지 쇠를 섞
어서 쓴다고 한다. 그거 말고는 만드는 게 다 그게 그거다."

"아, 그렇군요. 그런데 여기서 검을 만들 일은 없을 테니 다
행이네요."

"하하하, 그런 셈이지. 아, 또 있다. 쇠 붙이는 게 어렵다."

대장간 주인의 말은 두 가지 쇠를 붙이는게 또 어렵다고 하였
다. 가끔 닳아빠진 괭이나 호미 등을 가져오는데 거기에다 쇠
를 붙여서 새것처럼 만드는 것이다. 다 만들고 나면 붙인 자국
이 전혀나지 않고 완전히 새로운 호미나 괭이로 변했다. 이런
것들은 새것보다는 조금 싸게 수리비를 받는데, 농민들은 신기
해하면서도 감탄해 마지 않았다. 이렇게 만드는 기술이 어렵다
는 것이었다.

이리하여 농사꾼 머슴이었던 장쇠는 이제 완전히 대장장이 장민으로 거듭나게 되어서 농사짓는 생각은 나지도 않게 되었다. 다만 어떻게 하면 좋은 농기구를 만들까 하고 연구를 하게 되었다.

그러는 사이에 춘, 하, 추, 동은 쉬지 않고 바뀌게 되어서 장민이가 어느덧 스물한 살이 되었다.

그해 봄부터 주인은 가끔 피로하다면서 쉬는 시간이 많아졌고, 얼마 지나지 않아서는 장민이가 주인처럼 연장을 만들고 주인아저씨가 조수처럼 옆에서 일을 거드는 형국이 되었다. 그러던 중 주인은 어디가 아픈 모양이라고도 하면서 한약을 먹기 시작했다. 그러니 대장간에는 석탄 태우는 냄새와 한약 냄새가 어우러졌다.

34. 대장간 주인의 양아들로

그때 주인의 나이가 47세로 이름이 '김남식(金男植)'이었다. 주인집은 아들이 없이 딸만 다섯인데 장민이가 여기 오기 전에 모두 출가했다. 몇 년 있다 보니 그집 딸들이 누군지는 장민이도 다 알게 되었다.

그러던 어느 하루,

"장민아, 오늘은 조금 일찍 끝내고 저기 김가네 국밥집에서 저녁을 먹자."

"예."

장민이는 주인과 가끔 시장통에 있는 식당에서 점심이나 저녁을 사먹기도 해서 대수롭지 않게 여겼다.

"내가 먼저 갈 테니 여기 문 닫고 해 넘어갈 즈음에 오너라."

"예, 먼저 들어가세요."

얼마 후 저녁 때가 되어서 장민이는 옷을 갈아입고 국밥집으로 갔다. 국밥집에 가면 탁주도 얻어마시게 되어 벌써부터 흥이 났다. 국밥집에 들어서니 저편 상에 주인아저씨와 아주머니가 함께 앉아있었다.

"안녕하세요."

"응, 고되지? 어서 앉거라."

늘 친절한 주인아주머니가 반갑게 맞이하였다.

곧바로 국밥이 차려나오면서 탁주 한 병도 나왔다. 주인 아저씨와 장민이는 탁주를 두 잔씩 마시고 아주머니도 거의 한

잔을 마시었다.

"장민아, 오늘은 긴히 할 말이 있어서 내자(內子: 아내)까지 불렀다."

"예에? 제가 뭘 잘못했나요?"

갈데없는 장쇠는 미리 겁을 집어먹고 눈을 크게 떴다.

"아니, 뭘 잘못했다면 그 자리에서 꾸짖지 예까지 뭐 하러 오겠냐."

"아, 예. 무슨 말씀이신지 어서 말씀해보세요."

"네가 우리 집 생활을 몇 년 했으니 우리 집안 사정을 소상히 알 것이다."

"……"

"우리 집에 아들이 없다. 알지?"

"예, 딸만 다섯인데 모두 시집갔지요."

"응 그래, 그래서 우리 집에 가문을 이을 아들이 없단 말이다. 그래서 네 생각을 물어보려고 한다."

"무슨 생각이요?"

이때만 해도 장민이는 주인아저씨가 무슨 말을 하려는지 전혀 눈치 채지 못하였다.

"허허허, 그러니까 네가 우리 집 양아들로 들어와서 대를 이었으면 한다."

"예에? 제가요?"

그 말 한마디에 장민이는 가슴이 쿵쾅거리면서 뛰기 시작하였다. 주인아저씨가 제안하길, 양아들로 들어와서 족보에 이름을 올리고 자기가 죽으면 대장간도 물려받게 된다고 하였다. 만약 일찍 죽게 되면 매달 생활비를 아주머니 즉 양어머니에게 주면 된다고 하면서 장민이가 수락하면 곧바로 양아들로 입적시키겠다고 한다. 장민이에게는 하늘에서 복덩어리가 떨어진 셈이었다.

"아이구, 저에게 그런 은덕을 베푸시다니요."

"으음, 지내고 보니 성실하고 대장간 일도 잘하여 농민들에게도 호평을 받고 있다. 그래서 나와 내자가 결정하고 네 의사를 물어보는 것이다. 어떠냐?"

"하겠습니다. 양아들이 되어 두 분을 친부모처럼 모시겠습니다."

사실 친부모가 누군지도 모르게 컸지만 일단 그렇게 대답을 했다.

"고맙다. 장민아. 애 아버지를 위해서 잘 결정했다."

아주머니가 거들었다.

"주인아저씨에게 무슨 일이 있나요?"

"무슨 일이 아니라 지금 무슨 병환이 있다는데 쉽게 완치되질 않는 모양이다."

"예에? 무슨 위중한 병환이신가요. 매일 피곤하다고 하시더니, 외양으론 어디 크게 아파보이지 않습니다."

"그렇단다. 지금 당장 큰일 날 병은 아니지만 완치가 어렵다
니 어쩌겠니."

이리하여 장쇠는 성씨 없이 장민으로 불렸다가 이제 김장민
이 되었다.

장민은 정말로 두 사람을 아버지, 어머니라고 부르면서 최선
을 다해 모셨다.

주인아저씨의 병환은 조금씩 나빠졌다. 한약을 먹어봐야 별
효과가 없는 듯하였다. 이제 힘을 제대로 쓰지 못하여 메질도
잘 못하였다. 장민이가 오가는 의원에게 물으니 간과 신장이 나
빠져서 오래 살 수는 없을 거라고 말했다. 배가 임신한 여자처
럼 날이 갈수록 부어오르고 피부가 점점 탁해지기 시작하였다.

장쇠가 스물한 살 되던 해 추석을 막 지난 어느 날,

아버지(주인아저씨)와 어머니가 더 이상 미룰 수가 없다면서 장
민이의 혼처를 알아보기 시작하였다. 시장통에 있어서 그런지
오가는 사람들이 많아서 그런지 두 달도 되지 않아서 그리 멀
지 않은 이십 여리쯤 떨어진 농가의 처녀가 시집오겠다고 매파
를 통해서 연락이 왔다. 즉, 농부의 딸이 대장장이의 아내가
되겠다는 것이다. 그 당시는 서로 맞선을 보는 것도 없이 어른

들이 결정하면 혼인식 때나 겨우 얼굴이라도 볼 수 있던 시절이었다. 혼인은 다음해 봄인 매화꽃 필 때 하자고 하였다. 매화꽃이 필 무렵이면 정월이나 이월이다.

장민이는 너무 기쁘고 감격하여 밤새 눈을 붙이질 못하였다. 문득 꽃님이 생각이 났으나 죄 없는 사람이니까 어디서 잘 지내겠지 하고 잠깐 생각했을 뿐이었다. 그뿐만 아니라 혼인 후 살아야할 살림집을 알아보더니 금세 변두리에 있는 농가 한 채를 장만하였다.

"장민아. 이게 앞으로 네가 각시와 살 집이다. 이래 봬도 수리를 싹 하면 새집이나 별다름 없다."

"고맙습니다. 아버지, 고마워요."

장민이의 두 눈에서 저절로 감사의 눈물이 흘러내렸다. 머슴으로 살았다면 겨우 스물다섯 살이나 되어서야 장가를 보내준다고 했고, 그래도 재산은 하나도 없이 반머슴으로 평생을 살아야 했는데, 여기 와서는 대장간 주인에 살림집도 생겼으니 진심으로 고마운 눈물이 쏟아져 내렸다.

그 집은 부엌이 딸린 방 두 칸, 광, 외양간으로 돼있는데 지금은 외양간이 비어있고 잡동사니 기물들이 놓여있었다. 거리는 대장간에서 오 리(2km)가 조금 안되어 보였으나 그런 것은 전혀 문제가 되질 않았다. 아무튼 장쇠는 뛸 듯이 기뻐했다.

겨울철이 되어서 아버지의 병환은 더욱 심해져서 이젠 대장간에도 자주 못 나오시게 되었다. 장민이도 나오지 말라고 하고 어머니도 집에 있으라고 했다. 아버지가 이렇게 우환 중이니 집안 분위기가 매우 침체되었으나 오직 장민이의 마음에만 큼은 햇살이 돋았다.

곧 겨울이 왔고, 설이 찾아왔다. 어머니는 장민이의 혼사 때문에 부지런히 혼수품을 준비하러 시장에 다니시면서, 때때로 장민이를 불러서 이것저것 의논을 했으나 장민이는 그저 "예, 예." 하는 수밖에 없었다.

35. 장쇠 장가들다

이월 초닷새에 혼인을 하는데, 혼인식인 대례는 각시 집에서 하였다. 동네 마당에 큰 병풍을 치고는 혼인이 시작되었다.

신랑과 각시가 부부의 예로 절을 하는 교배례를 하는데 얼핏 각시를 보니 이목구비가 뚜렷하니 상당한 미인이었다. 키도 커

보였다. 다음으로 신랑과 각시가 술잔(합환주)을 나누는 합근례를 했다. 술잔을 나누는 것은 부부의 화합을 의미한다고 했다. 이외에도 여러 가지 절차가 있었고 첫날밤도 역시 각시 집에서 보냈다.

'아~ 이 세상에서 나같이 복 많은 남자는 없을 것이다. 하늘에서 선녀를 내려 보내주셨구나.'

결혼식은 정말로 떠들썩하게 치렀다. 다만 아버지가 몸이 편치 않아서 마을 사람들과 많이 어울리지 못하였다.

첫날밤을 보낸 후 장민이는 각시와 함께 집으로 와서 신혼살림을 시작하였다.

'이게 꿈인가 생시인가.'

장민이는 몇 번이나 그렇게 반문해 보았으나 꿈이 아니라 현실이었다.

각시는 열아홉 살에, 이름은 홍민희(弘旻姬)였는데 얼굴뿐만 아니라 마음씨도 고왔고 남편인 장민에게 순종적이었다. 대장간 주변의 상인들도 가끔 찾아와서 "장민이처럼 복 많은 사내는 이 세상에 없을 거다."라고 농담을 하곤 했다.

장민이의 각시가 얼마 후에 태기가 있어서 배가 점점 불러오는 중이었고, 아버지는 점차 병환이 깊어져서 이제 거동도 잘하지 못하였다.

그러다 결국 그해 늦가을에 아버지는 돌아가셨다. 장민이는 어머니와 함께 온갖 정성을 들여서 장례식을 치렀다. 장민이는 혼자 계시는 어머니를 위해서 매일 저녁마다 문안 인사를 갔다.

"어머니, 혼자 계시기 적적한데 우리가 이리로 와서 함께 살까요?"

"아니다. 나 혼자도 괜찮다. 아직은 정정하니 그리 괘념치 말거라."

"아이참, 그래도 걱정됩니다. 여기 방도 있잖아요."

"아이 괜찮다는데도. 너희들보다 내가 더 불편하다. 내년에 손주 낳을 걱정이나 하거라."

"예."

어머니는 끝내 같이 살기를 원치 않았다. 왜냐하면 딸들이 모두 출가한 후로 계속 아버님과 단둘이서 살아왔기 때문으로 생각되었다. 혼자가 자유로웠다.

장민이가 스물세 살 되던 해 정월 스무날에 아기가 태어났다. 아들이었고 산모도 건강했다. 어머니와 산파가 와서 조산(助産: 해산을 도움)했는데, 장민이는 이날 대장간 문을 임시로 닫고는 시중을 들었다.

얼마 후에 아기 이름을 김용수(金龍洙)라고 지었다. 장민이는 이보다 더 행복할 수 없다면서 늘 싱글거렸다. 대장간도 잘되었

다. 아버지의 빈자리를 열두 살 먹은 사내아이를 들여서 거들게
했다. 농촌 집안인데 매우 궁색한 모양으로 입을 덜려고(먹는 양
식을 아끼려고) 데려온 것이다. 숙식만 해결하고 잔심부름을 시키
는 것이다. 장민이가 처음에 왔을때와 똑 같은 조건이다.

36. 죄는 장쇠가 짓고 벌은 꽃님이가

"얘야, 이거 저기 감나무 골에 박씨네라고 있는데 오늘 갖다
주어야 한다."

"돈은요?"

"돈은 이미 다 받았어, 오늘까지 갖다달라고 했으니 잘 갔다
와야 한다."

"예, 뭐뭐인데요?"

"여기 호미 다섯 자루, 낫 두 자루, 괭이 두 자루다. 꽁꽁 묶
었으니 어깨에 메고 가라."

"예."

열두 살 먹은 사내아이는 이름이 유승민인데 대장간 일을 싫어하는 기색이 없이 장민이가 시키는 대로 잘하고 있었다. 지금 장민이는 승민이를 감나무 골에 갔다오라고 말했다. 전에 장민이가 하던 똑같은 일을 승민이가 하게 된 것이었다. 감나무골이 십 리가 넘으니까 아마 빨리 갔다와야 점심때쯤 돌아올 것이다. 그런 사이에 장민이는 늘 하던 대로 불에 달군 쇠를 메질도 하고 풀무질도 하고 있었다.

풀무질을 하면서 쇠를 달구거나, 달군 쇠를 메질을 할 때는 일순간도 눈길을 다른 데로 돌릴 수가 없다. 자칫하다가는 불똥이 튀어 화상을 입거나 엉뚱한 곳에 메질을 하게 되어 연장을 제대로 만들 수가 없기 때문이다.

장민이는 그런 일을 혼자서 하고 있는데, 얼핏 보니 문밖에서 어떤 걸인이 와서 구걸을 하고 있었다. 걸인이 어쩌다가 오기도 해서 그때마다 엽전 하나씩 주기도 하고 다음에 오라고 하면서 돌려보내기도 하였기에 대수롭지 않게 생각하고 있었다. 왜냐하면 지금 만들던 쟁기날을 다 만들어야 하기 때문에 집중해야 했다. 또 쟁기날은 크기가 커서 손이 많이 가는 농기구이다. 그만큼 메질도 많이 해야 한다.

장민이는 속으로 '하필 승민이가 없을 때 쟁기날을 만들기 시작했네. 거들어야 할 일들이 이렇게 많은데.'라고 생각하면서 혼자서 묵묵히 메질을 했다.

낙엽이 떨어지는 가을이어서 간간히 '휘잉~'거리는 바람 소리와 함께 낙엽들이 마구 날아다녔다.

"한 푼만 주세요."

"배가 고파요, 먹을 것 좀 주세요."

걸인이 가지 않고 있기에 장민이가 또 얼핏 쳐다보니 키가 큰 여자 걸인이었다.

'엽전을 줘야 가려나.'

장민이는 이런 생각을 하면서 또 메질을 "땅! 땅! 땅!" 했다.

"배가 고파요, 한 푼만 주세요."

그때 장민이의 머리카락이 쭈볏하면서, 얼른 고개를 돌렸다. 어쩐지 친근한 목소리 같고 마음이 이끌렸기에 장민이는 요동치는 가슴을 애써 진정시키면서 고개를 숙인 그 여자 걸인에게 다가갔다.

"고개를 들어보거라."

"예에?"

걸인이 고개를 들어 장쇠를 바라보았다. 장쇠가 자세히 쳐다보니 꽃님이가 분명하였다. 고운 얼굴은 간 데 없었지만 눈매와 입매, 콧날이 분명히 꽃님이었다.

"으흠······. 너 꽃님이 아니냐? 들병이 꽃님이 말이다."

"예에? 저를 아시나요?"

"어엉, 나야 장쇠야, 장쇠."

"뭐어, 네가 장쇠라고, 어헝헝, 흐흐흑."

장쇠와 꽃님이는 껴안고 흐느끼기 시작하였다.

"꽃님아 네가 어쩌다가 이 지경으로 되었냐?"

"흐흐흑, 내 팔자가 기구해서지. 흐흐흑, 다 너 때문이야."

"뭐어? 나 때문이라구? 그때 무슨 일 있었구나."

"으허헝, 흐흐흑."

꽃님이가 아예 목을 놓아 울기 시작하기에 장쇠는 급히 안으로 들어오게 하여 작은방으로 안내하였다.

"아~ 그때, 내가 도망치고 무슨 졸경을 치른 모양이다. 이를 어쩌냐. 흐흐흑."

장민이 역시 쏟아지는 눈물을 주체할 수 없었다. 둘은 무슨 말을 해야 했는데 말은 나오지 않고 눈물만 쏟아냈다. 한참을 그렇게 한 바가지 가량 눈물을 흘리고 나서야 겨우 입을 떼기 시작하는데, 그때 심부름 갔던 승민이가 돌아왔다.

"주인님, 갔다 왔어요."

"어엉, 그러냐."

장민이는 일어서서 밖으로 나와서 승민이를 맞이하였다.

"잘 전달했냐?"

"예, 수고했다고 엽전 몇 닙도 주셨어요."

"오, 그래 잘했다. 너 저기 국밥집에 가서 점심 사먹고 올 때 국밥 두 그릇만 가지고 와라. 바구니에 담아 줄 테니 엎지르지 말고 잘 가져와."

"예, 누가 오셨어요?"

"응, 손님이 와서 같이 먹으려고 한다."

그러면서 장민이는 엽전 몇 개를 쥐어주었고 승민이는 곧바로 나갔다.

꽃님이는 그동안 있었던 일을 대강 말했다. 장쇠가 도망친 후 꽃님이가 붙잡혀가서 곤장을 맞고 하문에 낙형을 받아서 지금 고녀가 되었다고 했다. 그래서 들병장사도 못하게 되어서 걸인생활을 하다가 무슨 병에 걸렸는지 얼마 못가서 죽을 것 같다고 했다.

장민이는 눈물을 흘리면서 이런 이야기를 들어야 했다. 잠시 후 승민이가 국밥 두 그릇을 가져왔기에 먹기 시작했다. 꽃님이는 밥 먹어본 지 오래되었다면서 먹는 것이 아니라 아예 입에다 들이 붓다시피하였다. 그 모습을 본 장민이는 목이 메어서 숟가락이 입에 들어가지 않았다.

"그렇게 배가 고팠어?"

"응."

"내 것도 먹을래? 난 아까 간식을 했거든."

"응."

꽃님이는 그렇게 국밥 두 그릇을 비웠다. 장민이는 몇 가지를 곰곰이 생각하다가 꽃님이를 그냥 돌려보낼 수가 없었기에 집으로 데려가기로 했다. 착한 각시가 이해할 것 같았기 때문이다.

"승민아, 잠시 대장간 좀 봐라. 내가 급히 집에 갔다 올 일이 있다. 손님 오면 여기 있는 거 잘 팔아. 여러 개 사면 조금 에누리 해주고, 알았지?"

"예, 다녀오세요."

장민이는 비척걸음을 걷는 꽃님이를 데리고 천천히 집으로 갔다.

아내는 무슨 일이냐면서 눈을 크게 뜨고 놀랐다.

"내가 전에 머슴살이 할 때 도움을 많이 받은 누님이야. 이 누님에게 언문도 배웠어. 내게 은인인데 어쩌다보니 가세가 기울어서 이렇게 되었어. 불쌍한 여자야."

이런 식으로 몇 가지 설명을 하니 아내는 더 이상 군말이 없다.

"그럼 어떻게 할까요?"

"우선 씻기고 당신이 입던 옷으로 한 벌 갈아입혀, 지금 아파서 운신하기도 힘든가봐."

이러는 사이에 꽃님이는 죄인이라도 되는 양 고개를 숙이고 어쩔 줄을 몰라했다.

"그럼 그렇게 하고 그 다음은요."

아내의 말은 어디에 있게 하느냐는 것이다. 방은 두 개인데 윗방은 창고나 다름없었다.

"할 수 없지, 윗방에서 있게 해야지, 암만해도 올겨울은 지내게 해야 할 것 같아."

"아이참. 그래도 외간여자인데."

"너무 걱정 마, 내가 지금 하던 일이 있거든. 오늘 중으로 쟁깃날을 만들어야해. 내일 찾으러 온다고 해서. 지금 대장간에 갔다가 마저 만들고 다시 들어올게. 이따가 오면 의논할게."

"아이참."

아내가 망설이는 눈치를 보이자 꽃님이가 장민을 쳐다보았다.

"나 그냥 가도 돼. 점심도 배불리 먹었잖아."

꽃님이의 얼굴은 벌써 눈물로 얼룩져 있었다. 이때 아내가 그 얼굴을 본 모양인지 마음이 바뀌었는지 측은지심(惻隱之心: 불쌍히 여기는 마음)이 생긴 모양이었다.

"언니, 이리로 와요."

그러면서 집안 쪽으로 안내하였다.

314

"걱정 마, 꽃님아, 내 얼른 대장간에 가서 하던 일 마저 하고 올게."

"응, 고맙다, 장쇠야."

장민이는 뜀걸음으로 대장간으로 가서 아까 만들다 만 쟁깃날을 만들기 시작하였다. 거의 한 시진 반이나 되어서 쟁깃날을 다 만들고는 승민이를 불렀다.

"나 오늘 조금 일찍 들어가 봐야 되니까 이따 해 넘어갈 때까지만 문 열고는 닫아라."

"예. 그렇게 할게요."

장민이는 급히 집으로 발걸음을 옮기다가 발길을 돌리어서 국밥집으로 향하였다. 아까 꽃님이가 그토록 맛있게 먹던 국밥을 사기 위해서였다. 아내도 국밥을 매우 좋아하였기에 어쩌다가 대장간에 오면 같이 국밥을 먹곤 하였다. 장민은 국밥집에 가서 국밥 세 그릇과 수육을 큰 접시로 하나 사서 바구니에 담아서는 급하게 집으로 발걸음을 옮겼다.

'나는 이렇게 팔자 고쳐서 잘 살고 있는데, 꽃님이는 나 때문에 걸인이 되었다. 더군다나 여자구실도 못하는 고녀가 되다니……. 세상에 이런 일이 있을 수 있나. 죄는 내가 짓고 벌은 꽃님이가 받았다.'

장민이의 눈에서 또 눈물이 흘러나와 앞을 가렸으나 허둥지둥 집으로 향했다.

"어서 와요."

아내가 반갑게 맞이한다.

"꽃님이는?"

"지금 막 잠들었어요. 윗방에 있으니까 그냥 내버려둬요, 이따가 깨겠지요."

"목욕은 했어?"

"했어요. 씻겨준다니까 혼자서 할 수 있다면서 씻더라구요. 씻고 나오는데 깜짝 놀랐네요. 호호호, 그런 미녀도 걸인생활을 하는 모양이에요. 불쌍하네요. 옷도 갈아입히니 선녀 같아요. 호호호."

"어엉, 그랬어? 여보 고마워, 내게 큰 은인인데 저렇게 되었네. 불쌍한 여자야. 내가 꼭 보은을 할 여자야."

"그래요, 난 서방님을 믿어요."

"그래, 고마워, 여보. 여기 국밥 사왔으니 이따가 깨어나면 같이 먹자구. 수육도 사왔어."

"엄마나, 내가 좋아하는 국밥이네. 호호호, 수육은 비싸잖아요."

"조금 비싸지. 그래도 그 집 국밥이 최고여. 하하하."

"맞아요. 다들 그러더라구요. 호호호."

그때 아이가 잠에서 깨어나서 칭얼거리면서 울기 시작했다.

"여보, 어서 들어가서 애기 젖 줘."

"예."

아내는 안방으로 들어가고 장민이는 마루에 걸터앉아 잠시 상념에 또 빠졌다.

"장쇠 왔어?"

꽃님이가 윗방 문을 비긋이 열면서 물었다.

"어엉, 잘 잤어?"

"응, 네 덕분에 호강한다."

"아이참, 무슨 호강이야. 이게, 고생이지."

이렇게 둘이서 두런거리다가 아내가 나와서 셋이서 마당에 있는 들마루에 앉아서 저녁을 먹기로 했다. 초겨울이었지만 그리 춥진 않아서 밖에서 저녁을 먹을 만하였다. 꽃님이는 장쇠와 단둘이 있을 때와는 달리 매우 조심스럽고 어려운 표정으로 국밥을 먹는데도 빨리 먹고, 수육도 마구 입에 쑤셔 넣다시피 하였다. 장민이의 아내도 다소 의아한 듯 장민이를 쳐다보았지만 곧 이해한 듯한 표정을 지었다.

"언니, 그렇게 빨리 먹다가는 체해요. 조금 천천히 먹어요."

"그래, 꽃님아, 누가 뺏어 먹지 않으니까 천천히 꼭꼭 씹어서 먹어."

"호호호, 내가 그렇게 빨리 먹었나요. 호호호, 천천히 먹을게요."

아까 낮에 꽃님이를 만난 이래 처음으로 보는 꽃님이 웃음이다. 여전히 웃는 모습에 교태가 있었다.

저녁을 먹고 난 후 꽃님이는 기력을 어느 정도 회복했는지 이런저런 말도 하기도 하고, 안방에 들어가서 아기를 보기도 하였다.

그러더니 문득 꽃님이는 눈물을 글썽였다.

"나도 이런 아기를 낳아보고 싶은데……."

하면서 말꼬리를 흐렸다.

"언니, 괜찮아요. 어서 몸만 회복해서 시집가면 금방 애 생겨요. 나도 시집가자마자 생겨서 낳았어요. 걱정 말아요. 원기만 회복하면 돼요."

"예, 그럴까요? 고마워요."

아무것도 모르는 아내가 말대답을 하자 꽃님이의 마음은 더욱 찢어지는 것 같았지만 내색을 할 수는 없었다. 옆에 있던 장민이도 자꾸 목이 메어오다가 끝내 고개를 돌리고 눈물을 훔쳐야 했다.

그날 저녁은 그런저런 이야기를 하다가 꽃님이를 윗방으로 가서 자도록 했다. 장민이는 장차 이 일을 어떻게 해야 하나 하고 고민하다가 아내와 조용히 속삭이면서 의논을 하기 시작했다.

"암만해도 꽃님이의 병이 위중한가봐. 자기 말로는 얼마 못 살 것 같다고 하더라구."

"그래요? 아까 밥 먹는 거 보니까 건실해보이던데요(健實하다: 몸이 건강하다.)."

"그건 그동안 너무 못 먹어서 허기져서 그렇지, 아마 그렇게 먹는 것도 며칠 못 갈 거야."

"그런가요? 그럼 의원에게 데려가봐야 하나요?"

장민이의 아내가 의외로 동정적으로 말을 하였다.

"글쎄, 아까 여기 올 때도 비척걸음으로 한참 걸려서 왔어. 내일 저녁때 대장간 문을 조금 일찍 닫고 의원을 데려와야 할까봐."

"그럼 그렇게 해요. 의원에게 갔다오기엔 먼 걸음이죠. 왕복 십 리는 넘을 터이니."

"맞아, 내일 그렇게 해봐야겠어. 고마워, 여보, 이해해줘서."

둘은 그렇게 소근소근 이야기를 나눴다.

"그리고 윗방 말이야. 거기 있는 기물을 광으로 다 옮길까? 그러면 방이 넓어질 텐데."

"아이참, 그거 다 옮기는 것도 문제지만 안방 윗방 다 들려요."

아내 말은 안방에서 하는 말이 윗방에도 다 들리니 불편하다는 것이다.

"하하하, 그러네. 그럼 어떻게 할까, 윗방 말고 광에서 한겨울을 보내라고 할 수도 없고 말이야."

"돈이 조금 있다면 비어있는 외양간으로 방 한 칸을 들일 수가 있을 거예요."

"뭐어? 외양간을? 그거 좋은 생각이야. 외양간 기둥도 튼튼하고 지붕도 새로 짚만 얹으면 새집 같을 거야. 그거 고치는 데 뭐 얼마나 들겠어, 구들 놓고 아궁이 만들고 벽체 만들고 새짚으로 지붕 올리면 금방 될 것 같은데. 내일 나가서 알아봐야지."

"그래요. 그게 제일 좋아요, 방도 하나 더 생기고, 아래채가 생기네요."

이렇게 둘이 밤이 깊어가는 줄 모르고 도란도란 속삭일 때 꽃님이는 또 깊은잠에 빠지고 말았다.

37. 외양간 방

다음 날,

셋은 한상에서 조반을 먹고는 장민이는 대장간으로 갔고 꽃님이는 아내와 함께 이야기도 하고 아기를 돌보기도 하였다.

꽃님이가 어제보다는 확실히 기운을 차리고 있었다.

장민이는 나가자마자 집을 짓기도 하고 수리도 하는 장인을 찾아갔다. 이러저러한 일로 외양간을 개조해서 방을 만든다고 하니 장인은 그리 어려운 일이 아니라고 하면서 지금 구들장과 황토도 있고 문짝도 있으니 오늘이라도 당장 일을 시작할 수 있다고 하였다.

"아, 그렇게 쉽게 하나요. 저는 집을 지어보지 않아서."

"하하하, 다들 그렇지요. 나더러 쇠를 녹여서 칼이라도 하나 만들라고 하면 못 만드는 이치와 같지요. 우리야 집으로 먹고 사니까 그까짓 방 한 칸 들이는 데는 삼일이면 충분합니다. 품삯이나 두둑이 주시구려."

"하하, 그렇군요. 다들 종사하는 업이 다르니. 그럼 내일부터 시작하세요."

"그러지요."

나이가 장민이보다도 열 살은 더 먹어 보이는데도 장민이에게 공손하게 대우해주었다.

저녁때가 다 되어서 어제처럼 대장간 문을 조금 일찍 닫고는 의원에게 찾아갔다.

이러저러해서 우리 집에 여자 환자가 있는데 왕진을 해달라고 부탁을 했더니 별말 없이 따라 나섰다. 의원은 오십여 세로 보였다. 집에 온 장민은 곧바로 꽃님이를 진맥케 하였다.

　잠시 후,
　의원은 장민이를 따로 부르더니 무겁게 입을 열었다.
　"지금 젊은 새댁의 병이 위중하외다. 겉으로 보기엔 멀쩡해
보이지만 온갖 병이 오장육부와 골수(骨髓: 뼛속)까지 스며들어
(말기 암으로 추정) 제아무리 유명한 명의(名醫), 신의(神醫)나 화타
(華陀)가 온다한들 치유할 수 없을 게요. 갈 때까지 마음 편히
있다가 가게 해야 할 것이요. 내가 마음이나 편하라고 약 한 제
(20첩)를 지어 놓을테니 내일 와서 찾아가시게. 참으로 안타깝
구려."
　"예에? 그 정도인가요. 아이구 이를 어쩌나."
　장쇠는 마음이 찢어질 듯하지만 어쩔 수 없이 눈물만 흘릴 뿐
이다. 꽃님이는 그동안 술을 많이 먹고 몸을 마구 굴린데다 걸
식을 하다 보니 영양실조에 온갖 병에 시달리다가 치유할 수
없는 중병에 걸렸던 것이다.

　다음날부터 집을 짓는 인부들이 여섯 명이나 와서 구들을 놓
고 아궁이를 만들고, 벽체를 올리는 등 야단 법석을 벌였다.
그들에게 점심, 저녁 대접도 해야 해서 아내는 꽃님이의 도움
으로 식사를 준비했다. 꽃님이는 자기를 위해서 방을 만들어

준다는 것에 무한히 고마워하면서 한편으로는 죄인처럼 몸 둘
바를 몰라했다.

삼일 째 되던 날에 마지막으로 새 짚으로 지붕을 올리니 그야
말로 새집을 한 채 지은 셈이었다. 동네 사람들도 나와 구경하
면서 칭송이 자자했다.

"예전에 신세진 여자가 있었다는데 그 여자가 죽게 생겼다느
면. 그래서 여기에 기거토록 한다네. 장민이는 착한 사람이여."

"암만, 착하지, 부지런하지, 하늘 아래에 저런 남자도 드물
거야."

동네 사람들이 이구동성으로 칭찬을 하였으나 장민이의 속은
애통(哀慟: 슬프게 한탄함)하기 짝이 없었다.

다음날 꽃님이는 외양간방으로 옮겼다. 아궁이에 불을 지피
니 작은 방이라 그런지 금세 방이 후끈 달아올랐다. 꽃님이는
너무나도 행복한 표정으로 장민이와 아내를 대했고 무엇이라
도 해주려고 하였으나 금세 지치고 피곤해 하였다. 장민이는
의원에게 가져온 약을 아내에게 달이게 해서 꽃님이에게 마시
게 하라고 했더니 아내는 하루도 거르지 않고 약을 달였다. 의
원은 그 약을 하루에 세 번씩 복용하고 다 먹으면 또 지으러 오
라고 했다. 그 약은 일종의 진통제였기에 꽃님이는 다소 기운

을 차리고 있었다.

　그렇게 십여 일이 지났는데 꽃님이가 장민이를 불러서 부탁을 하였다.

　"장쇠야, 여기가 보은이라고 하더라."

　"응, 보은이야. 충청도 보은(報恩)."

　"장날이 언제야?"

　"응, 1일과 6일이야."

　"그럼 장날에 지필묵하고 자수하고 이야기책 사다줘. 여기 돈 있다."

　"그래, 돈은 무슨 돈이야. 내가 사다 줄게. 그런데 자수 놓을 줄 알아?"

　"응, 여자들은 조금씩 다 알아. 어려서 대감집 할머니에게도 조금 배우고 돌아다니면서도 얻어들은 지식으로도 배우고, 별로 어렵지 않아. 시간 보내는 데는 자수가 최고지."

　"으응, 그렇구나. 내게는 언문을 가르쳐주더니 지필묵으로는 뭐 하게?"

　"그냥 그림을 그려 보려구. 누가 가르쳐주진 않았지만 내 마음대로 그려보려는 거야. 산수화도 그리고 인물화도 그리고 막 그림이지. 호호호."

　"그런 것들은 굳이 장날 아니어도 여긴 큰 마을이라 다 팔아.

내가 내일 사올게."

"그럼 돈 가져가, 돈 조금 있어."

"아이참, 괜찮다니까 그러네, 내가 내일 사올게."

"그래 고마워. 각시는 언문 알지?"

"응, 알아, 나보다 나아. 한문도 조금 배운 모양이야."

"그럼 이야기책 사서 같이 보면 되겠다. 새로 나온 책들도 많을 텐데. 가서 물어봐, 춘향전, 콩쥐팥쥐전 이런 거 말고 요새 새로 나온 것으로 사와,"

"으응, 그렇게 할게."

꽃님이는 집에만 있다 보니 시간 보내기가 지루해서 그런 것들을 사다 달라고 한 것이다. 장쇠가 방문을 열고 나오려는데 꽃님이가 또 부탁을 한다.

"장쇠야, 화장품도 사와, 분하고 연지도 사와."

"응, 사올게."

다음날,

장민이는 꽃님이가 사다달라고 한 지필묵, 자수 도구와 색색실, 이야기책, 화장품을 사왔다. 꽃님이는 어린아이가 선물을 받은 것처럼 좋아하였다. 이야기책을 다섯 권이나 사왔는데 모두 읽지 않은 것이라면서 먼저 용수엄니에게 읽으라고 하면서 세 권을 건넸다. 장민이는 그렇게 한다고 말하고선 이야기책

세 권을 아내에게 건넸더니 아내 역시 읽어보지 않은 것이라면서 어린아이처럼 좋아하였다. 책 제목은 '달이낭자전', '학도령과 흑룡의 결투', '왕이 되는 꿈'이었다.

그럭저럭 하루하루가 지나고 있었다. 장쇠는 대장간으로 가고 아내와 꽃님이는 집에 있었는데 아내는 주로 아기를 돌봐야 했다. 수시로 젖도 먹여야 하지만 매일같이 기저귀를 빨아야 했기에 바쁜 일상이었다. 간간히 꽃님이가 나와서 도왔다. 힘든 빨래는 거들지 못했지만 부엌에 들어가서 음식을 만들었는데 그 맛이 기가 막히게 좋았다. 아내도 "언니 음식 솜씨가 최고다."라면서 칭찬을 했다.

"아우, 어디서 누룩 좀 구해 봐요."

"예에? 누룩요? 술 담그게요."

꽃님이와 아내는 조금 친해져서 아내를 용수엄니라고 부르지 않고 '아우'라고 불렀다.

"내가 술을 담글 줄 알아서 여기 애기 아버지를 위해서 한 독 담가주려고요."

"호호호, 나도 술을 담글 줄은 아는데 시집와서는 한 번도 담가보지 않았어요. 술 담그라고 말도 안 하더라구요. 여자들도 어떨 때 한잔하면 기분이 좋은데. 호호호, 내일 나가서 누룩을 구해오겠어요."

"그렇게 해요."

이리하여 다음날은 아내가 누룩을 구해오고 꽃님이는 예전의 솜씨를 발휘해서 술을 한독 담갔다. 그러면서 꽃님이는 산수화도 그리고 자수도 놓기 시작하였다.

술을 담근 지 칠팔 일이 되어 술을 먹어보자고 하여 술상을 꽃님이 방에서 차렸다. 그날은 점심때부터 작은 눈이 내리기 시작하였다. 안방은 아기가 자고 있었기에 거기서 떠들 수도 없고, 날씨가 상당히 추워져서 밖에서 먹을 수도 없기 때문이었다. 아내도 좋다고 하면서 낮에 닭 한 마리를 사와서 닭찜을 해놓았으니 최고의 술과 안주상이 마련된 셈이었다.

장민이가 방에 들어가니 방이 후끈하였다. 꽃님이가 예전과는 달리 유달리 추위를 많이 타서 꽃님이 방에 불을 수시로 지폈기 때문이다. 술상은 이미 차려져 있었고 꽃님이는 얼굴 화장을 하고 정갈하게 옷을 입고 단정하게 앉아있었는데 그 모습이 마치 갓 시집온 새댁 같은 모습이었다. 아니다, 전에 들병 장사할 때의 그 모습이었다. 전에 비하여 몸이 야위고 얼굴도 핼쑥했지만 얼굴에 분을 바르고 볼에 연지를 바르고 입술도 빨갛게 바르고 나니 영락없는 들병이 모습이다. 꽃님이는 장민이를 보자 해쭉 웃어보이는데 이번에는 들병이가 아니라 선녀의 모습이었다. 장민이의 가슴은 마구 요동치기 시작하였다.

아내도 들어오면서 "어머, 언니 이쁘다. 선녀 같애, 선녀." 하면서 다소 호들갑을 떨었다. 곧바로 셋이서 탁주를 마시기 시작하였다. 과연 예전처럼 술맛이 매우 좋았다.

"어머나, 이런 술맛 처음이네."

아내가 술을 많이 먹어본 양 호들갑을 떨었다.

"하하하, 우리 각시가 술꾼인 줄 오늘에야 알았네. 어디 가서 술맛을 많이 본 모양이야."

"호호호, 그렇다는 말이죠. 호호호. 언니 손맛이 좋더라구요. 음식도 그냥 건성건성 만드는것 같은데 맛을 보면 기가 막혀요."

"아이구, 아우가 과찬하네. 여자 손이 다 똑같지. 호호호."

이렇게 둘이서 주거니 받거니 말들을 하니 장민이는 그저 가만히 있다가 술 한 사발을 쭈욱 들이켰다.

"캬아~ 술맛이 정말 좋다. 여기 보은 땅에서 이렇게 술 빚는 사람 없을거야. 국밥집 탁주도 이보다 훨씬 못해."

"맞아요, 국밥집 탁주는 물을 탔나 싱거웠어요. 호호호."

"그래요, 선술집에서는 약간 물을 타기도 하지요. 한 잔이라도 더 팔려고 그러는데 맛이 없답니다. 맹물 한 사발만 더 들어가도 술맛이 싱거워진답니다."

셋은 이렇게 시답지 않은 이야기로 시간 가는 줄 몰랐다. 그런데 장민이가 눈길을 돌려보니 산수화가 한 장 보였다. 그리다 만 것인지 대충 접어놓았다.

"저거 꽃님이가 그린 산수화인가?"

"응, 내가 그리다 말았지. 거의 다 그렸어."

그래서 장민이가 일어나서 산수화를 펼쳐보니 화가가 그린 그림이랑 별 다를 게 없었다.

"와~ 그림 실력도 대단하네. 누구에게 배웠나?"

"배우긴, 그냥 생각나는 대로 그린 거야. 원래 그림에 좀 소질이 있거든."

"엄마나, 언니는 별 재주를 다 가지고 있네."

아내와 장민이가 또 칭찬을 했다. 그러면서 각기 두세 잔의 탁주를 마시었는데 안방에서 아기 우는 소리가 들려왔다.

"용수가 깼어, 내 얼른 가서 젖 주고 올게."

"얼른 갔다 와."

"그런데 애가 잠이 안 들면 어떡하지?"

"뭘 어떡해, 젖 주고 안 자면 여기로 데려오면 되지."

장민이가 대답하니 아내는 웃어가면서 안방으로 올라갔다.

그 순간 장민이와 꽃님이는 어색한 느낌이 들었다.

"전에 자수도 놓는다고 했잖아."

"응, 그것도 거의 완성했어."

꽃님이는 그러면서 가로가 한 자 반, 세로가 한 자 가량 되는 자수틀을 보여주었다.

한눈에 보아도 시집가는 날이었다. 신랑은 말을 타고 각시는 가마를 타고 가는 그림이었다.

"이거 시집가는 날이네. 신랑은 누구야?"

"누구긴, 장쇠지."

"그럼 각시는?"

"꽃님이지, 아니 용수엄니지."

"뭐어?"

그 순간 장민이는 뭔가 머릿속이 핑했다. 얼른 고개를 돌려서 꽃님이를 쳐다보니 눈에 눈물이 그렁그렁하다.

"왜? 울어?"

"아니."

장민이는 느닷없이 꽃님이를 끌어안았다.

"네 마음 알아, 저기 각시는 꽃님이야. 네가 그랬잖아. 내가 신랑 했으면 좋겠다고, 그래 이 순간만큼은 내가 네 신랑이고 넌 내 각시야."

장민이는 이 말을 하면서 흐르는 눈물이 볼을 적셨다. 꽃님이 역시 아무 말도 못하고 있다가 "장쇠야, 사랑해."라고 말하고는 소리 죽여 흐느끼기 시작하였다.

그렇게 둘은 부둥켜안고 눈물만 흘리고 있었는데, 잠시 후 안방에서 아내가 나오면서 문을 여닫는 소리가 나서 둘은 자리를 고쳐 앉았다.

　장쇠는 애써 외면하려듯이 탁주 사발을 들이켰고, 꽃님이도 반 잔 가량 마시었다. 예전 같으면 장쇠보다도 더 많이 마셨을 테지만 지금의 꽃님이는 그것도 힘겨워했다.

　"여보, 꽃님아, 여기 닭고기 먹어야지, 그대로 남겠다."

　"예."

　"응."

　마음이 착잡해진 장민이는 연거푸 몇 잔을 더 마시고 먼저 방에 들어와서 눕고야 말았다.

　"죄는 내가 짓고 벌은 꽃님이가 받았다."

　이 말이 자꾸 입속에서 뱅뱅 돌았다. 그러나 어떻게 꽃님이에게 보은을 한단 말인가. 의원 말대로 갈 때까지나 마음 편하게 해주는 수밖에 없었다.

　그럭저럭 또 하루가 가고, 또 하루가 갔다.

　꽃님이는 점점 기운이 없어져 얼마 후에는 밥상을 들고 방안에까지 갖다 주었지만 몇 숟가락 들지도 못하였다. 매번 아내에게 미안하다고 말을 했다고 한다.

38. 장쇠야, 나는 먼저 떠난다

얼마 지나지 않아서 날씨가 꽤 추워졌다.

눈이 많이 내리던 밤. 그날은 정유(丁酉)년 섣달 스무나흗날이었다.

장민이는 아내와 막 잠이 들려는데 꽃님이가 부르는 소리가 나는 것 같았다. 아니 무엇으로 문을 탁탁 두드리면서 부르는 소리가 났다.

"여보, 언니가 부르는 거 아니예요?"

"어엉, 그런가보네. 어서 가보자구, 아이구 무슨 일 났나 보네."

둘이서 황급히 나가보니 꽃님이가 막대기 같은 것으로 방문을 "딱! 딱!" 치면서 "장쇠야! 장쇠야!" 하고 힘겹게 부르고 있었다.

"아이고, 큰일 나려나보다."

장쇠와 아내가 울상을 지으면서 외양간방으로 갔다. 그사이에 눈이 많이 와서 발목까지 푹푹 빠졌다.

　"꽃님아! 왜 그래, 어디 더 아파?"

　"장쇠야, 이리 가까이 와봐라."

　꽃님이가 모기 소리로 힘들게 말을 했다.

　"엉, 그래. 어디가 어떤데 그래. 의원을 부를까?"

　"아니. 의원 불러도 소용없어. 나는 이제 갈 때가 되었다. 내가 그동안 구걸하면서 모은 엽전 꾸러미와 금가락지 일곱 개가 보퉁이에 있다. 나를 보살펴 준 대가라고 생각해라."

　"그런 소리하지 마, 꽃님아, 정신 차려. 죽지 마."

　"아니야, 그동안 고마웠어. 아우에게도 고마웠고, 난 이제 떠날 때가 되었다."

　"아이고, 이런, 그런 말하지 마, 흐흐흑."

　"울지 마, 나 죽거든 저기 자수와 함께 묻어줘. 장쇠야 나를 안아줘라. 네 품에 안기고 싶다."

　"어엉, 그래, 정신 차려"

　장쇠는 무릎 위에 꽃님이를 안고 흐르는 눈물을 주체하지 못한다. 장쇠, 장쇠의 아내, 꽃님이는 그칠 줄 모르는 눈물을 흘렸고 마침내 꽃님이는 눈을 지그시 감고 고개를 떨구었다.